ad astra

Manon Rhys

Gomer

Cyhoeddwyd yn 2013 gan
Wasg Gomer, Llandysul, Ceredigion SA44 4JL
www.gomer.co.uk

ISBN 978 1 84851 777-8

Cyhoeddir gyda chymorth ariannol
Cyngor Llyfrau Cymru.

Argraffwyd a rhwymwyd yng Nghymru gan
Wasg Gomer, Llandysul, Ceredigion.

i Martha, fy wyres
er cof am Mair, fy mam
a Mary a Martha, fy nwy fam-gu

diolch

Dymunaf gydnabod derbyn gwobr ariannol Cymru Greadigol Cyngor Celfyddydau Cymru ar gyfer ysgrifennu'r dilyniant hwn i'm nofel *rara avis*. Y wobr hael hon a'm galluogodd i neilltuo cyfnod hir ar gyfer ymchwil ac ysgrifennu.

Diolch i M. Wynn Thomas am gefnogi fy nghais gwreiddiol, i Banel Dyfarnu Cymru Creadigol 2006-2007, ac i David Alston, Cyfarwyddwr y Celfyddydau, Cyngor Celfyddydau Cymru, am ei amynedd, ac am ei ffydd ynof.

Diolch hefyd i:

Elinor Wyn Reynolds, Golygydd Llyfrau Cymraeg Gwasg Gomer, am ei chyngor a'i hafiaith; Rebecca Ingleby am ei gweledigaeth wrth ddylunio'r clawr; Gari Lloyd am ei gysodi graenus; staff y Wasg am bob cymwynas a chroeso;

Marian Beech-Hughes, Cyngor Llyfrau Cymru, am ei chyngor gwerthfawr hithau a'i golygu craff;

Geraint Gravell a Bleddyn Owen Huws am fy nhywys i ddirgel fannau'r Hen Goleg yn Aberystwyth, Meirwen Lloyd am fynd â mi ar hyd llwybrau'r cof yn Rhosgadfan, Siân Edwards, Rosanne Reeves a Siân Wyn Siencyn am rannu'u hatgofion am gyffro diwedd y 1960au yn Aberystwyth, a Pete Garrett a John Lloyd am eu cyngor modurol;

Christine James, am ei chefnogaeth gyson;

Jim, am ei gwmni cysurlon ar y daith hir a throellog at y sêr.

'Ow! Fory-a-ddilyn-Heddiw-a-ddilyn-Ddoe:
Pa hyd y pery echelydd chwil y sioe?'

'Ymson Ynghylch Amser'
R. Williams Parry

Mehefin 2013

'This ceremony evokes my own poignant personal memories...'

David Dimbleby,
telediad dathlu trigain mlynedd coroni Elizabeth II

Lluniau di-sain ar sgwaryn o sgrin.

Ac mewn stafell gyfyng yn Sunset View, hudir pump o'r chwech wrth wely'r fatriarch Mary Meades i rwysg Abaty Westminster. Mae'r chweched, crwtyn wythmlwydd, yn gwenu'n ddrygionus o'i sgwaryn yntau ar y cabinet.

Mae eironi'r sefyllfa'n amlwg, yn enwedig i Dai, y trydydd mab – yr ystrydeb o werinwr-trowsus-rib, a chanddo babi melyn Cymru ar ei siaced. Dymuniad yr hen wraig o roialist oedd bod yn dyst i'r dathliad brenhinol mwyaf er y Jiwbilî y llynedd. A dyma hi, yn drwm dan forffin, yn cysgu drwyddo. Cwsg esmwyth, ei dwylo memrwn yn llac o'r diwedd, nid yn ddyrnau tyn. Mae hynny'n fendith.

Gafael yn y dwylo hynny a wna'r ddwy ferch, Jacqueline a Janey – y naill, y 'cyfryngi trendi' chwedl Dai, mewn sodlau uchel a throwsus tyn, a'r llall, yr athrawes gynradd, mewn jîns a threinyrs.

Mae Mike, y mab hynaf o lawfeddyg, sy'n sefyll wrth y drws, newydd gyrraedd o Ontario. Dychwelyd i'r ddinas honno gynted ag y bydd yn weddus sy'n mynd â'i fryd.

Cuchio ar y cyrion a wna'r ail fab, Phil, yn ôl ei arfer, fel duw hirfain yr Etrwsgiaid – duw'r cysgodion, sydd â'r ddawn i sleifio i mewn ac allan o fannau cyfyng.

Daw'r sioe i ben. Mae Archesgob Caergaint yn arwain yr orymdaith i lawr yr eil, at ddrws trwm, di-droi'n-ôl yr abaty.

A daw Mike at y gwely a gafael yng ngarddwrn gul ei fam a chyffwrdd blaen ei fysedd ar ei gwddf – cyn troi at y lleill a siglo'i ben.

Dyma gyfle Dai i fentro diffodd y teledu, gan na chaiff, fyth eto, bryd o dafod gan ei fam.

Yng nghanol yr wynebau prudd, mae Jonathan yn dal i wenu o'i fframyn ar y cabinet.

Tymor yr Hydref, 1960

Rwyf wedi blino. Ac wedi mynd i'r gwely'n gynnar.

Ond mae Mami'n dweud y dylwn ddechrau ar y "Dyddiadur County" cyn mynd i gysgu. Gan fod y cyfan yn "ffresh" yn fy meddwl am fy niwrnod cyntaf yn fy ysgol newydd.

The Cwm County Grammar School for Girls.

Tymor yr Hydref, 1967

Noson Freshers' Ball.

Y King's Hall dan ei sang. Sŵn a swae a 'twist-an'-shout' a 'do-the-locomotion'. A Branwen Dyddgu Roberts yn gwylio'r sioe o'i chornel wrth y bar, sigarét yn y naill law a gwydraid o rym-an'-blac yn y llall.

'Branwen, ti'n okay?'

'Odw diolch, Lynette! Pam ti'n gofyn?'

'Ti'n sinco'r rym-an'-blacs, 'na pam!'

'Ti'n becso?'

'Slowa lawr! A stopo smóco, hefyd!'

'A cer di 'nôl at be-ti'n-galw dy sboner newydd!'

'"Don" yw enw fe – Donald Wilson, o Conway.'

'Don o Conway – cynghanedd lusg.'

'Pompous swot! A pam ti'n gwenu?'

'Dim . . .'

'Achos "Donald Duck", ontefe? Ti always mor predictable. Mae e'n enw Scottish. A fi'n hoffi fe, so there!'

'Wel, cer ato fe!'

'Ond beth am ti?'

''Sdim ots 'da fi!'

Eiliad o oedi – cyn i Lynette gefnu arni a brasgamu 'nôl at ei chariad newydd a'i dynnu i ddawnsio ar ganol y llawr.

"Y Diwrnod Bythgofiadwy."

Mae hwnnw'n deitl da ar gyfer heddiw, meddai Mami.

"Rwyf wedi mwynhau'n fawr." Dyna a ddywedais wrthi ar ôl dod o'r ysgol. Ac ar y ffôn wrth Mamgu, Miss Morris Ysgol Tan-y-berth a Mr a Mrs Bob Jones. Ac Wncwl William (am fod Mami wedi dweud wrthyf am wneud).

Ond roedd yn gelwydd.

Sut alluwch chi fwynhau pan fydd eich pen a'ch bola'n dost a chithau'n becso eich bod yn mynd i fod yn sic, neu'n mynd i bisho ar eich traws, neu gael dolur rhydd ar lawr pren polish yr Hall neu un o'r classrooms neu'r cloakroom neu'r main coridor? Neu unrhyw le!

Dyna pam na wnes i ddim bwyta nac yfed drwy'r dydd.

Rhag ofn.

'Some Enchanted Evening'. Dyna yw heno i Lynette a Don o Conway, boi plorog o'r ail flwyddyn. Syllu ar ei gilydd ar draws neuadd orlawn, i gyfeiliant y Beatles a'r Kinks a'r Searchers. 'Love me, do!' 'I really love you!' 'When you walk in the room!' Cyn smŵtsho'n araf yng nghwmni Dusty a Marianne a Roy a Ray.

'Ti'n mynd ar pip fi, Branwen, yn galw popstars wrth enwau cyntaf nhw! A ti'n dal i sinco'r rym-an'-blacs!'

A'r sinco'n gysur wrth wylio'r dawnsio a'r dal dwylo a'r lapswchan, y bechgyn yn llewys eu crysau neilon, eu teis

12

wedi'u llacio; y merched yn eu minis lliwgar, fel rhosod coch a phinc, lilis gwyn a hufen, clychau'r gog a fforget-mi-nots glas.

A Lynette fel daffodil yn ei thaffeta o Marments – 'Nana Thomas wedi neud hi i fi.'

'Ers pryd ma' Mrs Thomas Cwc yn "Nana Thomas"?'

'Mae hi'n garedig iawn – yn neud dillad neis i Meryl a fi!'

Yr hen Singer wedi bod yn fishi. Fel dwylo Don o Conway.

Dechreuodd y "Diwrnod Bythgofiadwy" wrth imi jecio'r nenfwd. Dim crac na gwe na chorryn. Dim pryfed byw na marw. Dyma'r peth cyntaf y byddaf yn ei wneud bob bore.

Yr ail beth yw cofio'r diwrnod y dywedodd Mami, "Dere, Branwen! Mae'n bryd neud y stafell yma'n neis!" A chael dewis papur a phaent a defnydd yn siop Mr Leeke. A Mr Bob Jones yn peintio a phapuro, a Mrs Bob Jones yn gwneud y llenni. Ac erbyn hyn mae gennyf stafell hardd fel palas tylwyth teg. Mami ddywedodd hynny. A hefyd, "Croten od wyt ti, Branwen, yn hoffi gwynt paent! Persawr sy'n neis, dim paent!"

Rwy'n falch ei bod yn gallu chwerthin eto.

Ac yn hoffi persawr a "gwynto'n ffein".

("Gwynto'n ffein" = "Ogla da" yn iaith Mr Bob Jones. Gan ei fod yn dod o "ogladd" Cymru, meddai Mr Geraint Dodd. Jôc yw hyn. Falle.)

Mae Mami'n hoffi persawr Lamour, sef anrheg gan Mr Geraint Dodd am ei helpu gyda'i draethawd pwysig. Daw i Gwynfa'n aml i'w ddangos iddi, gan aros yn hwyr iawn.

Rwy'n bwriadu prynu talcum powder Lamour yn anrheg Nadolig i Mami.

Rym-an'-blac arall fyddai'r boi. Mae hi'n gafael yn ei bag – ond pwy yw hwn sy'n sleifio ar letraws tuag ati, peint yn ei law, sigarét rhwng ei wefusau, mat cwrw ym mhoced ei grys?

'Sut wyt ti, hogan ddel? A be 'di d'enw di?'

'Kate Roberts – ar ôl fy modryb.'

Rhaid jyglo'r peint a'r sigarét er mwyn ysgwyd ei llaw – 'Taw â sôn! Be ti'n yfad?'

'Rym-an'-blac.'

'Â chroeso, Kate!'

Mae ei phen yn troi wrth iddi ei wylio'n anelu at y bar. Mae popeth yn troi – y dawnswyr a'r band a'r bois wrth y bar. A'r daffodil melyn sy'n fflownsio tuag ati – 'Ti'n bihafio, Branwen?'

'Lynette! "My heart with pleasure fills." '

'Stopa bod yn stiwpid!'

'Stopa dithe fod yn bosi!'

'Fi'n becso ymbythdu ti. Moyn neud yn siwr bo' ti'n iawn.'

Ac mae 'na afael llaw sydyn – 'Diolch, Lynette . . .'

'Jyst bihafia? Plis?'

Fel arfer, ar ôl dihuno, byddaf yn gwrando ar y brain a'r piod yn cecru yn y goeden fwnci, a'r colomennod yn cŵan yn yr alotments. Ond heddiw, roeddwn yn rhy gyffrous i feddwl am adar.

Nid oeddwn am edrych ar fy uniform. (A oedd wedi bod yn hongian ar y drws drwy'r gwyliau.) Blazer werdd, a "per ardua ad astra" ("through effort to the stars") ar y bathodyn ar y boced; gymslip navy (wedi ffado) a dwy flows wen (a'r coleri a'r cyffs wedi crymplo er fy mod wedi eu smwddio sawl gwaith). Ar y gadair roedd beret (a bathodyn arni) a dau navy nickers (dim bathodyn!), festiau a sanau gwyn (llwyd), a thei streips gwyrdd a melyn (a staen sôs neu sŵp arno er fy mod wedi trio'i rwbio bant). A labeli ar bopeth, yn dweud 'LLINOS HEFINA EDWARDS'.

Pan fyddaf yn cuddio'r uniform dan fy ngŵn wisgo (newydd), mae Mami'n ei symud i fachyn arall, ac yn gofyn, "Pam cwato dy ddillad ysgol neis?" Mae hi'n gwybod pam. Nid yw hen ddillad merch sydd wedi marw yn "neis".

'Branwen, pwy the heck yw hwn?'

   'Dim syniad – ond rym-an'-blac sy yn 'i law e.'

   'A, Kate! Dyma gwrdd eto! A dyma dy ddiod di . . .'

   'Branwen yw enw hi.'

   'Naci, Kate.'

   'Fi yw ffrind gorau hi! I should know!'

   'Does dim angen siarad Saesneg.'

   'Cau ceg ti cyn ifi bwrw ti!'

   'Yli, del – Kate wyt ti? Neu ddim? Ti'n nith i Kate – neu ddim?'

   'Branwen! Fi'n confused!'

   'Wel cer 'nôl at Don o Conway!'

   'Ni'n cael pause!'

   'A chithe newydd gwrdd?'

   'No point mynd rhy deep rhy glou.'

   'Cyngor call, lêdis. A rŵan, dwi'n mynd am wagiad.'

   'Cofia cymryd amser ti – ta beth beth yw enw ti.'

   'Iwan – "Iwan Fardd".'

   'See you later, alligator!'

   'In a while, crocodile!'

Ac i ffwrdd â fe ar letraws, gan anwybyddu gwawd y ddwy gyfeilles gymhleth yn ei gefn.

Nid wyf yn deall Mami. Roedd mor falch fy mod wedi paso i'r County ac nid i'r Sec. A byddai wedi torri ei chalon petawn i wedi gorfod mynd i'r Sec Mod gyda'r plant "anystywallt" (drwg a thwp sy'n rhegi ac yn mitsho o'r ysgol ac sydd ar eu fforrd i'r carchar). Ond pan ddaeth yr Uniform List, dywedodd, "Does dim angen dillad newydd. A Mrs Edwards wedi bod mor garedig." A nawr mae hi'n dweud fy mod yn ferch fach anniolchgar a bod angen i fi gyfrif fy mendithion. (Fel cael yr ystafell orau yn Gwynfa.)

'Branwen – pwy yw'r leech yma?'
    'Dwayne otw i. O Clytach.'
    'O ble?'
    'Clytach, ferch! A jawl, beth am ddans fach gyta fi?'
    'No thanks! Mae boyfriend fi draw fan'na.'
    'Chi'n ca'l pause, Lynette.'
    'Pause over, Branwen!'
    ' "Branwen" – jawl, fi'n lico'r enw.'
    'Galw hynna'n chat-up line?'
    'A'r ddres, hefyd. Mary Quant, ontefe?'
    'Worse byth!'
    'Gyta dy ffrind fi'n siarad! Branwen, beth am ddans?'
    'Branwen – paid â dêro!'
    'Fe ddansa i 'da ti, Dwayne, ar ôl cwpla'r drinc 'ma.'
    'A cwmpo'n fflat ar wyneb ti!'
    'Paid â gwrando arni, Dwayne. Wela i di . . .'
    Mae hi'n gwenu'i gwên Audrey Hepburn. Mae Dwayne yn rhoi winc i aros pryd. Ac mae Lynette yn ochneidio . . .

Dim rhagor heno.
    "Rhaid anghofio pethau diflas!"

Dyna'r bregeth pan oedd Mami'n dost.
Pan oedd hi'n "fenyw dost".
Ond mae hi'n well nawr.
Ac yn "fenyw hapus".

Gobeithio y gallaf i fod yn hapus hefyd.
(Er mwyn Mami.)
Nid esgus bod yn hapus.
(Fel Mami.)
Nos da.

'Good morning, gèls!'

Rhesi o grotesi – cant o new gèls wedi'u pacio ar ffrwymau'r Hall, yn llygadrythu ar Miss Hitt sy'n syllu dros ei sbectols a rhimyn pren y lectern. A chant o leisiau'n atsain yn sing-song: 'Good-mor-ning-Miss-Hitt.'

'Welcome to the Cwm County Grammar School for Gèls.'

Rwyf newydd glywed cloc y cyntedd yn taro deg. Ond rwyn methu cysgu. Gan fy mod yn poeni am beth ddigwyddodd y bore 'ma.

'My colleagues on the dais – a "dais" or a "podium" is what we call this structure, gèls, not a "platform", not a "stage" – are Miss Dunn, 1D; Miss Reed, 1R; Miss Watcyn, 1W . . .'

Saib – cyn arddangos y llyfr mawr du – 'The Register of Names . . .'

A'r llygaid yn culhau wrth grwydro'r rhesi – 'As I call your name, please stand . . .'

Rhaid fy mod wedi "switsho bant". (Mami sy'n dweud hynny pan fyddaf yn esgus peidio clywed pethau pwysig.)

Ac roeddwn yn hanner gwrando ar Miss Hitt ond yn meddwl am Miss Morris Tan-y-berth a'i 'Bihafiwch a gwrandewch!'

Miss Morris a'i *Help Llaw* â'i gyr o wartheg cenfaint o foch haig o bysgod diadell o ddefaid rhesi o grotesi a chant namyn un mewn iwnifform newydd. Miss Morris ar lwyfan y neuadd fach yn pipo dros y lectern:

**Rhoddedig gan y Parchedig a Mrs Emyr Lloyd
ar achlysur agor
Ysgol Gynradd Gymraeg Tan-y-berth
Medi 3, 1950**

'Blant a rhieni balch! Pleser yw llongyfarch y rhai a lwyddodd yn y Scholarship. Gan ddechre gyda'r hufen fydd yn mynd i'r County: Lynette Morgan, Branwen Roberts a Meryl Thomas i Ysgol y Merched; Simon Simms a Geraint Williams i Ysgol y Bechgyn. Sefwch lan, eich pump!'

'You! Second from the left in the back row! Please stand!'
Dyna glywais i'n sydyn, a theimlo pwniad gan Meryl.
'Yes, you, with the unkempt hair!'
Ac fe godais a gwenu arni. Er bod arna i lond twll o ofn.
'How dare you smile at me? Do you think that life's a joke?'
Dyna ddywedodd hi, gan wenu hen wên gas.

A'r dagrau'n cronni . . .
Ceisio canolbwyntio ar un wyneb yn y môr wynebau:

Mr Flood-the-caretaker, yn cwiro peipen wrth y drws. Dychmygu'i weld e a'i fop mewn pwll o ddolur rhydd . . .

'I've noticed you, gèl! Daydreaming like a Bavarian shepherdess. Now tell me – on what am I standing?'

Dim 'stage' na 'platform' . . .

'Enlighten her, gèls!'

'A dais or a podium, Miss Hitt!'

'You, gèl – repeat!'

'A dais or a podium, Miss Hitt.'

A'r llygaid yn culhau eto – 'Branwen Roberts, when I next see your mother, I'll have to inform her of this unfortunate exchange.'

Rwy'n poeni am "The Unfortunate Exchange".

Ac am fod Meryl a Lynette wedi ymuno gyda phawb i wneud i fi deimlo'n fach. (Fel y gwnaethon nhw un tro yn Ysgol Tan-y-berth.)

Ac un peth arall. Sut oedd Miss Hitt yn gwybod fy enw?

Rwyf newydd glywed y cloc yn taro un ar ddeg.

'Watch out! Iwan Fardd eto!'

' "Rho dy galon imi, Bronwen . . ." '

'How many times – *Branwen* yw enw hi!'

'Camglywed ddaru mi – hen dwrw a chwrw a chanu . . .'

'Ti'n siarad double Dutch!'

'Gwell hynny na'r iaith fain!'

Mae'r bardd yn sleifio'n orchestol i gyfeiriad y bar.

'Branwen! Fi a Don yn mynd. Ti'n gallu cerdded 'nôl i'r hostel?'

'Rowlo fydd gwsberis. Rownd a rownd . . .'

'Fi a Don sy'n mynd – dim ti.'

Ac mae hi'n brasgamu'n syth i freichiau eiddgar Don o

19

Conway. Ac fel corryn yn cwrso'i bryfyn, gwêl Dwayne ei gyfle – 'Jawl, beth am y ddans 'na, Branwen?'

'Jawl, pam lai? "And then my heart with pleasure fills, and dances with the daffodils." '

'Beth wetest ti?'

'Dere!'

O'r eiliad honno, mae pethau'n dirywio'n sydyn. Ar ôl sawl jeif a lapswchad gyda Dwayne o Clytach, mae hi'n ei adael fel pysgodyn ar ganol y llawr, yn locomoto'n fflonsh at driawd wrth y bar ac yn eu cyfarch ag arddeliad – 'Henffych, Hicyn a Siencyn a Siac!'

Mae'r tri'n syllu arni â chymaint o ffocws ag sy'n bosib ar ôl diwrnod hir o gyfeddach.

'Na, dim trisais odych chi, ife, bois? Ond tri Chymro bach sidêt! Ond dim mor sidêt ag o'ch chi'r bore 'ma!'

Neuadd yr Arholiadau: bwrlwm cofrestru, glasfyfyrwyr a darlithwyr a staff gweinyddol a chynrychiolwyr cymdeithasau'n gweu drwy'i gilydd; ffurflenni i'w llenwi, stondinau i'w hastudio, a chyngor i'w gynnig a'i dderbyn a'i wrthod.

S.R.C. WORKS FOR YOU!

MAE AR DDUW EICH ANGEN – MAE ANGEN EICH DUW ARNOCH CHI!

Cymru Rydd!

'Lynette! Dere i ymuno â'r Blaid!'

'Ti'n jôcan! Hockey a netball yw unig interests fi – make Miss Byrd proud!'

'Beth am y Geltaidd, 'te? A CND?'

'Branwen – ti'n gwneud pethau moral a political. Fi'n neud pethau physical. Gweld ti wedyn.'

A Ffîbi Ffelows, Phoebe Fellowes, gynt, merch esgyrnog, onglog fel lluniau ciwbig Picasso, yn gwibio'n gydwybodol rhwng stondinau, ei chap pig a'i jîns a'i siaced denim yn frith o fathodynnau a sloganau:

STATWS I'R IAITH!

GWNEWCH BOPETH YN GYMRAEG!

BANIWCH Y BOM!

'Rôl-yp! Rôl-yp! Ymunwch â ni, ffrindia! Rhowch eich pres yn y bocs – a thynnwch eich llunia!'

Mae hi'n troi i arddangos y ddraig goch sy'n eistedd ar ben y cwmwl madarch ar gefn ei siaced. Mae 'na chwerthin a chlician camera. Mae rhywun yn sibrwd, 'Ystrydebol' – ac mae hithau'n gwenu – 'Rhemp o ystrydebol, ffrindia! Ond fel hyn ydw i, a fel hyn y bydda i hyd fy medd! Yn y cyfamser – dowch i achub yr iaith Gymraeg! Ac i achub y byd rhag y bom! Rôl-yp! Rôl-yp!'

Yng nghanol y rhialtwch hwn, pwy ddaeth i sefyll yn y drws mawr rhwng y neuadd a'r cwad ond y Prifathro, yn ei ŵn ddu, ei lygaid eryr yn gwibio dros y gweithgareddau.

'Bore da, Brifathro!' – llencyn byr mewn blazer ddu, a thei a sgarff y coleg am ei wddw. 'Arthur Owens ydw i. O Walchmai. Mae 'nhad yn cofio atoch.'

'O? A pwy 'di'ch tad?'

'Y Parchedig Dewi Owens. Dallt eich bod yn ffrindia.'

''Dan ni wedi cwrdd – mae'n siŵr . . .'

'Dwi'n cychwyn ar 'y mlwyddyn gynta.'

'Pob hwyl ar y gwaith . . .'

'Diolch.'

A'r Eryr ar fin dianc, mae'r llencyn yn ei ddilyn – 'Saesneg, Hanes ac Athroniaeth, dyna 'mhyncia i.'

'Athroniaeth drwy'r Gymraeg?'

'Na, Saesneg yw iaith ryngwladol y ddisgyblaeth.'

A'r llygaid eryr yn pefrio – 'Deudwch chi, Mistar Owens. A dydd da.'

A'r ŵn ddu'n chwyrlïo ymaith, ac Arthur yn rhoi brwshad i ysgwyddau'i flazer cyn troi i gyfarch aelod o'r Young Tories.

Sipian coffi du oedd Gwyn Geltaidd nes i Iwan Fardd sleifio ato a stwffio cefn amlen i'w law – 'Cymer olwg ar yr englyn 'ma – os oes gin ti'r amser.'

Hanner munud ar ôl i Iwan sleifio ar letraws i ymuno â'r Chess Club, roedd Gwyn wedi darganfod dwy linell gywir a chynnig cywiriadau i'r ddwy arall a lleddfu rhywfaint ar y maswedd. Petai deunydd gwell yn brin, gallai gynnwys hwn yn ei *Englynion Coch* arfaethedig . . .

A heno, ym mwrlwm llethol y Freshers' Ball, dyma'r ferch dafotrydd yn y ffrog ddu-a-gwyn yn gwenu'n ddigywilydd ar y triawd – 'Branwen ydw i!'

'Ac Arthur ydw i, o Walchmai.'

' "How-di-dŵ-a-sut-mae-'i-dallt-hi!" – yntê, Arthur?'

'Bydd ddistaw, Gwyn.'

'Ond dyna'ch steil chi, hyrddod Gwalchmai!'

'Branwen, paid â chymyd sylw o hogia bach aflednais.'

'Chymerodd y Prifathro fawr o sylw o dy hobnobio dithe.'

''Mond codi sgwrs o'n i – fel wyt titha heno.'

'Un dawel odw i, fel arfer.'

' "Y dawelaf, wallt melyn . . ." Cywir, Gwyn?'

'Nac'di, Iwan. A gwallt brown sgin yr hogan.'

'Ond, diolchwn nad ydi hi'n llinell goch!'

'Cywir, Arthur!'

'Diolch. Rŵan, Branwen . . .'

'Gad lonydd i'r hogan!'

'Branwen, ti'n licio petha coch?'

'Arthur, ti'n neud mŵfs?'
''Mond testio'r dŵr.'
'Jawl, Branwen ferch, beth am fynd am wâc?'
'Pwy ddiawl 'di'r llinyn trôns 'ma, hogia?'
'Dwayne otw i, o Clytach.'
'Fy marchog, wedi dod i'n achub i.'
'Jawl, dere, Branwen – cyn yr Anthem.'
'Jawl, Dwayne bach – pam lai?'

A dyma nhw, yn cerdded law yn llaw ar hyd y prom. Mae mwgyn yn llaw chwith Dwayne, a'i bag yn ei llaw dde hithau.

'Jawl, beth am fynd i ishte ar y tra'th?'

Jawl, pam lai? A hithau'n falch o gael tynnu'i sgidiau a suddo ar y graean yng nghysgod y bandstand.

'Jawl, ma' hyn yn neis.'

On'd yw e jyst?

'Ti'n cretu bydde cusan fach yn neis?'

Mae Dwayne yn lluchio'i fwgyn ac yn mynd i'r afael ag arddeliad. Mae hithau'n claddu'i thraed yn y graean, yn syllu dros ei gusan wleb ar y niwlen rownd y lleuad, goleuadau'r pier ar y chwith, Consti draw i'r dde, a'r sêr yn wincio arni'n llawn drygioni.

'Jawl, ma' hyn yn sbri, on'd yw e?'

' "Sbort a sbri – 'na beth gei di yn y col ger y lli!" '

'Pwy wetws 'na?'

Pawb. Byth ers agor yr amlen, gweld y graddau da.

'Ti'n gredit i ni i gyd!'

'Fe fydde Dad mor falch . . .'

A'r cardiau llongyfarch a'r papurau punt a phumpunt yn pentyrru.

A decpunt Wncwl William – 'Er iti ballu styried Rhydychen.'

' "Ond glynu'n glòs yw 'nhynged," Wncwl William!'

'Wfft i'r pwffter Prosser Rhys! Bardd bach y Mynydd Bach!'

Ac wfft i'ch hen brotesto dwl! Lledu gorwelion – 'na beth sy'n bwysig!'

Mae hi'n syllu draw dros y môr – ' "Hen linell bell nad yw'n bod." '

'A pwy wetws 'na?'

'Dewi Emrys.'

'S'da fi ddim clem am bethe fel'na. Physics yw'n sybject i.'

Mae ei law dde'n dechrau crwydro . . .

' "Gèls – keep an eye on the oscillating pendulum . . ." '

'Dy dîtsher physics di, ife?'

'Tîtsheres. The Bull.'

Mae ei fysedd main yn mwytho diamwnt Mary Quant.

'The Cow o'dd 'i ffrind hi – Miss Cowley, Maths.'

'Jawl, ti'n sbort!'

Sbort a sbri yn y col ger y lli, yn hwyr y nos, ar raean llaith, yn sŵn y môr, o dan sêr a lleuad sy'n troi fel oscillating pendula, a bysedd main sy'n swmpo, swmpo . . .

'Jawl, o's zip i'r ddres fach bert 'ma? Ne' fwtwme falle?'

Mae'r bysedd main rhwng ei chluniau – 'Beth am orwedd 'nôl?'

'Syniad da – i stopo'r lloer a'r sêr rhag troelli rownd-a-rownd.'

'Jawl! Paid â hwtu! Nawrte – oty hynna'n neis?'

'Cysgu fydde ore.'

'A hyn? A dere weld beth sy dan y ddres . . . Dere i fi 'i chodi dicyn bêch, fel hyn . . . A dere gusan arall . . .'

'Na, dim snogo-tafod.'

'Ond so ti'n cretu bo fe'n neis?'

'Dim blwmin snogo tafod!'

Rwy'n disgwyl i'r cloc daro deuddeg.

Rwyf wedi blino gormod i ysgrifennu.

Dim ond i ofyn y cwestiwn hwn:

"Y Diwrnod Bythgofiadwy."

Pam na allaf ysgrifennu pethau neis?

Fel Mami'n gwenu arnaf y bore 'ma.

A sibrwd, "Bydde Dad yn browd."

Na, doedd hynny ddim yn neis.

Gan ei bod yn trio peidio llefen.

A finne, hefyd.

Rwy'n trio peidio llefen nawr.

Trio peidio meddwl am Dad.

Achos so fe 'ma.

A fydd e ddim.

Dim byth.

'Two minutes, gw'gerls! Dwy funed, ferched bach!'

Mister Moses, yn gweiddi'i rybudd cynta o risiau portsh Alexandra Hall, dros bennau'r cyplau tyn. Ac yna'r ddefod: carthu'i lwnc, rhoi ei ddwrn ar ei frest a chanu mewn llais tenor:

' "Good-night, Irene, good-night, Irene, I'll see you in my dreams!" '

Mae Dwayne yn tynnu ar ei fwgyn cyn sibrwd yn ei chlust – 'Pwy stafell wyt ti, Branwen?'

'Honna – pam?'

'Mae'n ddigon isel inni ddringo miwn! Osgoi Mister Moses!'

'Paid ti â mentro!'

'Ond Branwen, ferch, os ti'n caru fi, fel fi'n caru ti . . .'

' "Meddai clychau Aberdyfi." '

'Sa i'n deall hanner beth ti'n wilia. Ond so ti'n cretu . . .'

'Wy'n credu bod 'y nhroed i'n gwaedu.'

'Jawl!'

'A sawl Lynette a Don o Conway sy'n pipo arnon ni?'

'Ti'n cretu bydde cwrdd nos Lun yn neis?'

'Ti'n gallu clywed y clyche?'

'Ffindo rhwle tawel – South Beach, walle.'

'Bong, bong, bong o dan y dŵr . . .'

'Otw wir, fi'n cretu . . .'

' "A gwn yn eithaf siŵr . . ." '

'One minute, gw'gerls! Un funed, ferched bach!'

'A ti yw'n Mary Quant fach i, dan y ffrinj pert 'ma. Wel, cross rhwng Mary Quant a Sandie Shaw . . .'

' "Good-night, Irene, good-night, Irene!" '

'Nos Lun, Branwen? Y Llew, am saith?'

'Gad lonydd i fi, Dwayne.'

'Ond Branwen, ferch, fi'n caru ti!'

'Dwayne! Wy'n mynd i hwdu!'

Distawrwydd. A phawb yn syllu. A chodi aeliau. A gwenu. Pawb ond Lynette, sy'n gwgu yng nghesail Don o Conway. A Mister Moses, sy'n sibrwd, 'Miwn â ti, gw'gerl fach! A phaid â hwthu dros O.P.P.!'

Mae Dwayne yn taflu stwmp ei fwgyn i'r gwter yn llawn anobaith. Mae hithau'n troi, yn cymryd ana'l hir ac yn canolbwyntio ar droedio'n ofalus dros y trothwy teils – cyn chwythu'n ogoneddus dros Miss Olwen Parry Price sy'n pori dros y Register of Names.

'Name?'

'Cinderella. I've just been to the ball.'

A difaru. A sylweddoli cyflwr truenus y ffrog a'r neilons gwaedlyd. Dim bag, dim siol, ac un granny-shoe ddiferol yn ei llaw.

'And Prince Charming will presumably find your missing slipper?'

A Lynette yn trio sleifio heibio . . .

'Miss Morgan! Sign in – and accompany your injured room-mate to Nurse Gilbert's surgery. And Miss Roberts – my office tomorrow, ten-thirty sharp. Nos da!'

NURSE BETI GILBERT
Please knock and wait

'Branwen! Paid â dêro piwco!'

Piwc sydyn, pinc, dros y llawr teils.

'Ma'n ddrwg 'da fi, Lynette. Yn ddrwg iawn . . .'

'Branwen! Ni'n sgidadlo! A thanciw am fratu pethach eto! Ti a dy "ddiwrnod bythgofiadwy"!'

Suddo ar y gwely. Cwtsho Tedi Brown. Dan gwrlid lafant wedi ffado.

Nos da, Tedi. A'r Bwthyn Bach To Gwellt.

Y diwrnod bythgofiadwy.

Wythnos olaf Medi.

Yr edrych mlaen.

Y cyffro dwl.

Digon i'r diwrnod.

Gormod.

Drannoeth, mae Nyrs Gilbert, ei hwyneb yn drwch o golur ddoe a'i cheg yn fwa coch, yn astudio'r dolur – 'Dim byd mowr. Pishyn bach o wydr o'dd y cylprit, weden i. Stiwdents yn mynnu mynd â'u drincs ar y tra'th. Lot o feddwi dwl. Dim sens, dim ots am neb na dim. Ond 'na fe, bach, o'dd yr alcohol yn anasthetic i chithe, nithwr. A ma'r iodine 'ma'n wyrthiol . . .'

Clymau o wallt oren sy'n cynnal ei chap startsh, mae 'na wynt persawr stêl ar ei hoferôl a mints ar ei hana'l. Dyma hi'r ystrydeb. Yr un na ŵyr neb ei gofid y tu ôl i'r mwgwd a'r drws caeedig.

'Sa i'n gwbod beth hap'nodd nithwr, bach. Shwt na chlywes i chi'n cnoco. Chi a'ch ffrind. 'Na fe, so 'nghlyw i'n dda . . .'

Llun mewn ffrâm. Croten ifanc, gwallt cringoch, clogyn glas, ruban coch, yn derbyn medal gan y Fam Frenhines.

'Bert, on'd o'n i? Clefer 'fyd. Yr ore yn 'y mlwyddyn.'

Sychu'i dwylo yn ei hoferôl – ''Na chi – y cwbwl yn lân. Nawrte, gafaelwch yn hon – yr hen "ffon fagl" Feibledd!'

''Sdim isie, wir.'

'Shwt arall gerddwch chi? A dewch 'nôl fory i ga'l dresin ffresh.'

'Diolch.'

''Na'n job i, ontefe? A wy'n neud jobyn da o'n job – medden nhw!'

Gwên bert er gwaetha'r dannedd pwdr.

'A Miss Roberts – gair o gyngor. Byddwch yn garcus 'da'r alcohol. Gwenwyn yw e. Poison pur . . . Ac un peth arall – isie gofyn ffafar . . .'

Tu ôl i'r trwch mascara, mae'r llygaid llwyd yn ymbil.

'Nithwr – slwmbran o'n i, falle, ar ôl diwrnod hir a bishi, fan hyn a lan yn rhospital. Ma'n nhw'n orie trwm. Chi'n deall?'

'Odw. A weda i ddim wrth neb.'

'A'ch ffrind?'

'Dim problem.'

'Diolch, bach. A chofiwch alw hibo unrhyw bryd. Wy'n lico clonc a chwmni. A chyfle i siarad Cwmrâg.'

A'r wên yn diffodd a'r drws yn cau.

'Under the circumstances, Miss Roberts, you may sit.'

Ond mae'n well ganddi sefyll, er gwaetha'r saeth o boen yn ei throed. A sefyll a wna, â chymorth y ffon fagl, gan syllu ar ei bag a'i siol ac un granny-shoe wleb mewn bocs cardbord ar y ddesg. Mae rhes o gyn-wardeiniaid marw'n gwgu arni o'r wal gyferbyn, y carped paisley fel petai'n morio oddi tani a bysedd ei throed dde'n pipo heibio i Elastoplast Nyrs Gilbert. Ac mae llais O.P.P. yn mynd a dod fel ymchwydd y môr . . .

'The police . . . On the beach . . . Please check the contents . . .'

A'r cerydd a'r bygythiadau'n ddychryn.

'Totally unacceptable behaviour! I could gate you – do you understand?'

Newyddion mawr! Bron i Lynette gael detention heddiw! Gan Miss Harding Needlework! Am beidio gwisgo'i beret! Roedd e wedi syrthio pan oedd hi'n rhedeg am y bus. Gwelodd Miss Harding hi'n ei stwffio iw phoced, a gweiddi "Detention, dear!" Ac yna gwenu. A dweud "Just a warning, dear." A taw dyna yw ei "ploy"! Er mwyn cadw'r "first years on their toes!"

Mae merched Form Two wedi sôn am detention. Maen nhw'n esgus gwybod pupeth ac. yn ein galw'n "Stupid little first-years" ac nid wyf byth yn siŵr a ydyr it yn dweud y gwir. (Er enghraifft, y cewch chi fabi os ewch yn rhy agos at y ffens rhwng y County Girls a'r County Boys. Nonsens yw hynny. Rhaid cusanu ac edrych i lygaid bachgen er mwyn gwneud babi.)

Detention, medden nhw, yw gorfod mynd i'r gym ar ôl y Last Bell ac mae'r Detention Mistress yn rhoi'ch enw yn y Register. (Ar ôl tri detention – rhaid gweld Miss

Hitt!) Yna, eistedd yn dawel am hanner awr – weithiau'n ysgrifennu lines – cyn dal service bus adre.

Mae detention yn "scary", meddai merched Form Two, gan fod yr ysgol yn wag (heblaw am Mr Flood a'r cleaners a'r Detention Mistress a'r "school ghost" sy'n cuddio yn y boiler room, ha, ha). Yn y gaeaf, os ydych yn byw ym mhen draw'r cwm (fel fi), bydd yn dywyll erbyn ichi gyrraedd adref. Ac un tro roedd dyn wedi dilyn merch o'r service bus a'i llusgo i gwli a gwneud pethau drwg iddi cyn ei lladd.

Byddai mam Lynette wedi bod yn grac am y detention. (Mae hi'n strict iawn ar ôl i tad Lynette farw.) Poeni am siomi Mami fyddwn i. A thrio peidio meddwl beth fyddai Dad yn ei ddweud. Ond MAE DAD WEDI MARW a sawl gwaith mae'n rhaid i fi ddweud hynny?

Mae cyhuddiadau O.P.P. – 'The flaunting of rules!', 'The need for self-control!' – yn troi'n gynghorion – 'Make a fresh start!' – ac yn gwestiynu consyrnol – 'But otherwise – how are things?'

Y cwestiwn annisgwyl hwn – a'r difaru a'r cywilydd a'r boen yn ei throed a'r addewid na fyddai gair o'r 'sorry story', am y tro, yn mynd y tu hwnt i waliau'r cyn-wardeiniaid marw – sy'n peri'r dagrau.

Mae O.P.P. yn gwenu'n gynnes wrth ddymuno 'Pob lwc o hyn ymlaen, Miss Roberts.' Mae hithau'n mwmial ei 'Diolch' wrth afael yn y bocs dan ei chesail a hopian i'r coridor gwag a distaw, diolch i'r nefoedd (un). Llwydda i gyrraedd y stafell wely heb weld neb, diolch i'r nefoedd (dau), a diolch i'r nefoedd (tri), yn gweld bod Lynette, yn ei thymer, wedi penderfynu dianc i gwrdd â Don o

Conway, gan adael nodyn yn gorchymyn iddi gymhennu'r annibendod.

Gorwedd ar y gwely – yn y gwely – fyddai'n braf. Ond rhaid llyncu aspirin, yfed dŵr, garglo, glanhau'i dannedd am y trydydd tro – hyn oll cyn taclo'r diflastod o ufuddhau i orchmynion llym Lynette. Gan ddechrau wrth godi'r dillad brwnt o'r llawr a'u hwpo i'r cwdyn golch. 'Dry Clean Only' sydd ar label y ffrog Mary Quant – caiff honno fynd i gefn y wardrob. Mae'r neilons gwaedlyd, rhacs yn mynd i'r bin.

Rhaid eistedd ar ei gwely – ei throed yn brifo – gan syllu ar olion trefn a glendid Lynette: gŵn-nos baby-doll oren wedi'i phlygu ar obennydd gwyn, dan ben-ôl One-eyed Ted, sy'n syllu'n ddrwgdybus arni; colur a phersawr a llyfrau a ffeils ar eu silffoedd priodol. A lluniau yn eu fframiau: priodas Jeff, ei brawd, a Lynette yn forwyn; y teulu ar risiau'r garafán yn Trecco Bay, Lynette yn ei bathers, yn chwerthin rhwng ei mam a'i thad . . .

Ac mae hi'n cofio'r noson honno, amser maith yn ôl yn Glynmor, a hithau'n rhannu gwely â Lynette, a'r synau'n treiddio drwy'r wal . . .

> 'God, I love you, Mor . . . My lovely Morfydd.'
> 'I love you, Glyn.'

> a finne'n 'i gasáu e
> am fod mor neis
>> yn ŵr
>> yn dad
>> yn garwr
>> yn bopeth neis i bawb

Cic sydyn i'r ffon fagl, suddo dan y lafant a'i dynnu dros ei phen . . .

o'n i'n gorwedd gyda'i ferch
yn gwrando ar 'i duchan afiach
ar ochneidio dwl ei wraig . . .

rhoi fy mhen bach lawr i gysgu
rhoi fy enaid i Grist Iesu
gwna i Glyndwr Morgan
farw farw FARW!
er mwyn Dy enw Di
Amen

Cloch aflafar sy'n ei dihuno, a gorchmynion swta Lynette i godi, ymolch – 'A bihafio!'

Mae hi'n ufuddhau, er gwaetha'r cur yn ei phen, y cyfog yn ei pherfedd a'r boen yn ei throed. Llyncu dŵr, tasgu dŵr dros ei gwallt a'i hwyneb, cribo'i gwallt – a'r cyfan dan oruchwyliaeth lem. A llwydda i hercian yn ddidramgwydd i'r refectory.

'Croeso i Fwrdd y Cymry, genod bach!'

Nel Jones, yn ôl y sticer ar ei blows. Nel radlon, lond ei chroen, yn eu hebrwng at y ford agosa.

''Dan ni'n deulu dedwydd yma – tydan, Terry fach?'

Teresa Harris, weiren o groten fain – 'Cer i grafu, Neli!'

'Hogan ddigon clên 'di hi – yn y bôn! A Nel ydw i, o Rosgadfan.'

Mae sydynrwydd yr hyn sy'n digwydd nesa'n syfrdanu'r newydd-ddyfodiaid.

'Neli-ddi-eli-ffant! Trrympeti-trrymp!
Neli-ddi-eliffant! Trrympeti-trrymp!'

Borded o ferched: pob un yn chwifio'i braich fel trwnc eliffant o flaen ei thrwyn ac yn stamp-stamp-stampio'i thraed ac yn pwnio'r ford.

A Nel yn ymuno yn yr hwyl, a'r ddwy lasfyfyrwraig yn llygadu'i gilydd – 'Branwen – paid â dêro!'

Rhy hwyr. Heblaw am Lynette, mae pob merch ar

Fwrdd y Cymry'n pwnio'r ford, yn stampio'i thraed ac yn chwifio'i braich o flaen ei thrwyn gan siantio, 'Trrympeti-trrymp!' Ac mae cant o ferched syber a Miss Bowen Senior Bursar a staff y gegin yn gwylio'r sioe. A'r miri'n cyrraedd ei grescendo ag un 'Hwrê!' gorchestol.

A Lynette yn dawel, welw. A Nel, yn fyr ei gwynt, yn sychu'r chwys o'i thalcen – 'Wel, dyna sbort, yntê! Ond calliwch rŵan, genod bach! Mae gynnon ni bobol ddiarth!'

'Pukey little freshers!'

'Taw, Terry fach!'

'Pwy ti'n galw'n "pukey"?'

'Ti, Lynette! A Branwen!'

'Fi biwcodd nithwr, Terry . . .'

'Jocian oedd hi, genod bach.'

'Nobody calls me names!'

'Pam ti'n siarad Saesneg?'

'Busnes fi! And anyways, pwy wyt ti?'

'Wilma, o Aberdêr.'

'O'i gyfieithu – Filma'r Falwan o Aberdâr.'

'*Wilma* ydw i. Chi sy'n hoffi bod yn gês.'

'Twt lol! Ti sy'n gês a hannar!'

'A ta beth, "malwoden" yw'r gair cywir.'

'Paid â dechra! Gogs am byth!'

Mae Lynette yn ochneidio'n anghrediniol . . .

'Jocian 'mysg ein gilydd 'dan ni, cofiwch!'

'Lot fawr o "jôcan" ar y ford 'ma, Nel!'

'Oes, Lynette. Criw hapus ydan ni, a ffrindia mawr.'

'Could have fooled me!'

Mae Nel yn gwenu arni'n od, cyn codi gwydraid o ddŵr – 'Llwncdestun, genod bach!'

'I bwy?'

'I'r newydd-ddyfodiaid – Branwen a Lynette. A phawb ar Fwrdd y Cymry – gan gynnwys ein dysgwragedd pybyr – Wilma a Terry!'

'Dysgwraig yw Lynette, hefyd.'

'Cau ceg ti, Branwen.'

'Ond Lynette, ma' pobol fel ti'n bwysig! Ein dyfodol ni fel cenedl!'

A bu tawelwch . . . Nes i Terry wenu'n wawdlyd – 'Am ystrydebol! A nawddoglyd!'

'Taw, Terry! Branwen, sut mae'r droed?'

Nerys Llanberis – hipi liwgar, ei ffrinj a'i hamrannau'n cwrdd.

'Yn gwella. Diolch i Nyrs Gilbert.'

'Un dda 'di Beti fach.'

'A finne'n ddwl. Ond dathlu'n diwrnod bythgofiadwy o'n ni, Lynette a fi . . .'

'Dim byd i neud â fi!'

'Na. A ma'n ddrwg 'da fi, Lynette. A Terry, hefyd, am dy dramgwyddo gynne.'

'O! "Tram-gwyddo", ife? A "Byth-gof-iadwy"! Posh, ontefe!'

A Lynette yn ymateb fel fflach – 'Beth am "ystrydebol", Terry? A "nawddoglyd"? "Geiriau posh", ontefe?'

Ac mae'r ddwy'n syllu'n danbaid ar ei gilydd – wrth godi ar eu traed gyda phawb arall pan frasgama O.P.P. a'i dirprwy yn eu gynau duon at y top table, wrth i Nel lafarganu 'O Dad, yn deulu dedwydd' ac i'r cawl dyfrllyd gael ei osod o'u blaen. Nes i Nel weiddi – 'Terry a Lynette! Llai o'r nonsens yma, genod bach! Mae bywyd yn rhy fyr i ddadla a dal dig!'

Nes i Terry hisian, 'Sod off, Neliffant!' Ac i Lynette syllu'n drist arnyn nhw eu dwy.

Pan gyrhaedda'r cig a'r grefi a'r llysiau, mae Nel, ei serfiét fel bib ar draws ei brest, yn llwytho'i phlât ac yn llygadu platiau pawb arall.

'Branwen, sgin ti'm awydd y cig 'na?'

'Na.'

'Diolch yn fawr!'

Mae hi'n pwyso dros y ford, yn bachu'r darn diferol, yn ei wthio i'w cheg, a'i droi â'i thafod a'i gnoi â'i dannedd sigledig.

'Neliffant! Ffor shêm!'

'Byrstio fydd dy ddiwadd di! Dy berfadd yn llifo lawr Lôn Wen!'

'Twt lol, Nerys fach – a lawr Lôn Goch â'r datan 'ma!'

A dim yn weddill ond diferion grefi ar ei gên.

'Lynette!'

Y noson honno, rhwng cwsg ac effro – sŵn. Dim sŵn y gwynt na thonnau'r môr na ratlan y ffenestri. Sŵn crafu rhyfedd.

'Lynette! Beth yw'r sŵn 'na?'

Does dim ymateb ganddi, na dim i'w glywed ond ei chwyrnu ysgafn a'i hochenaid wrth wthio'i llaw o dan ei rolers gwallt.

Sŵn crafu eto, a golau llachar yn hollti'r llenni – y lamp yr ochor draw i'r prom? Na, mae hwn yn symud. Golau car? Na, mae hwn yn symud lan a lawr . . .

'Branwen! Beth yw'r gole 'na?' – Lynette, ar ei heistedd erbyn hyn, yn magu One-eyed Ted.

'Dim syniad!'

'Ma' fe'n sgêro fi!'

'A finne!'

'Ble mae Mister Moses when you need him?'

'Awn ni i whilo amdano fe?'

'Na!'

Mae'r golau'n cylchu dros y ffenest.

'Tortsh yw e, Branwen! Pervert! Peeping Tom!'

'Paid â bod yn dwp . . .'

'Ti sy'n dwp! Yn hoffi agor y ffenest i glywed sŵn y blwmin môr!'

Cnocio ar y ffenest. Bysedd o dan y ffenest, yn ei gwthio'n uwch . . .

'Stop! Who's there?'

Wyneb grotésg mewn cylch melyn, yn pipo drwy'r hollt.

'We've called the police!'

'Ond Branwen, ferch!'

'Ffycin hel!'

'Dwayne o ffycin Clytach!'

Mwgyn rhwng ei wefusau, tortsh dan ei gesail, yn balanso ar y sil, a'i law chwith yn gafael am y beipen ddŵr sy'n sownd wrth y parapet uwchben.

'Piss off, you creep!'

''Sdim angen rheci. A gyta Branwen fi'n moyn siarad.'

'Cer o 'ma'r cwdyn!'

'A fi'n gweud wrth sboner fi am ti! Fe'n sorto ti mas, gw'boi!'

'Ond Branwen! Fi'n cretu bo' fi'n caru ti!'

Yn sydyn ac yn swnllyd, mae'r beipen yn sigo, yn ymryddhau o'r parapet a'r wal nes i'r cyfan – y beipen, darnau pwdr o'r parapet a Dwayne o Clytach a'i fwgyn – syrthio saith troedfedd i'r pafin islaw.

A bu distawrwydd. A dim i'w weld ond tawch o bowdrach llwyd.

'Branwen, ti wedi messo pethe lan big time tro hyn!'

'Fi?'

'A fe lover-boy!'

'Beth ni'n mynd i neud? Beth os yw e wedi brifo?'

'Wedi marw, even?'

Cyn gorfod penderfynu dim, mae'r drws yn agor. Miss Bowen Senior Bursar a'i 'What the dickens?', yn ei floral housecoat. Mae hi'n wadlo at y ffenest – yn edrych allan, ac yn ebychu'n groch.

'Nefi wen!'

Mae'r ddwy lasfyfyrwraig yn mentro ati, yn syllu ar i lawr – oes 'na gelain ar y pafin? Na, dim ond peipen ddŵr doredig, darnau o barapet pwdr, a charped o bowdrach llwyd.

Haul y bore dros y carped paisley, a'r cyn-wardeiniaid marw ar y wal yn gwgu arni eto. Mae pawb yn gwgu arni: Lynette, O.P.P., Dr Wynne Deputy Warden, Miss Bowen Senior Bursar, PC Evans a WPC Jones. Llacio'i goler a chrafu'i wegil a wna Mister Moses.

'Now then, Miss Roberts, nawrte, Miss Roberts . . .'

PC Evans sy'n siarad, a WPC Jones yn ysgrifennu mewn llyfr du.

'This man – y dyn 'ma – o'dd yn balanso wrth y ffenest – who was balancing by the window . . .'

'PC Evans, you may speak in Welsh.'

'Thank you, Miss Parry Price. Iawn, I shall proceed in Welsh. Welsoch chi neb, Miss Roberts?'

'Naddo.'

'Miss Morgan?'

'Naddo!'

Mae Miss Bowen Senior Bursar yn ategu na welodd hithau neb, er iddi orglywed digonedd o nonsens plentynnaidd nad yw am ei ailadrodd. Ar ôl sawl munud o holi anghysurus, pwysa'r dafol o blaid y ddwy ddiniwed ar y carped, a'u hunig gosb yw pregeth PC Evans am 'fois dansherus sy'n prowlan ar ôl stiwdents bach diniwed', ac am yr angen i 'riporto unrhyw ddyn sy'n acto'n od'. Mae Miss Bowen Senior Bursar yn amenio, a Mister Moses yn crafu'i wegil – 'Byddwch yn garcus, ferched bach. A gobitho bod yr insiwrans yn mynd i dalu am y parapet a'r beipen.'

Syllu arnyn nhw â'i llygaid llym a wna Dr Wynne. Ond mae O.P.P. yn barod ei maddeuant unwaith eto – 'No more nonsense, girls. Just settle down.'

'Nôl yn y stafell, yr un yw neges Lynette – 'Exactly! No more nonsense! No more strange men yn acosto ni! No more mess yn y stafell 'ma! A pam ti'n cadw'r rusty old thatched cottage tin yna ar desg ti? Gives me the creeps it does!'

Nid wyf wedi ysgrifennu yn y dyddiadur yma ers amser, oherwydd:

1. Rwyf yn brysur yn gwneud fy homework.
2. Rwyf wedi blino gormod.
3. Rhag ofn y byddaf yn ysgrifennu pethau diflas.

Ond ar yr ochor olau (dywediad Mamgu), ar ôl wythnos yn y County mae pethau'n dechrau gwella. Wel, rhai pethau. Dim ond i fi a phawb arall gadw at reolau fel:

1. cerdded – "young ladies never run" – i'r cloakroom yn y bore a rhoi ein berets ym mhocedi'n Burberrys a'u hongian ar y bachau cywir a newid in daps a disgwyl yn dawel am y First Bell

2. cerdded ar y chwith ar hyd y coridor a sefyll mewn dwy res y tu allan i ddrws 1D gyda Miss Dunn

3. disgwyl i Miss Hitt ddod o'i hystafell ar ben y coridor i ddweud "Good Morning, Staff, Good Morning, gels," a phawb yn ateb "Good Morning, Miss Hitt," a sefyll mewn tawelwch tan y Second Bell.

Mae hyn i gyd yn cymryd amser hir (yn enwedig os oes rhywun yn shyfflan neu'n trwshan neu'n peswch – neu'n giglo, ond rydych yn cael detention am wneud hynny). Rwy'n hoffi edrych ar bawb fel anifeiliaid Noa'n disgwyl cael mynd i mewn i'r arch. Neu fel carcharorion o flaen eu celloedd, fel yn y lluniau yng nghylchgrawn

"Photo" Mr Geraint Dodd. Y bore 'ma, pan binshodd merch ddrwg ferch arall nes gwneud iddi wichian, daeth Miss Hitt lawr y coridor a holi "Who was that?" ac fe gododd y ferch ddrwg ei llaw a chael detention. A hefyd yr un oedd wedi gwichian. Doedd hynny ddim yn deg, ond does neb byth yn dadlau gyda Miss Hitt.

O'r diwedd, ar ôl y Second Bell, byddwn yn martsho gyda Miss Dunn i mewn i'r Assembly yn yr Hall.

Ie, dim ond i fi gadw at y rheolau mae pethau'n dechrau gwella.

Wel, rhai pethau.

'Trefn, os gwelwch yn dda!'

Bar cefn yr Angel, ac mae Ffîbi Ffelows yn sefyll ar gadair yn annerch y gynulleidfa fechan wrth ei thraed.

'Y daflen las i ymaelodi, y taflenni pinc i'w dosbarthu mewn mannau priodol – hosteli, siopau, caffis a thafarnau. Ewch â digon – ond dim gormod. A dim gwastraffu!'

Mae hi'n oedi i gymryd ei gwynt . . . Ac mae Nedw Hir – Ed Long, gynt, o Norwich – y mae ei drwyn smwt a'r blewiach ar ei fochau'n rhoi iddo ymarweddiad cyw diwrnod oed, yn ei saliwtio'n smala.

'A chofiwch ufuddhau i'r Frenhines Ffîbi!'

'Anghofia'r giamocs, cyw!'

'Paid â ngalw i'n cyw! A rho'r gora i'n trin ni fel plant!'

'Pawb i wbod 'i le – yntê'r hen ffrind?'

Maen nhw'n gwenu'n oeraidd ar ei gilydd. Cadoediad am y tro.

'Reit, pwy 'di Branwen Dyddgu Roberts?'

'Fi . . .'

'Croeso aton ni. Sgin ti brofiad o brotestio?'

Tryweryn, Ffîbi. Mam a merch yng nghanol tyrfa ar y bryncyn, rhesi plismyn yn eu lledr du. A'r dyrfa'n rhuthro – 'Dere, Branwen – gafael llaw!' Gwibio rhwng y ceir a'r motor-beics a'r bympers a'r olwynion, gorfod gollwng dwylo – 'Gadwch lonydd iddi! Croten ysgol yw hi!

'Lle peryg iawn i hogan ysgol, Misus!'

Gweld y marcî'n moelyd.

Clywed y dŵr yn llifo.

A llefen.

'Oes, ma' 'da fi brofiad.'

'Da iawn! A sawl aelod sy'n eich cangen leol?'

'Dwy – fy mam a fi.'

Eiliad o edrychiad od – cyn codi'i braich i dawelu'i chynulleidfa.

'Heil Hitler!' Mae Nedw Hir, â'i fraich yntau fry, yn gwenu'n siriol arni. Mae cyllell ei gwên hithau'n ddychryn.

''Tydi Nedw bach yn ddigon o ryfeddod, ffrindia?'

A'r ymryson rhyngddynt yn parhau gydol 'y gair o groeso' a'r 'dyma ni, nid nepell o bont Trefechan', a'r 'ymgyrchoedd cyffrous sydd ar y gweill' – Ffîbi'n annerch, Nedw'n porthi, yn chwibanu rhwng ei fysedd ac yn gweiddi 'Clywch! Clywch!'

Mae 'na wynebau cyfarwydd – Bwrdd y Cymry yn ei grynswth, Iwan Fardd a Gwyn Geltaidd, Arthur Athronydd – 'Am griw anaeddfed, Branwen!' A'r dihysbydd Dwayne – 'Jawl, Branwen, ferch, wy 'di ymaelodi'n sbesial er mwyn bod gyta ti!'

'Ond rŵan, ffrindia, gair am ein hymgyrch arbennig eleni . . .'

Cwyd Nedw'i ddwylo at ei geg fel megaffôn: 'Ym-gyrch–y–Neu-add–Gym-raaeg! A beth y'n ni'n moyn? Neuadd Gymraeg! Pryd y'n ni'n moyn hi? Nawr!'

'Diolch, Nedw. Ond nid 'nawr' yn union. Y flwyddyn nesa 'di'r addewid, ffrindia. Er hynny, rhaid peidio gorffwys ar ein rhwyfa. Rhaid cario'r maen i'r wal!'

'A phob ystrydeb arall, O, Frenhines!'

Ystrydebau, gêmau pŵer – a neb yn sylwi ar y crwtyn eiddil wrth y drws. Branwen Dyddgu Roberts sy ar ei feddwl. Bu ar ei feddwl ddydd a nos ers ei gweld ar Fore'r Glas. Mae'n anodd meddwl am ddim arall. Am neb arall . . .

Ond am y tro, troi ei gefn yw'r unig ateb. Gadael llonydd iddi hi a'r chwarae plant, a mynd drwy'r drws, i'r nos.

Rhyfedd meddwl fy mod yn y County ers dros wythnos. A bod cymaint wedi digwydd.

1. The final timetable. Rwyf wedi ei stico ar glawr fy Rough Book, lle byddwn yn ymarfer gwneud gwaith cyn ei ysgrifennu'n ddestlus yn ein Exercise Books. A thrio peidio'u blotio neu wneud camgymeriad a gorfod croesi allan. Neu bydd yr athrawes yn ysgrifennu "careless work" neu "rewrite this". Ond dyna sut mae dysgu, meddai Mami, gan taw athrawes yw hi. "Supply" mae hi'n dysgu, ac efallai y daw i'r County os bydd Miss Watcyn Welsh yn dost. (Rwy'n poeni am hynny oherwydd gallai Miss Hitt ddweud wrthi am yr "Unfortunate Exchange".)

Rwyf hefyd wedi stico'r timetable ar fy nrych – nid ar y wal, rhag ei marcio. Pan oeddwn yn ferch fach, yn cysgu yn y gwely mawr gyda Mami, fe rwygais y papur wal (dail gwyrdd a blodau glas). Rhoi fy ngewin yn y "join" a'i agor. Nid wyf yn gwybod pam. "Hen wharieth plant" fyddai Mamgu'n ei ddweud. Ond doedd neb wedi sylwi ar y rhwyg, nac ar yr ysgrifen goch, "B.D.R. x x x J. A. M. (Gan fy mod yn caru Jonathan Alan Meades.)

41

Mae Mr a Mrs Bob Jones newydd bapuro ystafell Mami, ar ôl tynnu'r hen bapur i gyd. Felly mae'n rhaid eu bod nhw wedi sylwi. Ond nid ydynt wedi sôn dim. Am wn i.

Beth bynnag, mae Jonathan wedi marw.

Felly does dim ots.

2. Rwyf wedi gwneud llawer o ffrindiau newydd. Rwy'n dal i fod yn ffrindiau gyda Meryl a Lynette, er bod un yn IR a'r llall yn IW. Nid yw Mami'n hapus gyda hyn, gan y dylai pawb sy'n siarad Cymraeg fod yn yr un dosbarth. Mae hi'n bygwth cwyno wrth Miss Hitt, ac rwy'n poeni am hynny, hefyd.

Mae Meryl a Lynette, ac Ingrid o IR, gyda'i gilydd bob break a dinner-time. Rwyf wedi cael fy rhoi i eistedd rhwng yr efeilliaid Patricia a Pamela Parr gan eu bod yn "chatterboxes".

Fe hoffwn i gael brawd neu chwaer. Roedd Jonathan fel brawd, ond gan ei fod wedi marw does dim pwynt meddwl rhagor ac fel mae Mami'n dweud, "Rhaid symud mlaen."

'Mawr obeithiaf, fyfyrwyr y flwyddyn gyntaf, eich bod wedi paratoi'n dra thrylwyr ar gyfer y prawf hwn.'

Mae Wil Bach Felindre newydd orffen ticio'i gofrestr ac wedi nodi absenoldeb dau fyfyriwr o'r ddarlith naw. Bydd ganddo ddiddordeb mewn clywed eu hesgusodion. Ond, am y tro, mae angen ychydig bach o sbort . . .

'Pan roddaf ganiatâd, trowch eich papurau drosodd ac ateb y cwestiynau o fewn chwarter awr . . .'

Cwyd ei stopwatsh a gosod ei fawd ar y botwm – a syllu dros y ddwyres o wynebau . . .

'Pedair eiliad, tair, dwy, un . . .'

FY NGHAS WERSI

Needlework.

Mae gwallt Miss Harding yn wyn, mae cefn ei dwylo'n sbotiau brown ac mae ei llygaid bron mor binc â rhai Albi'r guinea pig yn y biology lab ac mae hi'n galw pawb yn "dear".

Yn ystod yr Autumn Term rydym yn gwneud needle holder a needlework apron. Yn y Spring Term, gingham knickers gwyrdd a gwyn, matching material i'r summer dresses. Rwy'n gobeithio cael summer dress newydd sbon gan na chefais un (na knickers gingham!) ar ôl Ll.H.E. Wn i ddim pam. (Ac rwyf wedi dysgu sillafu "knickers".)

"There's an unpleasant odour in this classroom! Does anyone know what or who the cause may be?"

Dyna ofynnodd Miss Harding yn y last lesson heddiw, a sniffian fel Albi a'r llygod a'r hamsters ac atebodd pawb, "No, Miss Harding." Roeddwn yn poeni taw fi oedd y cylprit ac y byddai pawb yn dal eu trwynau a dweud "Pŵ!" fel yr oeddem yn ei wneud gyda Sarah Collins yn Ysgol Tan-y-berth.

Ond soniodd Miss Harding ddim mwy am y peth.

Fe jeciais "odour" yn y Collins Dictionary.

Sarah Collins — Collins Dictionary — rhyfedd.

FY HOFF WERSI

1. Saesneg.

Mae darllen llyfrau'n bwysig, meddai Miss Finn. Mae hi'n adrodd gwaith William Shakespeare a William Wordsworth (a rhyw "William" arall nad wyf yn cofio'i enw) ar ei chof.

Pan ofynnodd beth oedd ein hoff lyfrau roeddwn yn rhy swil i ddweud "Jane Eyre" a "Little Women" ac roedd y merched eraill wedi sôn amdanynt cyn i fi gael cyfle. Ond dywedais fy mod yn hoffi Enid Blyton. Aeth pawb yn dawel nes i Miss Finn ddweud, "We don't discuss such inferior literature in my lessons." Ac yna canodd y Second Bell ac roedd yn ddiwedd y wers.

2. P.T.

Mae Miss Byrd yn fach ac yn denau ac yn gwisgo gymslip a daps a sanau gwyn a chwisl ar ruban ac rwyf yn ei gweld yn debyg i aderyn. (Oherwydd ei henw? Ei thrwyn fel pig? Neu am ei bod yn gwibio o gwmpas y gym a'r hockey field a'r netball court?)

Yn y gym rydym yn neidio dros y box a'r horse. (Yn ein navy Knickers. Diolch byth nad oes bechgyn na dynion yn yr ysgol! Heblaw am Mr Flood ond nid yw'n cael dod i'r gym yn ystod gwers.)

Roeddem yn gwisgo blowsys yn y first lesson (gan nad oedd y school sports shirts wedi cyrraedd), a dywedodd Miss Byrd, "Sorry about your crisp, new blouses", ond y byddent fel newydd "once your mothers have washed and ironed them". Doeddwn i ddim yn poeni am fy hen flows Ll.H.E.! (Tybed pam nad oedd dillad P.T. yn y pecyn?)

Ar yr hockey field rydym yn gwisgo divided skirts (rwy'n gwisgo hen rai Mami) ac yn dewis partner a tharo'r bêl yn ôl ac ymlaen. Mae Patricia a Pamela bob amser yn bartneriaid, a phawb arall yn dewis yr un partner. Rwy'n ddigon balch bod yn bartner i unrhyw un sy'n rhydd.

Ar y netball court (navy Knickers!), bydd bechgyn y County Boys yn edrych arnom dros y ffens! Ond nid ydynt yn meiddio dweud dim na chwerthin. Nid wyf wedi gweld Simon Simms na Geraint Williams yno. Ond weithiau mae Mike a Phil a David Meades yno mewn rhes. Maen nhw bob amser gyda'i gilydd ac wedi gwneud yn wych i basio i County gan fod pethau'n anodd iddynt a gobeithio y bydd Jacqueline a Jane'yn pasio i'r County hefyd. Mami sy'n dweud hyn i gyd.

Rwy'n meddwl llawer am Jonathan. Byddai yn Form One fel fi. A byddai gyda'i frodyr wrth y ffens.

Ac rwy'n dal i feddwl am y wers Saesneg. Ni fyddaf yn dweud dim o hyn ymlaen.

"Mae'n talu bod yn garcus." Mr Geraint Dodd sy'n dweud hynny. ("Carcus" yw "gofalus" yn ei iaith ef.) Fe ddywedodd "Mae'n talu bod yn garcus" wrth Mami neithiwr wrth adael yn hwyr y nos.

' "Pwyll Pendefig Dyfed oedd arglwydd ar saith gantref Dyfed . . ." '

Proff Jâms, ei ddwylo'r tu ôl i'w gefn, yn oedi o'i lafarganu 'nôl a mlaen rhwng y drws a'r ffenest, ac yn syllu arni dros ei sbectol gron.

'Popeth yn iawn, Miss Roberts?'

'Ody, diolch.'

'Ardderchog, ardderchog – "A threiglwaith yr oedd yn Arberth, prif lys iddo . . ."'

Oedi eto, clirio'i wddf – 'O'n i'n nabod eich tad, Miss Roberts. Colled fowr. A chofiwch fi at eich mam – menyw alluog.'

Llwydda i beidio â chodi o'i desg ar unwaith a rhedeg o'r ddarlith. Llwydda i barhau ar ei heistedd ymhen chwarter awr, wrth i'r Proff gasglu'i goflaid o lyfrau a nodiadau. A llwydda i gyfri i ddeg ar ôl iddo frasgamu drwy drws y ddarlithfa. Ond yna, mae hi'n codi ac yn rhuthro i lawr y grisiau i'r cyntedd, a thrwy'r drysau mawr,

45

gan droi i'r dde heibio i'r eglwys a'r crazy golf at y castell a'i ymgeledd . . .

A chysgodi yno, ei chefn yn erbyn wal, a'i deimlo'n solid ac yn saff.

Hi a gwylan ar wal gyfagos yn llygadu'i gilydd yn nannedd drycin.

Drwy'r tarth, gall weld Pendinas yn y pellter, a'r tonnau'n ffusto'r pier, cyn llifo'n afon dros y prom. O'i blaen mae'r cofadail rhyfel a'i gerfluniau o ddwy ferch noeth: y naill yn fuddugoliaethus ar ben y byd; y llall, islaw – y 'Frigitte Bardot' fondigrybwyll – yn brwydro'i ffordd drwy ddrysi rhyfel. Mae 'na drwch o dorchau pabis dros y grisiau, o dan y geiriau 'A'U GOGONIANT NI DDILËIR'.

Mae hi'n cau ei llygaid rhag y glaw; mae'r gorwel dros y tonnau rhwyfus yn annelwig. Ac mae ei llais yn gryg wrth ddechrau canu:

> 'Ar fôr tymhestlog teithio 'rwyf
> I fyd sydd well i fyw . . .'

Oedi, canu'r cwpled eto, yn uwch y tro hwn – heb falio am ystrydeb na gwlybaniaeth nac am ddim na neb. Gŵyr fod y dyn sy'n loetran fel rhyw Siôn y tywydd wrth ddrws y shelter yn syllu arni, gan dynnu ar ei fwgyn. Ei hanwybyddu a wna'r fenyw sy'n gwthio babi mewn pram du dan orchudd plastig, gan weiddi 'Stop that!' ar groten fach sy'n neidio'n llawn diléit i'r pyllau dŵr.

Mae hithau'n gwenu ar y groten, yn penderfynu gweiddi canu –

> '. . . Gan wenu ar ei stormydd oll –
> Fy Nhad sydd wrth y llyw.'

Mae'r wylan yn lledu'i hadenydd – yn codi fry a throelli'n ddigyfeiriad cyn llwyddo i lanio ar ben y cerflun buddugoliaethus. Ond, heb fawr o afael, rhaid codi a chylchu a glanio eto, ei chrafangau'n dynn mewn adain garreg a'i rhyfelgan yn atseinio 'Wâ-wâ-wâ'. Cyn ildio drachefn – a chydag un 'Wâ!' ddolefus, gadael i'r gwynt ei hebrwng i gyfeiriad yr harbwr. Caiff gysgod a gorffwys yno, debyg. Ac yna? Simne fawr Pendinas? Neu draeth cysgodol Tan-y-bwlch?

Neu beth am fentro 'mhellach, wylan fach? Dilyn glannau'r môr i Aberaeron? Glanio ar do 'Y Nyth'? 'Sdim dal sut groeso gei di. Mam-gu'n gweiddi, 'Caton bawb! Cer o 'ma'r wylan hyll!' Neu, 'Ti'n cario lwc fach dda i hen wraig ddidoreth heddi?'

Ac mae hithau'n lledu'i breichiau, yn gadael i'r gwynt ei chario at fainc gerllaw. A chaiff gyfle i ymdawelu, er gwaetha'r hyrddiadau yn ei hwyneb a chri'r gwylanod yn ei phen.

Sgrech y babi yn ei bram sy'n ei hanesmwytho. A'i chwaer yn sgrechen draw. A'r fam yn gweiddi arni – 'You wait 'til I get you home! Your Dad will sort you out!' – cyn ei llusgo gerfydd hwd ei chot, a gwthio'r pram yn chwyrn, 'nôl i gyfeiriad y dre.

Glaw ac ewyn yn tasgu dros wydrau'r ciosg – 'Fi sy 'ma, Mami.'

'Shwt wyt ti, Branwen fach?'

'Grêt!'

'Ble wyt ti?'

'Ciosg ar y prom.'

'Yng nghanol storom, weden i!'

'O'dd ciw wrth ffôn yr hostel. A whant wâc arna i.'

'Yn y glaw?'

'Isie awyr iach.'

'Ody popeth yn iawn?'

'Ody! Wy'n joio mas draw!'

'Ti'n llwyddo i witho? Cadw lan â'r traethode?'

'Odw – dim problem. Tithe'n olreit?'

'Odw.'

'Gwd. Fe af i nawr – dim rhagor o newid.'

'Pam na nelet ti reverse charge?'

'Dim angen.'

'Drycha ar ôl dy hunan.'

'Mami . . .'

'Ie?'

'Wy'n caru ti . . .'

'A finne'n dy garu dithe, Branwen fach.'

amo – I love

amas – you love

amat – he / she loves

amamus – we love

amatis – you (plural) love

amant – they love

Rwyf wedi dysgu'r rhestr hon ar gyfer y Latin vocabulary test. Mae rhai geiriau (nouns), yn fwy tricky, fel "galea – helmet", "scutum – shield", a "lorica – breastplate". Ac mae rhai, fel "ecclesia – church" ("eglwys") yn hawdd. (I fi!)

Mae "amor" ("love"), yn debyg i "l'amour" (French) ac rwyf wedi prynu'r talcum powder siâp calon binc i Mami a byddaf yn ei guddio tan y Nadolig. Ac mae "amor vincit omnia" ("love conquers all") wedi ei gerfio ar garreg fach wen (anrheg o Rufain gan Mr Geraint Dodd) sydd ar y wal uwchben gwely Mami. (Cefais i freichled gopr ganddo, un sy'n debyg i freichledi'r caethweision.)

Mae Mami wedi tynnu'i modrwy briodas a'i rhoi'n saff gyda'i modrwy emrallt yn ei bocs ifori.

Rwyf i wedi rhoi'r freichled gopr yn y Bwthyn Bach To Gwellt. Ni fyddaf yn ei gwisgo.

Gwnaethom lun o'r Coliseum yn History.

Caiff Mami a fi fynd i'w weld ryw ddydd, efallai.

Dyna roedd hi'n arfer ei ddweud, ond dywedodd heddiw, "Mae Mr Geraint Dodd a minnau'n bwriadu mynd i Rufain. Cei di ddod gyda ni. Bydd yn dda cael ei gwmni gan ei fod yn gwybod cymaint am y lle."

Fe atebais, "Iawn." Ond celwydd oedd hyn. Y gwir yw taw Mami a fi sy'n mynd i bobman gyda'n gilydd, hi a fi a neb arall, ac nid wyf am i hynny newid.

Anyways (Lynette sy'n dweud hynny), nid wyf am weld y Coliseum wedi'r cyfan, gan fod lot o greulondeb wedi bod yno at bobol ac anifeiliaid.

'Chopper-time, Neli!'

Mae tair merch wrthi'n llusgo Nel at ei gwely.

Er gwaetha'i strancs a'i phrotest – 'Gadwch lonydd imi, genod bach!' – a'i gwichian fel mochyn dan y twca, llwyddir i'w thaflu ar ei chefn ar y fatres. Mae un ferch yn eistedd ar y coesau pwt, a'r ddwy arall yn gafael yn ei breichiau.

'Sbort 'di sbort – ond dyna ddigon!'

Does dim modd iddi gicio'i choesau, ond mae ei thraed yn wafio'n wyllt – croen caled, melyn ar y sodlau, gwythiennau lliwgar ar y migyrnau.

Pwy sy'n gafael yn ei phen, yn dynn fel feis? Yn gwasgu'i thrwyn rhwng bys a bawd? Yn gorfodi'r geg i agor? Yn bachu'r dannedd – top a gwaelod?

Dim ots pwy.

Yn ei llaw hi – Branwen Dyddgu Roberts – maen nhw'r funud hon.

Pâr o ddannedd dodi diferol. Hen fwydach brown a gwyrdd yn glynu rhwng y pinc a'r gwyn. Fel gwymon yn sownd wrth gragen.

A Nel yn wrach fach fantach, yn tasgu poer.

Dannedd dodi'n mynd o law i law.
 Castanéts yn clepian clep-clep-clep.
 Crocodeil yn snapian snap-snap-snap.
 A phawb yn chwerthin.
 Llond bol o chwerthin.
 Fel y laughing policeman boliog ar y pier.
  'And then I started laughing,
  I laughed until I cried!
  I just can't stop my laughing –
  So I'll laugh until I die!
   Oh! Ha-ha-ha-ha! He-hee-hee!
   Yes, I'll laugh until I die!'

"Nearer and nearer draws the time,
The time that shall surely be,
When the earth shall be filled
With the glory of God
As the waters cover the sea."

Dyma fy hoff "assembly hymn". Ond rwy'n hoffi pob un. Am eu bod yn newydd ac yn Saesneg, meddai Mami, ac y byddaf yn blino arnynt yn gyflym iawn.

Rwyf wedi blino ar yr un hen rai Cymraeg y mae hi a Mamgu yn eu canu wrth y piano, a'r rheini roeddem yn eu canu yn Ysgol Tan-y-berth. Ond ni fyddaf yn cyfadde hynny.

Rwy'n hoffi "To be a Pilgrim" hefyd ac wedi ysgrifennu un pennill yn fy Rough Book:

50

"Who so beset him round with dismal stories
Do but themselves confound – his strength the more is,
No foes shall stay his might, though he with giants fight,
He will make good his right – to be a pilgrim."

Nid wyf yn deall popeth, dim ond bod rhaid bod yn
ddewr a chryf i beidio poeni am straeon drwg ac i ymladd
yn erbyn cewri cas – sef bwlis.

Mae'n gêm fach ryfedd rhyngddi hi a'r crwtyn eiddil.

Stanli yw ei enw – fe ddeallwyd hynny erbyn hyn, a'i
fod yn dod o Saltney. Ond ŵyr neb fawr rhagor, heblaw ei
fod yn hynod swil, a phob amser ar y cyrion. Y si ar led
yw iddo dyngu llw o fudandod nes medru cyfathrebu yn
Gymraeg.

A dyma fe, heno eto, yng nghornel pella Llyfrgell y
Coleg, yn syllu arni dros ei bentwr llyfrau a osodwyd,
gallech dybio, fel caer rhyngddo a gweddill y byd. Ond bob
tro y cwyd ei llygaid o'i nodiadau mae yntau'n gostwng
ei ben yn sydyn o dan barapet ei gaer – un cadarnach,
gobeithio, na hwnnw a ddymchwelodd o dan bwysau
Dwayne o Clytach.

Bu'r gêm syllu ar waith ers wythnosau, mewn darlith a
chyfarfod a chaffi, yn y cwad rhwng darlithoedd ac yn y
Llew ar noson fawr ac yntau'n magu ei beint o sudd oren,
a hithau'n sipian ei rym-an'-blacs. Ond heno y sylweddola
am y tro cyntaf cymaint y mae'n mwynhau ei chwarae.

Mae rhywbeth arall yn ei tharo: y nodweddion tebyg
rhyngddynt. Yr ansicrwydd, yr arwahanrwydd, y reddf
i adeiladu caerau – y ddau â'u cefnau at ddiogelwch y
silffoedd pella, ac yntau'n llechu'r tu ôl i'w lyfrau, ei dafod
ynghlo.

Gŵyr hi'n iawn beth fydd y camau nesa. Bydd yn
casglu'i phapurau ac yn eu stwffio i'w bag dyffel, yn

gwisgo'i siaced ac yn dychwelyd ei llyfrau wrth y ddesg, cyn mynd i lawr y grisiau at y cwad, ac allan drwy'r drws cefn. Erbyn iddi gyrraedd cornel y Coleg Diwinyddol, bydd yntau ddecllath ar ei hôl, a bydd yn cadw'r pellter hwnnw ar hyd y prom, a'i gwylio o hirbell yn diflannu i bortsh yr hostel. A bydd hithau'n sefyll yn y cyntedd, yn ei ddychmygu'n troi ac yn dianc 'nôl ar hyd y prom.

Ac fel pob tro, ni fydd yn teimlo unrhyw anesmwythyd na bygythiad. I'r gwrthwyneb, mae chwarae'r gêm ddiniwed hon â Stanli'n gysur ac yn sbort. Dau od yn deall ei gilydd, heb unwaith dorri gair.

Yn fwy na dim, mae'r gêm yn lleddfu dolur gêmau'r Hugan Goch.

'Dere, Branwen . . .'

Mae Terry'n cau ei ffeil yn glep ac yn dechrau casglu'i phethau.

'Glywest ti?'

'Do – 'mond bennu hwn . . .'

'Tradition and Innovation', Rachel Bromwich. Gwaith oriau o gopïo manwl, tudalennau ffwlsgap llawn at y marjins . . .

'Dere, Branwen – nawr!'

Ac mae hi'n sylwi'n sydyn ar y pensil –

a'r sgwigl yn annisgwyl

yn nadreddu

o dop

y ddalen

lawr

i'w

gwaelod

'Wyt ti'n deall?'

neidr

arall

ac
un
  arall
    eto . . .
  'Paid!'
        troi tudalen
        tudalennau
            nadroedd
            snakes
            and
        ladders
    dalen arall
  rhwygo
    lawr
      o'r
    top i'r
      gwaelod . . .

'Nawr!'

A hithau'n ufuddhau, yn cau'r ffeil a'i stwffio i'w bag dyffel a gwisgo'i siaced a'i dilyn fel oen swci at y ddesg gan eilio'r 'Nos da!' joli a cherdded i lawr y grisiau at y cwad ac allan drwy ddrws y cefn.

'Da iawn, Branwen! A 'ma ti gêm newydd arall! Twist an' trip!'

Gêm bachu coesau   bachu, twist, baglu – ar hyd Laura Place a throi i'r chwith – bachu, baglu am Stryd y Bont – 'Reit! Bihafia!'

A cherdded fraich ym mraich at ddrws y Llew.

'Swots!'

'Llyfrgell tan nawr!'

'Brêcdowns gewch chi!'

'Chi bownd o fod yn mynd am ffyrsts!'

'Dowch i joio, genod bach!'

Dewch-Gymry-glân-i-wrando-ar-ein-cân lan-yn-Aber-Aber-Aber!

A phob calon-lân-yn-llawn-daioni. A phob gwinllan-a-roddwyd a when-Gwynfor-got-in-for-Carmarthen a bendith-iddo-byth-amen yn fwrn.

Ac eilio'r Haleliwia'n artaith.

Miss Wilshaw'r athrawes Music sy'n chwarae'r piano yn yr Assembly. Mae hi tua chant oed ac yn gwisgo dillad du ac yn gwybod popeth am Beethoven a Mozart. (Diolch, Britannica!)

Miss Watcyn Welsh sy'n arwain y Welsh Assembly bob bore Gwener, gyda rhai o ferched Form Six sy'n siarad Cymraeg. Rwyn edrych ymlaen at gael gwneud hynny!

Miss Moffat sy'n dysgu Singing. (A Scripture.) Mae hi fel pêl ac yn gwisgo sgertiau at ei thin. (Mae'r dywediad yna ychydig bach yn ddrwg!) Mae rhai merched yn ei galw'n "Twinkle-toes" am ei bod yn cerdded ar flaen ei thraed mewn sodlau stilts, a rhain ei galw'n "Miss Muffet who shat on her tuffet" (am ei bod yn dweud "sh" yn lle "s"). Mae ei llais yn ysgwyd fel jeli ac rydym yn canu "Fairest Isle, all isles excelling" ac mae'r geiriau'n anodd, fel "swain" a "Cyprian grove" a "soft repulses". A "Nymphs and Shepherds" hefyd. Nid yw Mam'n hoffi'r caneuon hyn am eu bod yn Saesneg ac mae hi'n bygwth cwyno amdanynt gan y dylem ganu caneuon Cymru. (Ni allaf fentro dweud wrthi ein bod yn canu "In England's green and pleasant land" mewn cân o'r enw "Jerusalem"!)

Mami fydd yn arwain y Welsh Assembly os daw i ddysgu supply. Bydd yn rhyfedd ei gweld ar y dais.

Mae sawl peth yn fy mhoeni am Mami'n dod i'r County:

1. Cwyno am y caneuon Saesneg.
2. Cwyno am wahanu merched sy'n siarad Cymraeg.
3. Am y bydd yn fwy strict gyda fi na neb arall.
4. Yr "Unfortunate Exchange".

Mae pedair merch newydd stwffio Nel, yn bytheirio a chicio, i sach gysgu werdd, a chau'r zip at ei gên.

Gan fod ei dwylo wedi'u clymu â sgarff sidan, a'i thraed â chorden gŵn wisgo, does dim gobaith iddi ddod yn rhydd. Awgrymir clymu sgarff am ei cheg, ond cytunir y byddai hynny'n rhy eithafol. A beth bynnag, rhan o'r sbort yw clywed ei bytheirio.

Mae rhagor o sbort i ddod . . .

'Bumpcr-time, Neliffant!'

'Gadwch lonydd imi'r cnafon drwg!'

Mae'r ddwy wrth geg y sach a'r ddwy wrth ei thraed yn llwyddo i godi'r baich trwm a'i daflu'n lindys grotésg sy'n gwingo ar y gwely. Rhaid magu nerth drachefn, cyfri 'Un, dau, tri!' – a'i godi a'i ysgwyd 'nôl a mlaen i gyfeiliant corws rhythmig:

'Neli – ddi – eliffant – bympeti – bymp!
A – bympeti – bymp – a – bymp-er!
Bympeti – bymp – bympeti – bymp!
Yn – drwm – fel – Billy – Bunt-er!'

A thaflu'r lindys 'nôl ar y gwely, chwerthin, a'i godi'r eildro – 'Barod?' – a'r ysgwyd a'r canu'n cyflymu'n gynyddol:

'Neli – ddi – eliffant – bympeti – bymp
a bympeti-bymp a bymp-er!
Bympeti-bymp-a-bympeti-bymp!
Yn-drwm-fel-Billy-Bunt-er!'

A'r crescendo'n orchestol:

'BYMPETI – BYMP – A – BYMPETI – BYMP!'

A'r lindys llipa'n cael ei daflu'n ddiseremoni ar y gwely.
   'Ydach chi wedi gorffan rŵan, genod bach?'
   'Tan tro nesa, Neli!'

Mae nodyn ar ddrws y stafell:

*Wedi mynd i'r pictures gyda Don.
        (Hard Day's Night. Eto!)
                L. x*

Mae hithau newydd gyrraedd ar ôl cefnu'n gynnar ar
rialtwch y Llew.
   Ac mae trylwyredd y weithred yn sioc.
   Ei gwely wedi'i ddinoethi at y fatres, ei drôrs wedi'u
dymchwel, ei silffoedd a'i desg wedi'u gwagio, a phopeth
– dillad, sgidiau, stwff ymolch, ffeils a llyfrau, a'r Bwthyn
Bach To Gwellt – yn bentwr cawdel potsh ar lawr.
   A Tedi Brown yn gwyro'n drist ar ben y cyfan.
   Sylwa'n sydyn ar neges past dannedd fel sgrech ar
draws y drych:

PLEASE TIDY THIS ROOM!

   A sylweddola fod gwely Lynette, One-eyed Ted, a'i holl
eiddo cymen hi heb eu twtsh.

Dim fel hyn oedd pethau i fod: y llwyddo a'r llongyfarch, y paratoi a'r pacio, yr edrych mlaen, y torri'n rhydd . . .

Dim fel hyn.

Deg o'r gloch – a gwên lawen Lynette lond y drws.

'Haia Branwen! Ti 'nôl yn gynnar!'

'Wedi blino . . .'

'Obviously – yn dy byjamas yn barod. Fi 'di blino hefyd – ar ôl "Hard Day's Night" gyda Don!'

Winc fach sydyn, a syllu o'i chwmpas – 'Ma'r stafell 'ma'n deidi!'

'O'dd isie cymoni.'

' "Trefnusrwydd a destlusrwydd"?'

' "Lle i bopeth a phopeth yn ei le." '

'Miss Morris Tan-y-berth, poor dab, yn dŵ-lali yn Sunset View.'

' "Henaint ni ddaw ei hunan . . ." '

'So sixty-four yn hen. 'Na beth mae mam fi'n gweud. Ond anyways, bydd ti a fi byth fel'na!'

Naid sydyn ar ei gwely, strymio gitâr ddychmygol, ei chorff yn troelli'n siapus – 'When I'm sixty-four! When we're sixty-four! We'll be young as ever! When we're sixty-four!'

'So ti'n gall!'

'Twt! Bywyd yn rhy fyr i fecso am fynd yn hen!'

Un fowns fawr ar ei phen-ôl – 'We'll grow old glamorously, ti a fi! Ennill Glamorous Granny competition yn Butlins!'

'Minis, teits American Tan?'

'Lipstic coch a mascara to the end!'

'Addo?'

'Addo!'

Mae Lynette yn sobri'n sydyn, yn ochneidio, ac yn syllu

arni'n ddifrifol – 'Addo rhywbeth arall, Branwen. Pido dod i angladd fi.'

'Ti'n siarad dwli nawr!'

'Addo!'

'Pam?'

'Byddet ti'n sad, 'na pam. A sa i'n hoffi gweld ti'n sad.'

'Ond fyddet ti 'di marw!'

'Addo i fi, Branwen!'

'Iawn! Os wnei dithe addo pido dod i'n angladd inne!'

'Depends pwy sy'n cico'r bwced gynta?'

Ac mae'r ddwy'n gwenu – 'Pact-an'-'ope-to-die, Branwen?'

'Pact, and hope to die, Lynette.'

Ysgwyd llaw'n ddeddfol, cyn i Lynette afael yn y tegell a mynd at y sinc – 'Ma'r mirror 'ma'n sheino!'

'Shwt o'dd Don o Conway heno?'

'Ffab. Love 'im to bits I do. A guess what? Ma' fe'n nabod Mal!'

'Mal, sboner Meryl?'

'Ie. Rugby Sevens. A ma'r inter-coll tournament fan hyn yn Aber.'

Mae Lynette yn taflu golwg arni yn y drych wrth roi coffi a llaeth powdwr yn y mygiau – 'Gall Meryl ddod gyda fe o Fangor.'

'Grêt.'

'A Dai Meades, falle?'

Esgus dangos dim diddordeb. Dyna'r ateb.

'Ti'n moyn gweld e? Ie neu na?'

'Na.'

'Convincing iawn!'

'Lynette, ma' fe a fi wedi cwpla!'

'Beth yw "regret" yn Gymraeg?'

'Difaru. A so fe wedi difaru dim.'

'Beth am ti?'

'Dai gwplodd pethe. I fynd 'da Ingrid Grant.'

'I was there, Branwen. Ond . . .'

' "Ond" beth?'

'Maen nhw wedi cwpla nawr, Ingrid a Dai.'

'Shwt ti'n gwbod?'

'Meryl.'

'Fyddan nhw 'nôl 'da'i gilydd, garantîd.'

'Branwen, ti'n moyn siarad?'

Sŵn chwerthin, y drws yn cael ei daflu ar agor – 'Siawns am banad, genod bach?'

'Pawb i helpu'i hunan, Nel.'

'Branwen, ti'n gariad i gyd.'

Mae Lynette yn ochneidio wrth afael yn ei rolers, a Nel a Wilma, eu mygiau yn eu dwylo, yn anelu am y tegell. Mae Terry'n aros ar ei thraed gan wenu ar Lynette – 'Sa i'n aros – ond diolch am y croeso.' Ac mae Lynette yn gwenu 'nôl – 'Dim problem. Cer, ti angen beauty sleep ti.'

'A tithe angen lot o rolers!'

'Isie mencyd rhai?'

'Dim diolch. Ma'n well 'da fi wallt syth.'

'A greasy, obviously.'

'Nefi wen! Pam na fedrwch chi fod yn ffrindia, genod bach?'

'Nos da, bawb!'

Mae Terry'n dal i wenu wrth ddiflannu drwy'r drws. Mae Wilma'n suddo i'r bîn bag – 'Noson ddiflas yn y Llew.'

Mae Nel yn pysgota yn y pecyn bisgedi – 'Ond noson fawr i Nerys, Wilma fach, a hitha 'di bachu Aled o Gwm Pennant! "Yng nghesail y moelydd" mae hi heno!'

Ac mae Lynette yn ochneidio wrth estyn am y Clearasil Cleanser . . .

'Hogyn selog 'di Aled, 'ngwas i. Cefndar i mi ar ochor teulu Bryncir. 'I rieni'n Bleidwyr. Lynette, pam nad wyt ti wedi ymaelodi?'

Mae Wilma'n ymsythu'n heriol – 'Falle taw Blaid Lafur yw hi! Fel fi!' – cyn suddo'n ddyfnach i'r bîn bag i ddisgwyl y bwledi.

'Twt lol! Cymry 'dan ni, genod bach! A Chymry Cymraeg yn y fargan! Mae gynnon ni'n plaid ein hunain!'

'So pawb sy'n siarad Cymrêg yn cefnoci Plaid Cymru.'

'C'wilydd, Wilma fach!'

'Ond rwy'n cefnoci Cymdeithas yr Iaith!'

'Wyt – a dyna be dwi'n methu'i ddallt . . .'

'Mae'n bwysig ymladd dros yr iaith! Ac rwy'n dod o deulu o brotestwyr! Sosialwyr, cefnocwyr Keir Hardie! Roedd têd-cu fi'n sicialydd! A'i dêd-cu fe'n un o'r Merthyr rioters!'

'Ond mae dyddia'r sosialwyr drosodd! A 'dan ni ar drothwy newid gwleidyddol mawr, diolch i Gwynfor a'i debyg!'

'A beth nêth e i achub Capel Celyn?'

'Be ddaru dy Blaid Lafur ditha? A beth am Aber-fan? I lle'r eith pres y gronfa? Dwi 'di clywad si . . .'

'Paid â sôn am Aber-fan! O'n i'n napod llawer fu farw yno!'

'Dwi'n gwbod . . .'

'Ac mae 'nhêd yn addoli S. O. Davies!'

'Mae o'n eithriad.'

'Ma' fe'n Gymro dê, yn sosialydd i'r carn.'

'Ond yng nghrafanga'r Blaid Lafur wrth-Gymreig!'

'Ac wyt ti'n mynd mwy fel Ffîbi Ffelows bob dydd!'

'A'n gwaredo, Wilma fach! Tynnu sylw at yr unigolyn – dyna mae hi a'i theip yn 'i neud. Ond mae'n hen bryd i ti – a dy deip – ddŵad aton ni i'r Blaid!'

'A beth yn gwmws yw fy "nheip" i?'

Nerys, yn dychwelyd o'i hoed, sy'n torri'r ddadl.

'A sut oedd petha yng nghesail y moelydd, Nerys fach?'

'Drewllyd! Dwylo budr ym mhobman!'

'Aled Tŷ Capal – "Arglwydd y cwm" – yn camfihafio?'

'Hen fochyn bach! A dwi'n mynd am gawod!'

A Nerys yn diflannu drwy'r drws, gwêl Lynette ei chyfle i ddylyfu gên yn uchel ac estyn am ei cold cream a'i gŵn-nos baby-doll . . .

'Posh, Lynette! Mae'n siŵr bo' Don yn hoffi honna!'

'Gwatsha di – "Wô! Arafa, Don!" fydd hi!'

'Os chi'n moyn gwybod, we've agreed, Don a fi – no sex! Ond chi'n rhy childish i ddeall hynny!'

Mae'r ddwy'n syllu arni, a Wilma'n troi ei chudyn gwallt – 'Dere, Nel.' A Nel yn gwenu'i gwên siocled ac yn codi'n drwsgwl – 'Ia, y ciando amdani, genod bach.'

'Gwrandwch, fi'n rîlî sori . . .'

'Dwi 'di hen arfar, Lynette fach.'

Mae Wilma'n ochneidio – 'A finne, hefyd.'

Ac mae'r ddwy'n ymadael, ac yn cau'r drws.

'Branwen, fi yn y cach. Big-time.'

Mae Lynette yn troi a throsi yn ei gwely, cyn cynnau'r golau a chodi ar ei heistedd.

'Branwen, fi'n becso. Am ypseto Wilma a Nel, of all people. Sy'n cael digon o stick yn barod. Especially Nel. A sa i isie bod fel pawb arall, always putting her down. Galw hi'n "Neliffant". Canu'r gân awful yna, "Trrymp, trrymp, trrymp." '

'Wedodd hi nad o'dd hi'n becso.'

'Mae pawb sy'n cael eu bwlio'n becso. Ond yn cwato popeth.'

Ai dyma'r cyfle mawr? I gyfadde'r gwir? 'Ma' 'na bethe erill, Lynette. Pethe ma'n nhw – ni i gyd – yn 'u neud, yn dy gefen di. Dwgyd 'i dannedd hi, 'i chlymu mewn sach gysgu. A gyda llaw, Lynette, dim Nel yw'r unig un sy'n ca'l 'i bwlio . . .' A'r cyfle cael ei golli . . .

'A fi'n flin am alw nhw'n "childish", ond mae e'n wir. A

ti'n gwbod rhwbeth? Fi'n difaru dod i'r blwmin coleg 'ma.
A falle . . .'

'Falle beth?'

'Gaf i transffer.'

A gynyddodd sŵn y tonnau? Neu ai hi sy'n dychmygu?
Mae hi'n syllu ar Lynette yng ngolau'r lamp, cold cream
dros ei hwyneb, rolers yn ei gwallt, yn magu One-eyed
Ted.

'Lynette, so ti'n golygu hynna . . .'

'It's crossed my mind! Ond na, sa i'n serious – ar hyn o
bryd. Jyst am un rheswm, reit? Don Wilson. Achos fe, fi'n
folon aros.'

'Pam na soniest ti am hyn?'

'Ti'n nabod fi – fi'n gallu côpo. Anyways, sa i'n mynd
heb Don.'

'Wy'n falch . . .'

'Fi'n caru fe, ti'n gwbod. Can't stand jôcs ymbythdu
fe. A rhywbeth arall hefyd – fi'n sensitif ymbythdu sex a
pethe. And as for going all the way – fi byth wedi.'

'Chawson ni ddim lot o gyfle – 'mond mynd yn gang i
Mario's . . .'

'Snogo, Branwen. Grôps yn bac row'r Odeon. Ond ti'n
iawn. Dim neud rhwbeth we'd regret. Heblaw am Mary
Pierce, and we all know what happened to her.'

'Pam o'n ni mor prim an' proper, gwed?'

'Young ladies didn't do it, Branwen!'

'Shwt ti'n gwbod?'

'Come on – we'd know! Do'n ni ddim even yn siarad
am y peth!'

'Beth ti'n 'ddishgwl? A phob athrawes yn hen ferch!
Heblaw am Mami a Mrs Thomas Art. Nes gyrhaeddodd
Mr Horniman.'

Un edrychiad ar ei gilydd – a chwerthin.

'Mr Horniman!'

'Shock! Horror! A male member of staff!'

'Boi bach pert!'

'Handsome hunk!'

'Druen â'r hen ferched – gallen nhw fod wedi marw o sioc!'

'We were all hen ferched! Straight-laced and staid! Still are!'

'Falle taw hen ferched fyddwn ni am byth!'

A sobri'n sydyn – 'And on that dismal note – nos da.'

Mae Lynette yn diffodd y golau – a'i ailgynnau – 'Branwen!'

'Beth sy'n bod nawr?'

'Dai Meades – ti a fe wedi neud e?'

'Ti'n gofyn pethe rhyfedd heno.'

'Ie neu na?'

'Na . . .'

'That means "Ie"!'

' "Na" yw "Na"!'

'Beth am ti a bachgen arall? Yr Adrian 'na o Ponty Boys?'

'Paid â bod yn sofft!'

'A falle – oh my God! – Dwayne "Fi'n cretu bo' fi'n caru ti!" '

'Cer i gysgu! Neu fe welwn ni'r floral housecoat 'to!'

'Hen ferch arall. Ond un cwestiwn pwysig – pam ti more secretive, Branwen? Ond dim ots, mae secrets gyda pawb. A cofia taw Agony Aunt Lynette yw'r shelter yn y storm! In the meantime . . .'

Mae hi'n diffodd y golau eto – 'Dim sex i Don a fi!'

Prod â'i bys i fol One-eyed Ted – 'Ti'n deall, Ted? No sex! Wel, dim ond teeny-weeny bit o hanky-panky now-an'-then! Nos da!'

A chyn pen dim, mae hi'n anadlu'n drwm.

A'i hanadl bob-yn-ail â thonnau'r môr.

Anadl, ton – a cherrig mân yn llusgo.

Anadl, ton – a llusgo. Hiss . . .

Hiss bwganod basement Gwynfa –
Mephistopholes yn crechwenu
   iâr-fach-yr-haf yn troelli
   Wncwl William yn ei gwylio
   'Cwyd odre dy sgert yn uwch . . .
     Neiss . . . Neiss iawn . . .'

Hiss bwganod Tyddyn Bowen –
diferion chwys a brychni siwgwr-brown
  blewiach aur ar war
     yr haul yn gafael yn ei wallt
      gwallt lliw blodyn haul
        llygaid fel Nant Las
'Jonathan! Stop fooling and get up!'

   gwythïen las yn pwmpo'n goch
    rhosyn coch ar foch
     'Jonathan, I'm sorry . . .'
Mr Meades yn poeri fflemsen ar ei boch
dagrau Mrs Meades yn ei llygaid Craig-y-llyn
Mikey David Phil Jacqueline Janey
            yn dal dwylo'n dynn
rhosyn coch yn gwyro'n bert mewn potyn du
  rhosyn coch ar foch yn diferu dros y blewiach aur
    cwrlid o gymylau pinc dros fedd

   fwganod
     fôr tymhestlog
      gadwch lonydd i fi gysgu

Drannoeth, wrth y cownter brecwast – 'Branwen, wy'n
moyn ymddiheuro.'
   Mae hithau'n oedi'n wyliadwrus – 'Am beth, Terry?'
   'Am hyn.'

Hwp fach slei â'i hysgwydd – 'Wps! O na, shgwla ar y mess!'

Te dros blât a soser. Gwên ar wyneb Terry.

'Cymer y napcyn 'ma – i sychu dy hen slops.'

'Bora da, genod bach! Dowch! Gnewch le i un sy bron â llwgu!'

'Neliffant, ti angen lle i ddwy!'

Mae Terry'n symud draw at Fwrdd y Cymry, gan sibrwd wysg ei chefn – 'Dere 'da fi, Branwen!'

Ai dyma'i chyfle o'r diwedd? I holi, 'Pam 'nest ti hyn? Pam neud a gweud shwt bethe cas? Pam 'y mwlio i, neud 'y mywyd i mor ddiflas? Ond os digwydd rhwbeth 'to, lwc owt!'

'Terry!'

'Ie, Branwen? Beth yw'r broblem?'

Dim byd – heblaw am sychu'r slops heb i neb eu gweld.

Mae'r fainc yn sigo wrth i Neli eistedd arni.

'Neliffant! Shgwla beth ti wedi'i neud! Slops dros frecwast Branwen, druan!'

'Mae'n ddrwg gin i Branwen.'

'Dim problem, Nel.'

'Neliffant, Branwen – chi'n dod gyda fi i'r cwrdd?'

'Na, dim bore 'ma, Terry fach. Deuda di air bach drosta i. A chofia ofyn am faddeuant!'

Nos Sul ddiog, ôl-swper, ôl-capel a Dechrau Canu, y londri wedi'i neud, y gwalltiau wedi'u golchi a bocs bisgedi'n cael ei rannu. Ac wythnos arall yn Academia ar fin cychwyn.

'Reit ta, genod bach – cwis.'

'O na!'

'Dowch! A'r cwestiwn, cynta – dwi 'di bod isio'i ofyn o ers acha – be sgin Branwen yn y tun tŷ to gwellt 'na ar 'i desg? A'r ail gwestiwn – pam bo' 'na glo arno fo?'

'No point gofyn, Nel! Fi wedi trio! "Pam bo' rusty old tin yn cael pride of place?" A beth yw ateb ti, Branwen?'

' "Minda dy fusnes, Lynette!" '

'Ac mae hi'n iawn. Dylai pawb gael Bwthyn Bach To Gwellt. Tipyn bach o privacy a secrets.'

'Dwi'n cytuno. A doedd gin inna ddim hawl i holi, genod bach.'

'Holi beth?' Mae Terry newydd gyrraedd yn ei phyjamas.

'Fi soniodd am gael cwis . . .'

'Sod off, Neliffant!'

'Ond, Terry fach, dwi 'di bod yn meddwl . . .'

'Trrympeti trrymp!'

'Gadael llonydd iddi, Terry! Y bwli mawr!'

Distawrwydd. A phawb yn llygadu Lynette. Nel, â bisgïen lond ei cheg, sy'n torri ar y tawelwch – 'Yli di, Lynette, ella bo' Terry'n hogan ddigon gwirion, ond tydi hi ddim yn fwli!'

'Diolch, Neliffant!'

' "Nel" yw enw hi!'

'Gad hi, Lynette fach. Mae Terry a finna'n dallt ein gilydd.'

'Ond gwed wrthi! Gwed wrth pawb! Beth yw enw ti?'

Mae Nel yn gwenu – ' "Elen". "Elen Elisabeth", ar ôl fy nwy nain. "Elen Fwyn" oedd Taid yn 'y ngalw i. A "Nel fach" ydw i i Mam a 'Nhad. Ond yma, efo chi, dw'n "Nel" neu'n "Neli". A dwi'n berffaith hapus efo hynny.'

Mae Terry'n taflu golwg fuddugoliaethus arall at Lynette, sy'n dyfalbarhau – 'Ond beth am "Neliffant"? A'r "trrympeti trrymp"? Ti'n hapus gyda hynny, hefyd?'

Ennyd fach o oedi, cyn i Wilma stwffio'i chudyn gwallt y tu ôl i'w chlust – 'Dere mlên, Nel. Cwis i godi calon.'

Ac mae Terry'n codi, yn astudio'r arlwy yn y bocs bisgedi, yn dewis bys siocled – a'i roi rhwng ei gwefusau fel sigâr – 'Okay, Neli! Quiz it is!'

'Na, hen syniad gwirion, genod bach. Yn enwedig heno . . .'

'Pam? Be sy 'di digwydd?'

'Dad sy newydd ffonio, Nerys fach. Mae Mam yn ddigon cwla, a fo sy'n tendio arni. A dwi'n poeni, chwara meddylia – be sy'n mynd i ddigwydd iddyn nhw?'

''Dan ni gyd yn mynd i orfod wynebu hynny.'

'Wn i, Nerys. Ond mae'ch rhieni chi'n iau, ffortis, ffiffftis . . .'

'Roedd gin Mam ddau o blant pan oedd hi'n oed i. Ond mae hi'n mwynhau bywyd erbyn hyn. Job dda, galifantio . . .'

'Esgusotwch fi, mae newyddion pwysig gyta fi . . .'

Mae pawb yn troi at Wilma, sy'n rhoi fflic i'w gwallt a chodi'i gên yn heriol – 'Bydd brawd neu chwaer newydd gyta fi mis Mai!'

'Gwych, Wilma fach!'

'Embarasd faswn i! A blin fasa Mam! Ta-ta i'r job a'r galifantio!'

'Ych a fi! Mam a Dad yn ca'l sex! A babi yn y fargen!'

'Terry – problem ti yw hynna.'

'Lynette, dy broblem di yw – ti.'

'Nefi wen! Rhowch gora iddi, genod bach!'

Ciliodd Wilma'n falwodaidd 'nôl i'r bîn bag. Ond mae Lynette yn dal ei thir – 'Grow up, chi lot! Ni yn diwedd y nineteen-sixties!'

'O 'ma ni, pawb i losgi bras a llyncu'r bilsen!'

'Pawb i symud mla'n, Terry! Anghofio bigoted, superficial views! Mae'r byd yn newid!'

Ac mae'r tyndra'n amlwg. Nes i Nel glirio'i llwnc – 'Wel, mi faswn i wrth 'y modd yn cael brawd neu chwaer. I rannu petha – y "llon a'r lleddf", chadal yr hen Williams Parry.'

'Tw-whit tw-hŵ!'

'Gwawdia di, Terry fach. Ond dwyt ti – na neb ohonoch chi – yn dallt. Sgin i neb i rannu cyfrifoldeb.'

'Wy'n deall yn iawn, Nel . . .'

'Wyt, wrth gwrs, Branwen fach . . . Mae'n ddrwg gin i.'

A bu tawelwch – nes i Terry ddatgan, 'Happy days, myn yffar i!'

Mae Lynette yn estyn am ei rolers. A Nel yn estyn am fisged siocled – 'Reit, un cwestiwn arall, genod bach. Mae gynnoch chi broblam – un fawr, sy'n pwyso'n drwm . . .'

'Fel ti!'

'Cau ceg ti, Terry!'

'Cer i grafu, Lynette!'

'Dowch, dowch – at bwy 'dach chi'n troi am help a chyngor?'

'Fy chwaer fawr.'

'Nanna . . .'

'Pa un o'ch rhieni? Eich mam neu'ch tad?'

'Ein Tad sydd yn y nefoedd?'

'Dim gwamalu, genod bach!'

'Mam, weithia, Dad, weithia . . .'

'Byth fy nhêd!'

'Mae Tada'n anobeithiol!'

'Tada! Am enw dwl!'

Yn sydyn, mae Lynette yn pwyso mlaen, yn sibrwd – 'Mae Dad fi wedi marw. A Dad Branwen, hefyd. So dim choice 'da ni. So ni'n gallu "troi" at tadau ni. Gofyn am eu "cyngor". Achos maen nhw'n corpses lan y cemetery. So think about it. A Branwen – paid â dêro llefen.'

Mae'n bwysig peidio llefen, 'mond yn dawel fach, ar eich pen eich hunan mewn gwely lafant. Mae'n bwysig dal llaw'r ffrind sy'n gwenu arnoch chi, er gwaetha'i chryndod. Ac mae'n bwysig gwenu 'nôl, cyn troi eich llygaid at y llawr a syllu ar friwsion bisgedi dan draed Nel, a hithau'n eu stablan mewn i'r oelcloth brown.

'Ddrwg gynna i, Lynette a Branwen – dwi mor dwp, ansensitif . . . Dowch, bawb. Mi awn ni rŵan. Nos da, genod bach.'

Mae'n bwysig dwcud 'Nos da!' yn joli, gwenu wrth i bawb symud fel un cysgod du drwy'r drws, a'i gau.

'Lynette, o't ti'n orchestol.'
　'Beth yw hynny?'

Mae'n bwysig chwerthin yn eich dagrau.
'Mond chi a'ch ffrind a'ch tedis.

NEUADD GYMRAEG NAWR!

Rhwng y glaw a'r oerfel, sen Saeson o fyfyrwyr a thrigolion y dre, mae ysbryd gweddillion gweddill ffyddlon yr ymgyrch 'Ie!' yn isel.

Oedodd yr orymdaith wrth y bandstand. Mae'r drymio a'r siantio wedi hen ddistewi a meddwl pawb ar fath a phaned a pheint. Mae Ffibi Ffelows a Nedw Hir yn cynnal pwyllgor brys – ond yn oedi wrth weld gweddillion gweddill ffyddlon yr ymgyrch 'Na! / No!' yn cyrraedd o gyfeiriad Terrace Road . . .

Croesffordd y King's Hall fydd yr High Noon. Ond fel petai hyn oll ddim yn ddigon, wele Arthur Owens, sy newydd adael cysur bar yr Undeb, yn cydgerdded â Nick Porter, Students' President, o dan faner enfawr.

NO!
TO LINGUISTIC APARTHEID!

'Sut 'dach chi, un ac oll? Ffîbi, Nedw, Nel – bawb o'r "gweddill ffyddlon"? Neu beth am "y cwmwl tystion"? Fasa hynny'n plesio'n well?'

'Ti wedi cyrraedd y gwaelod, felly.'

'Anelu am yr uchelfannau ydw i, Ffîbi. Onwards and upwards – "ad astra" – arwyddair da i bragmatydd bach fel fi.'

'Ac mi ei di'n bell, y bradwr!'

'Y llyfwr, uffar!'

'O gwnaf, does dim amheuaeth. A gyda llaw, arwydd o wendid ydi galw enwau ar wrthwynebydd. Pob lwc gyda'r ymgyrch!'

Ac i ffwrdd ag e, â'i fryd ar ateb cwestiwn Nick Porter, 'And what was all that about?'

'Just a storm in a teacup, dear Nick!'

Cynyddodd y storm. Mae hi'n noson o rybudd llifogydd, yn noson i osgoi perygl.

16.00
STORM WARNING
STUDENTS ARE ADVISED TO TAKE GREAT CARE
ALONG THE PROMENADE
Dr Olwen Parry Price, Warden

Noson i'r gwynt hyrddio'r tonnau a'r cerrig mân a'r graean dros y prom. Noson stacio bagiau tywod wrth ddrysau a ffenestri . . .

17.00
STUDENTS ARE ADVISED NOT TO VENTURE
ON THE PROMENADE
Dr Olwen Parry Price, Warden

Noson i gwtsho mewn – i wahodd ffrindiau i'ch stafell, i gael gwahoddiad i stafell ffrindiau, neu i guddio – esgus gweithio – yn eich stafell ar eich pen eich hunan. Neu noson i ymuno â chymdeithas wâr y common room a'i theledu, neu i chwarae tennis bwrdd yn y games room neu i gloncan ar y grisiau'n gwmni diddan neu i giwio wrth y ffôn a chysylltu'n hiraethlon â rhieni a chariadon.

18.00
THE FRONT ENTRANCE IS NOW LOCKED
IF REALLY NECESSARY,
PLEASE USE THE BACK DOOR
DO NOT VENTURE ON THE PROMENADE
Dr Olwen Parry Price, Warden

Noson i gau'r llyfrgell yn gynnar. I frwydro'ch ffordd ar hyd y cefnau. I daflu'ch ymbarél toredig i'r gwter. I fod yn ddiymgeledd rhag y glaw, a'r ceir sy'n tasgu dŵr yn gawod dros y pafin.

Erbyn cyrraedd Portland Street, mae hi'n wlyb at ei chroen – ei throwsus a'i chot, y sgarff coleg a lapiwyd am ei phen a'r bag dyffel a strapiwyd ar ei chefn.

Mae hi'n troi i'r chwith wrth Neuadd y Dref am gefnau'r Marine a chwt y bad achub, cyn troi i'r chwith o'r Morfa Mawr i Albert Place, wrth swyddfa'r heddlu, gan anelu am y prom, heb weld yr un enaid byw, ond gan synhwyro presenoldeb Stanli ddecllath ar ei hôl. A chael boddhad rhyfedd.

Mae cerdded yma'n anodd – y glaw a'r ewyn a graean mân yn ei hwyneb – ac wrth nesáu at y cornel gall weld y tonnau enfawr yn hyrddio dros y reilings a chlywed y polion a'r gwifrau'n ratlan yn nannedd y gwynt. Ceisia droi i'r dde – ond rhaid ildio ar unwaith gan ymbalfalu am y reilings ac anelu 'nôl am y gornel.

Ton arall, chwthwm arall, troi'n lletchwith – teimlo'i phigwrn yn sigo – a syrthio, gan daro'i thalcen yn y reilings . . .

Teimlo breichiau amdani, yn ei helpu i godi a hercian 'nôl i gysgod swyddfa'r heddlu â'r gwynt wrth eu cefnau. Chwilio am lonyddwch y gwli cefn . . . Ac oedi . . .

'Diolch, Stanli.'

'Branwen, rwy'n eich caru.'

Dim ond fel'na – cyn diflannu 'nôl i'r nos.

Cyn iddi hithau hercian yn grynedig i mewn i'r hostel drwy'r drws cefn – 'Miss Roberts fach! You're limping!'

A dyma hi, dan flanced lwyd, bandej am ei migwrn, yn gwingo am yr eildro o dan TCP Nyrs Gilbert.

'O ga'l anlwc, bach, fuoch chi'n lwcus 'weth. Yn gwmws fel y gath o'dd 'da fi gatre slawer dydd! Fe iwsodd hi bob bywyd o'dd 'da hi, druan – nes i'r gŵr 'i boddi hi mewn bwced am bisho ar ben ford. Ond so'r Warden yn grac â chi'r tro 'ma. A ma' pawb yn goffod dysgu parchu Natur Fowr.'

Mae hi'n gwthio'i chap 'nôl ar ei thalcen, yn sychu'i dwylo yn ei hoferôl – 'Nawrte, bach, cadwch y bandej mla'n dros nos, a chymryd pethe'n dawel. Dim hei-jincs! 'Mond noson fach miwn 'da'r merched.'

Agor botymau'i hoferôl, tynnu'i chap wrth gymryd cip drwy'r ffenest – 'Ma'r storom yn gostegu. Ond fe fydd annibendod ar y prom am ddyddie. Ta pwy fildodd e mor agos at y môr, o'dd isie'u sbaddu nhw.'

Mae hi'n rhoi ei hoferôl a'i chap ar hangyr – 'Reit, wy'n mynd sha thre. Gafaelwch yn y ffon fagl – on'd yw'r Beibil yn handi mewn cyfyngder! – ac ewch yn strêt i'r bath. Ond cadwch y bandej mas o'r dŵr. A chi'n siŵr o ffindo dillad sych yn rhywle . . .'

Mae hi'n troi'n sydyn – 'Wedon nhw wrthoch chi? Am y stafell? Am y dŵr?'

Yn y cyntedd – pentwr o lenni a dillad gwely llaith, eu trugareddau mewn bagiau plastig.

Yn y stafell – dau wresogydd ffyrnig, y ffenest ar agor, y llenni net yn chwythu fel hwyliau llong, a gwynt yr heli'n drewi.

A neges ar y ddesg:

> *Wedi mynd lan i Panty.*
> *Fi a One-eyed Ted.*
> *Can't bear the mess.*
> *(Excuse the pun!)*
> *L. x*

'Mi oedd hi 'di gwylltio'n ulw.'
   'Ma'n nhw'n beio "storm y ddegawd".'
   'A'r "llanw anghyffredin o uchel".'
   'A chitha ar y llawr isa.'
   'A beth am y ffenest bwdwr?'
   'O'dd hi'n agored, medde Mister Moses.'
   'Allech chi achwyn – mynnu iawndal!'
   'Be 'ti'n ddeud, Branwen fach?'
   'Twt, 'sdim lot o niwed.'
   'Ond lle gysgi di heno?'
   'Ryw stafell dros dro, medden nhw.'
   'Yn y cyfamser – joch o frandi?'
   'Nel! Lle gawn ni hwnnw?'
   'Yn fy llofft i!'
   'Medicinal purposes?'
   'A midnight feasts!'

'Llwncdestun i Stanli Saltni – y Meseia bach!'

'Amen a Haleliwia!'

Mistêc – y joch o frandi, ymuno yn y sbort ac esgus bod yn un o'r gang. Datgelu gormod – y 'Rwy'n eich caru chi' yn y gwli, y gêm fach ddirgel ers wythnosau . . .

'Perfert!'

'Sglyfath! Ond pwy feddylia? A fynta fatha llo!'

Mistêc arall – mynnu bod yn annibynnol. Gwrthod cysgu ar lawr neb. A'i chael ei hun – ar anogaeth Miss Bowen Senior Bursar – ar y coridor uchaf, mewn cwtsh o dan y to. Un digon diddos – gwresogydd yn chwythu'n braf, blanced drydan yn y gwely. Ac er gwaetha'r ddrycin y tu allan, mae'r cyffro a'r brandi'n ei chnocio. Mae ei chwsg yn drwm . . .

Nes i ryw sŵn ei deffro. Nid sŵn y gwynt a'r glaw a'r tonnau – na, sŵn annelwig, rhyfedd. Yn ei dychymyg? Na, sŵn siffrwd, shyfflan . . . Llygod? Gwylanod? Ystlymod?

Mae hi'n gorwedd yn llonydd, yn syllu i'r tywyllwch – gorchuddiwyd y sgwaryn bach o ffenest yn y to â phapur brown. Does dim i'w weld ond siapiau'r cwpwrdd a'r bocsys a'r trync, a'i dillad wedi'u taflu dros gadair bren.

Does dim i'w glywed nawr ond grŵn y tonnau ymhell islaw. A phitran-patran y glaw ar y to. A hithau fel un o ferched bach y sipsiwn, a'r brenin yn ei balas, a Carlo a Darbi a Jo, a'r llygod a'r hwyaid a'r pedair buwch a llo – yn clywed y glaw yn pitran-patran . . .

Yn clywed sŵn gwichian styllod yr ochor draw i'r drws. Ac un gnoc ysgafn ar y drws.

Ac mae cwsg ymhell ar ffo.

Naid o'r gwely, llusgo'r trync ar draws y drws a chynnau'r golau.

Naid 'nôl i'r gwely – gwrando, syllu ar yr ynys fach o olau gwantan sy'n hongian o'r nenfwd, ac ar y sgwaryn papur brown . . .

Nes i'r brown droi'n felyn, nes clywed sgrech gwylanod a thincial y gloch frecwast yn y pellter. A Miss Bowen Senior Bursar yn cnocio'r drws ac yn galw arni – 'Everything all right, Miss Roberts? Noson dda o gwsg?'

'Do, diolch,' yw ei hymateb.

Mistêc arall eto – mentro am frecwast at Fwrdd y Cymry.

'Ddaru ti gysgu'n iawn?'

'Dim ysbryd, gobitho?'

Ai dychmygu'r gwenu direidus oedd hi?

Gwenu slei yr Hugan Goch?

'Fe ges i nosweth dda o gwsg,' yw ei hymateb.

Mistêc arall eto fyth – cydgerdded ar hyd y prom o ddarlith ola'r dydd gyda Nel a Wilma a Terry. Y difrod a achoswyd gan y storm sy'n tynnu sylw'r tair arall: slabiau yfflon, reilings cam, trwch o raean a broc môr dros y ffordd a'r pafin. Mae hithau'n troi ei phen yn gyson – mae Stanli ar ei meddwl.

Mae Terry'n gwenu – 'Whilo am y perfert wyt ti?'

Ac fel sgript ffars, dyma fe, nid yn eu dilyn, ond yn brasgamu'n ffyrnig i'w cyfarfod ar ochr draw'r prom. Gan fod ei gap gwlân Draig Goch dros ei dalcen, a'i fod, yn ôl ei arfer, yn syllu i lawr ar ei draed, gall esgus anwybyddu'r clwstwr merched sy rhyngddo a'r traeth.

Ond does dim dihangfa iddo. Cwyd Terry ei bysedd at ei cheg a chwibanu'n chwyrn – 'Hei, Stanli!' – ac mae yntau'n stopio'n stond, gan ddal i astudio'i draed

'Stanli – mae Branwen yn eich caru chithau hefyd!'

Llwydda i sefyll ei dir, nes i Terry weiddi eto – 'Chysgodd hi ddim winc, neithiwr! O'dd hi'n meddwl amdanoch drw'r nos!'

Cafodd Nel hen ddigon – 'Gad lonydd i betha, Terry fach.' Ac mae hi a Wilma, sy'n troelli cudyn o'i gwallt rhwng ei bysedd, yn straffaglu mlaen at ben draw'r prom. Mae Terry'n gweiddi eto – 'Stanli! Mae Branwen moyn dêt â ti!'

Yn sydyn, gwêl Stanli ei gyfle i sleifio'r tu ôl i un o dractors enfawr bois y cyngor, a llwydda i ddiflannu drwy ddrws Neuadd Ceredigion.

Mae Terry'n chwerthin – 'Dere, Branwen!'

Ac mae hithau'n ufuddhau.

Roedd hi'n falch o weld Lynette yn disgwyl amdani yn y stafell, a bod y gwlybaniaeth wedi'i sychu.

'Ma'n nhw wedi neud gwaith da, whare teg.'

'Ond bai nhw o'dd e, Branwen!'

'O'dd mwy o fai ar natur wyllt.'

'Typical ti!'

'Ti'n bigog iawn. Chysgest ti ddim nithwr?'

'Pam ti'n gofyn?'

'Chysges i fawr ddim.'

'Pam? Ble o't ti?'

'Ryw stafell sbâr – a ti'n gwbod beth ddigwyddodd . . .?'

'Branwen! Fi'n moyn siarad. Gofyn cwestiwn pwysig. Ti'n mynd i weud wrth mam ti am y fflyds?'

'Na – 'sdim pwynt neud iddi fecso. Beth am dy fam dithe?'

'Na – achos bydde rhaid i fi weud ffibs.'

'Ymbytu cysgu lan yn Panty?'

'Ymbythtu goffod cysgu gyda ti mewn spare room.'

'Gad fi mas o hyn!'

'Okay. Ond dim sôn wrth mamau ni!'

Mae Lynette yn mwytho clustiau One-eyed Ted . . .

'Ond anyways – swear to secrecy?'

'Ynglŷn â beth?'

'Swear to secrecy!'

'Iawn.'

'Addo?'

'Addo!'

'Wel, nithwr, lan yn Panty, Don a fi . . .'

Cloch swper, cnoc sydyn – a'r drws yn agor.

'Dowch, genod bach!'

Yn hwyr y noson honno, mae'n anodd clywed Lynette – gallech dyngu ei bod yn sibrwd ei chyfrinachau i glustiau One-eyed Ted.

'O'n ni'n gorwedd ar y gwely, yn gwrando ar y storm. A'r Beatles ar y record player. "And I love her," over an' over. A Don yn gweud, "And I love you, Lynette . . ." '

'Ie?'

'One thing led to another, fel maen nhw'n dweud – a nethon ni fe. We had sex!'

Mae hi'n dal i fwytho One-eyed Ted – 'Beth sy'n bod? Ti'n grac?'

'Na, jyst ffaelu deall. O't ti mor bendant . . .'

'Fi'n gwbod! "No sex i Don a fi!" Ond love changes everything – ontefe, Ted?'

Mae hi'n cusanu'i drwyn, cyn rhoi ffling i'r creadur ar draws y stafell – 'Ond mae rhywbeth mawr yn becso fi.'

Bu'n 'becso' am bythefnos. Bygwth cael gair â Dr 'Miracl' Price.

Nes codi un bore – 'Yes!' – a thyrchu am ei Thampax.

'A nawr ti'n gallu consentreto ar yr exams!'

Maen nhw wedi dechrau sôn am 'The Christmas Terminals'. Ac rwy'n poeni, gan ei bod yn bwysig gwneud yn dda – a pheidio siomi Mami. A siomi fi fy hunan. (Mami sy'n dweud hyn.)

Rhaid gwneud revision bob nos, gan ddechrau gyda'r subjects nad wyf yn eu hoffi, meddai Mami, gan taw nhw fydd yn anodd eu taclo. Ond yr unig un yw Needlework, ac ni fyddaf yn gwneud yn dda yn hwnnw, dim ots faint o revision y byddaf yn ei wneud. (Ystyr Needlework revision, meddai Miss Harding, yw "practice, practice, practice", sef ymarfer tacking, hemming, herringbone a cross stitch.)

Mae Mamin barod i helpu, ond mae hi'n brysur yn marcio a pharatoi gan ei bod yn dysgu supply yn y Sec. Mae hi'n falch o'r gwaith a bydd yn ennill arian da i brynu pethau neis. (I fi!) Ond mae'r gwaith yn drwm, ac mae hi'n blino.

Does dim pwynt iddi fy helpu gyda'r Needlework. (Hi wnaeth yr hemming ar fy needle-holder, ond pan edrychodd Miss Harding arno, fe sniffiodd a dweud, "You call this hemming, dear? Unpick it, please!" Ar ôl ei ddatod a'i wneud eto roedd y blwmin peth yn frwnt (gan fod fy nwylo'n chwysu) ac yn sbotiau gwaed (y nodwydd wedi pigo fy mys). Ond nid wyf wedi sôn am hyn i gyd wrth Mami.

Nid yw Mr Geraint Dodd yn galw heibio mor aml i ddangos ei draethawd. Wn i ddim pam ei fod yn cymryd mor hir i'w ysgrifennu, na pham yr oedd angen yr holl help gan Mami. Ond pan ofynnais, ei hateb oedd, "Fe ddealli di ryw ddiwrnod."

Mae'n gas gyda fi'r ateb yna. Am ei fod yn gwneud i fi deimlo'n dwp. Ac rwyf eisiau gweiddi hyn: "Wrth gwrs y byddaf yn deall ryw ddiwrnod! Byddaf yn deall y blwmin lot pan fyddaf yn hen wraig! Ond plentyn ydw i, ac nid yw plant yn deall cymaint â hen bobol! Comon sens yw hynny!"

Ond wna i ddim. Rhag gwneud Mamin drist. Neu yn grac.

Dweud dim. Dyna'r unig ateb.

Mae Lynette yn chwifio llythyr yn ei llaw.

'Meryl a Mal – ma'n nhw'n dod i Aber!'

Taflu'i sgarff a'i chot ledr a'i bonet ffwr ar y gadair, a fflopio ar ei gwely a darllen mlaen . . .

'Nos Wener, end o' term. Grêt, ontefe!'

'Ie . . .'

'Problem, Branwen?'

' "Beth yw 'i phroblem hi'r tro 'ma?" 'Na beth ti'n feddwl?'

'Branwen – you pickin' a fight?'

Na, 'mond trio bod yn gall. Trio peidio holi am Dai. Trio peidio gobeithio . . .

Mae hi'n troi ei phen i astudio llenni'r ffenest, yn sylwi ar olion glaw a dŵr-y-môr – y storm wedi'u staenio am byth.

'Reit, fi'n dechrau eto. Branwen, oes problem?'

'Ble fydd pawb yn cysgu?'

'Ti mor picky! Bydd Meryl gyda ni fan hyn . . .'

'Ar y llawr?'

'No choice! A geith Mal fynd lan i Panty.'

Mae hi'n darllen mlaen eto, yn oedi, yn plygu'r llythyr – 'Ond so Dai Meades yn dod.'

Rhaid troi at y llenni eto. Maen nhw wedi breuo'n wael mewn mannau, ac mae'r hem yn hongian . . .

''Na fe, Lynette, 'sdim problem!'

'Oes. Mae problem hiwj. Mae Ingrid lan y sbowt. Mae Dai a hi'n priodi.'

Dai ac Ingrid. Yn priodi. A dyma hithau'n syllu ar lenni wedi breuo, yn cofio'r noson fwyn o Fehefin, bum mis 'nôl, yr haul yn machlud dros Foel Ddu gan dwyllo llethrau Waun Bowen i droi'n binc. Yn cofio'r 'Caru ti, Branwen.' A'r 'Caru tithe, Dai.' A hwythau'n eistedd law yn llaw ar fainc coffa Jonathan . . .

' "Caru ti" is easier than "Rwyf-yn-dy-garu-di".'

'But not correct, Dai Meades.'

'Dim ots, Branwen!'

'Reit – gwed "Caru ti am byth!" '

'Caru ti am byth, my girl!'

'Addo? Promise?'

'Addo. And I'll crack this Welsh an' all!'

'Yn Gymraeg?'

'Fi'n cracio'r Cymraeg hwn – un dydd!'

'Ond fydd hi ddim yn hawdd.'

'Who's "she", what's "hawdd"?'

'Paid esgus bod yn dwp! It won't be easy!'

'Twt! Pawb yn siarad Cymraeg yn Bangor!'

'Fydd hi ddim yn hawdd i ti a fi.'

'We've been through all this.'

'Ma'n rhaid bod yn siŵr.'

'Branwen – Aber is your choice! Or hers . . .?'

A'r ddau'n troi'n reddfol i gyfeiriad Gwynfa . . .

'The omnipotent Mrs Roberts! Yn Gymraeg?'

'Gad hi, Dai.'

'A beth yw "no escape"?'

'Dim jengyd.'

'Dim jengyd o Gwenda Roberts!'

'Dai, fel gwedest ti, ni wedi siarad lot . . .'

'Am logistics, Branwen – huge phone bills, meeting on weekends.'

'Lot o wylie!'

Fe'i cofia'n troi eto at ffenestri tywyll Gwynfa – 'The truth is . . .'

'Y gwir yw?'

Ochenaid oedd ei ateb. Ond y gwir oedd, ymhen pythefnos i'r noson honno, yn y Summer Ball, byddai'r cyfan yn dod i ben.

Roedd canu 'The County Anthem' ar ei anterth.

'Anyone seen Dai?'

Dim ymateb.

'Meryl? Lynette? Chi wedi'i weld e?'

'Na . . .'

A hithau'n cychwyn am y drws – 'Branwen! Dere 'nôl!' – a chroesi'r iard gefn a dringo'r grisiau cerrig heibio i'r cwrt pêl-rwyd – a chyrraedd cyrion y cae hoci . . .

Sawr gwyddfid, garlleg gwyllt. Gwair newydd ei ladd, diolch i Mr Flood – 'Got to get it nice for sports day!'

Cofia syllu draw – a'u gweld yn gwlwm wrth gornel pella'r ffens . . .

> Maen nhw'n dweud y cewch chi fabi os ewch chi'n rhy agos at y ffens . . . Nonsens yw hynny. Rhaid cusanu ac edrych i lygaid bachgen er mwyn gwneud babi.

'Branwen Roberts! Inside! Now!'

Miss Hitt, yn gynnwrf gwyllt. Miss Harding yn gysgod iddi.

'You too, Ingrid Grant! If you can manage to disconnect yourself from that – leech! You, boy, name?'

'David Meades, Miss Hitt.'

'David Meades, you have abused our trust! Report to your headmaster tomorrow morning!'

Y gwir oedd, y noswaith honno o Fehefin, roedd pethau wedi dechrau oeri.

'Gwed wrtha i, Dai. Beth yw'r "gwir"?'

'Back off, Branwen.'

'Gwed wrtha i!'

Fe'i cofia'n troi ei gefn arni i syllu ar y plac ar gefn y fainc.

'Mistêc mawr – sitting here tonight. Nearly ten years on – we all still miss the poor little sod.'

Roedd wedi clywed ei eiriau nesaf sawl gwaith o'r blaen – 'If only someone had been with him. Mikey, Phil or me. If only you'd been with him.'

A gwyddai beth fyddai'n digwydd nesaf – y codi a'r cerdded bant, a hithau'n dilyn. Ond, ac yntau'n oedi ger gât gaeedig Gwynfa, roedd y geiriau nesa'n ddierth: 'Sorry, Branwen. It's hit me hard. Us going off to Uni. And him, poor dab . . .'

Roedd llawr y cwm yn tywyllu a chysgodion wrthi'n llyncu'r llethrau. Y cyfan a glywid oedd ambell fref, ambell grawc neu hŵt aderyn, pytiau sgyrsiau ar riniogau, ffarwelio'r dynion wrth ymadael â'r alotments a mam yn galw'i phlant yn chwyrn. A hymian cefndirol cyson Pwll y Waun islaw.

'Gweld ti fory, Dai?'

Fe'i cofia'n syllu eto at ffenestri tywyll Gwynfa, ac ar y wal gerrig â'i rhimyn gwydr miniog. Ac ar y gât – a'i chlo.

'Shutting people out she is. Always has.'

'Dai . . .'

'Remember us boys outside this gate? She never let us in. Not once. And little Jonathan – she hated him too!'

'Dai – pam nawr, mor sydyn?'

'I just can't cope with things, okay? This Welsh and all!'

Cofia afael yn ei law – 'Tomorrow, Dai?' A gwên drist ei ateb. A'i wylio'n cerdded draw am Bowen Street gan droi i'r dde, heb ei godi llaw arferol.

Cofia ddychwelyd at y fainc ac eistedd yno'n hir, yn syllu ar oleuadau Cairo Row a ffenestri tywyll Gwynfa bob yn ail. A gweld y lampau trydan newydd yn goleuo, ac fel adlais olau parlwr Gwynfa a'r lamp uwchben y drws – yr arwyddion ei bod yn bryd iddi ddychwelyd i'r tŷ. A hithau'n dal i eistedd, yn ei gorfodi'i hun i droi ei phen at amlinelliad annelwig y twmpath cerrig a'i glwstwr tyfiant trwchus. Yn ei gorfodi'i hun i deithio 'nôl ddeng mlynedd at brosesiwn y dynion cydnerth, pob un â'i ordd neu gaib, a'r dyrfa dawel yn eu gwylio. Cofia glywed y taro dyfal, sŵn dymchwel to a thrawstiau a waliau Tyddyn Bowen.

'Branwen? Beth ti'n neud mas o hyd? Dere miwn ar unwaith!'

Dros bum mis yn ddiweddarach, mae Lynette newydd blygu llythyr Meryl, a sibrwd – 'Ond so Dai Meades yn dod.'

Ddydd Gwener ola'r tymor

    llythyron pinc a gwyn yn y tyllau colomennod
    llythyr gwyn 'Mae'n bleser eich hysbysu'
        i Lynette Morgan
            a lwyddodd yn y tri phwnc
    llythyr pinc 'Mae'n ddrwg gennym eich hysbysu'
        i Branwen Dyddgu Roberts
            sydd wedi ffaelu'r tri

    ond dyna ni
        roedd wedi ffaelu gweithio ers wythnosau
        wedi ffaelu canolbwyntio
          bwyta, cysgu
               dim yw dim –
    nes ffaelu'r arholiadau
        tymor cyfan lawr y draen
          tri phwnc lawr y draen
            a dim i'w ddangos ond llythyr pinc
              ac ailsefyll ym mis Ionawr.

Nos Wener ola'r tymor, y tryncs a'r bagiau wedi'u pacio, a gwedd sgerbwd ar y stafell. Mae hi'n hwyr y nos, ac mae Lynette yn hir yn dychwelyd o'r alwad ffôn.

Ond dyma hi o'r diwedd – 'Maen nhw'n saff, guest house yn Dolgellau. Eira mawr, four-hour journey o Fangor. Mae Aber mas o'r cwestiwn.'

''Na fe, 'sdim isie becso rhagor.'

'Na . . . Anyways, it's for the best bo' nhw ddim yn dod.'

'Ti'n iawn – rhwng y paco 'ma a phopeth.'

'A rhwbeth arall, hefyd.'

Mae hi'n eistedd ar ei gwely – 'Branwen . . .'

'Beth sy'n bod?'

'Mae Ingrid a Dai wedi priodi. Heddi.'

Drannoeth, mae'r hostel fel y bedd. A digwyddiadau'r nos wedi sobri dathliadau diwedd tymor.

Mae rhai o'r merched wedi mentro i'r cyntedd, ac yn eistedd yn dyrrau bach o ofid ar y grisiau, neu'n ciwio am y ffôn, neu'n sefyllian wrth y tryncs a'r cesys a bentyrrwyd wrth y drws. Mae 'na afael dwylo a chofleidio . . .

Mae plismones yn sefyll wrth ddrws caeedig O.P.P. yn siarad â Mister Moses. 'Mond ambell air sydd i'w glywed – ''I rhieni'n rhacs . . .', 'Unig blentyn . . .'

Daw Nyrs Gilbert o'i syrjeri i siarad â rhai o'r merched, cyn troi i sychu'i llygaid a stwffio'i hances i boced ei hoferôl. Ac yna cymryd ana'l hir a chroesi'n betrus at y porthor a'r blismones – a'u cylch yn cau.

'Sylvie Carr. Hogan flwyddyn ola . . .'

'Pert? Gwallt tywyll?'

'Ie – gwishgo sgarffs a cafftans.'

'Earrings dangli.'

'Hogan glyfar – Chemistry.'

'Beth o'dd yn 'i becso hi, druan?'

'Wedi ca'l 'i jilto, medde rhywun.'

'Ca'l 'i bwlio, glywes i.'

'Go brin – 'sdim sôn.'

'Stress y cwrs – ac ofn cael third.'

'Peth ofnadw yw ishelder.'

'Falle taw cwmpo 'nath hi?'

'O ffenestri jêl y trydydd llawr?'

'Eu hagor â sgriwdreifer – medden nhw.'

'Druan fach â hi.'

Mae drws y Warden yn agor ac mae hi a Miss Bowen Senior Bursar yn arwain dyn a menyw at ddrws y ffrynt. Mae'r pedwar yn oedi i siarad â Mister Moses a Nyrs Gilbert a'r blismones, cyn symud draw at grŵp o ferched. Mae 'na gyffwrdd dwylo a chofleidio cyn i'r pedwar ymadael drwy ddrws y ffrynt.

Mae'r merched yn gwasgaru fesul dwy neu dair a Nyrs Gilbert yn dychwelyd i'w syrjeri. Mae'r blismones yn ffarwelio â Mister Moses, ac mae hwnnw'n estyn am ei ysgol ac yn dechrau tynnu'r trimins Nadolig.

Gŵyl San Steffan oedd hi heddiw.

Y diwrnod i ddod dros ddoe, sef Dydd Nadolig.

Noson San Steffan yw hi nawr.

Ond mae'n anodd "dod dros" ddoe a heddiw.

Y pethau a ddigwyddodd rhwng bore ddoe a heno.

"Bydd yn anodd maddau iti!"

Dyna oedd Mami'n ei weiddi arna i heno.

A dyna oedd hi'n ei weiddi bore ddoe, ar I'r Geraint Dodd.

Ond nid oeddwn i na Mamgu'n deall pam.

Yn sydyn, fe wisgodd ei chot a dweud ei bod yn mynd i'r capel.

"Ar ddydd Nadolig?" meddai Mamgu.

"Pam lai?" meddai Mami. "Dyma ddydd geni Iesu Grist! Yr un sy'n llawn maddeuant!"

85

"Ond neithiwr oedd y gwasanaeth, groten!"

"'Sdim ots 'da fi!"

A dyma hi'n slamio'r drws nes gwneud i'r angel a'r goleuadau a'r trimins ar y goeden ysgwyd i gyd.

Roedd Mamgu a Mr Dodd yn edrych ar ei gilydd.

Ac yna dyma'r ddau'n edrych arna i.

"Wel, Branwen!" meddai Mamgu, "Ti a fi a Mr Dodd sydd yng ngofal y cinio a'r pwdin Nadolig."

Wrth roi'r cracers ar y bwrdd, fe alwais Mr Dodd yn "Geraint".

Fe wnaeth Mamgu hynny, hefyd — wrth jecio'r twrci.

Mami oedd wedi gofyn inni wneud, amser agor yr anrhegion.

Roedd Mami'n hoffi'r talcum powder "L'amour".

A Mamgu'n hoffi'r sgarff flodau.

A "Geraint" yn hoffi'r llyfr "Roman Treasures".

Ac fe gefais i lot o bethau neis.

Mae'n anodd i fi alw Mr Dodd yn "Geraint".

Wn i ddim am Mamgu. Aeth hi adref i Aberaeron ddoe. Yn syth ar ôl cinio. Gyda Mr Godwin Bach Gweinidog. Rhag ofn eira, ac oherwydd bod ganddi bethau i'w gwneud.

Ond roeddwn wedi clywed rheswm arall. Dim ots beth oedd.

Oes, mae ots, achos roedd Mamgu'n llefen a "Geraint" yn grac.

Oherwydd y botel Sherry wag.

Aeth Mami i'r gwely, ac aros yno drwy'r prynhawn.

Ac yna codi a chwarae "Charades" gyda fi a "Geraint".

Ac fe gawsom swper tawel (twrci a thato oer a thomatos).

Aeth "Geraint" adre. Roedd ganddo bethau i'w gwneud.

Aeth Mami i'r gwely. Roedd hi wedi blino. Ar bawb a phopeth.

Pan ddechreuodd hi chwyrnu'n saff, fe es i i'r gwely hefyd.

I fy ngwely i. (Ar ôl taflu'r botel wag i'r bin.)

Ond fe godais i ddwywaith i ateb y ffôn.

1. Mamgu'n holi a oedd popeth yn iawn.

2. "Geraint" yn holi'r un cwestiwn.

Rhoddais yr un ateb i'r ddau, sef "Iawn, diolch."

A thrannoeth, dyma hi, ar ei phen ei hunan ar noson Gŵyl San Steffan. Wedi cael ei dal. A'r cyfan wedi mynd ar chwâl. Y cynllun mawr yn yfflon.

Cyn gynted ag y clywodd chwyrnu'r cwsg prynhawn, a gweld gwydr llawn a photel hanner gwag ar ford y gwely, roedd wedi gwisgo'i chot a'i welingtons a sleifio allan i'r gwli cefn. Llwyddodd i gerdded drwy eira Bowen Street a chyrraedd wal y fynwent – a dringo drosti – heb dynnu unrhyw sylw.

Erbyn iddi fustachu drwy'r lluwchfeydd at y bedd gwyrgam yng nghanol rhesi o hen feddau gwyrgam, roedd wedi difaru gwisgo cyn lleied amdani. Dim cap na sgarff na menig. Ac roedd y gwyll yn cau amdani, a'r oerfel – oerfel dolur, oerfel tynnu dagrau – yn annioddefol. A'r manblu wedi dechrau disgyn eto, yn dawel, gan bwyll bach . . .

Ar ben y cyfan, roedd y slabyn ENTRANCE wedi'i ailosod ar draws y gwacter. Llusgo, gwthio bob yn ail – dyna'r unig ateb. Ond roedd y slabyn yn drwm a'r pinnau eira'n pigo. Sugno'i bysedd, gwthio, llusgo eto – nes i'r slabyn symud a simsanu a thorri'n rhydd o bridd a mwsog y blynyddoedd a llithro'n glatsh i'r eira.

Bu'n rhaid iddi oedi ennyd; eistedd yn yr eira i gael ei gwynt cyn estyn am y tortsh o'i phoced ac anelu'r llafn o olau heibio i'r slabyn.

Tinkerbell o olau'n dawnsio yn y gwacter . . .
Ymwthio iddo ben-ac-ysgwydd –
a phrofi'r hen, hen ofn . . .
A'r tortsh yn disgyn, ei olau'n nadreddu
                i ben draw'r gwacter
                      gwacter
                          gwacter
Ac ym mwydyn main y golau –
        gwelai barsel mewn cwdyn plastig llwyd.

Parsel llwyd ar yng nghanol gwynder. Plu eira'n cronni drosto.

Tynnu, rhwygo, i ddatgelu hen dun rhydlyd.

Ei gaead wedi'i gloi a'i selio â selotêp.

Llun bwthyn bach to gwellt sy ar y caead . . .
Tun sy'n orlawn o drysorau – straeon, dyddiaduron,
ffotos a llythyron; dail a blodau wedi'u sychu;
rubanau gwallt, cerrig glan-y-môr a phlu amryliw.
Un bluen wen . . .

Rhoi cic i'r plastig llwyd. Rhoi'r tun dan ei chesail a llithro fel sgïwraig fach yr Alpau rhwng y beddau ac i lawr y llwybrau llithrig. Chwilio am ei dihangfa dros wal y fynwent; glanio'n drwm yn eira dwfn y palmant, codi, hercian ar hyd y stryd wen, wag – a chyrraedd Gwynfa.

Mentro at ddrws y cefn ac i mewn i'r gegin – a dim i'w glywed ond tician cloc y cyntedd, cerddoriaeth isel yn y

stydi, gwichian bach y grisiau dan ei welingtons, a chlic-
clic drws ei llofft . . .

Eistedd yn grynedig ar y llawr, y tun ar ei harffed.

A thrio meddwl beth i neud.

Cuddio'r tun o dan y gwely.

Dyna wnes i.

A throi fy mhen at y drych mawr hir.

A gweld Mami'n edrych arna i.

"Branwen, ble wyt ti wedi bod? A shwt lwchest ti mor
sopen?"

Dyna ofynnodd hi.

"Mas y bac."

Dyna atebais i.

"A beth wyt ti newydd ei gwato dan y gwely?"

"Tun bisgedi a Dyddiadur County."

'Pwy dun bisgedi?'

"Y Bwthyn Bach To Gwellt."

"Hen dun Mamgu? Ble oedd e?"

"Yn y sied."

(A chroesi fy mysedd tu ôl i fy nghefn.)

"Wel! Dere weld beth sydd ynddo."

A holi ble oedd yr allwedd.

A mynd drwy fy mhocedi.

Ac agor pob drôr a chwpwrdd.

A thaflu pethe ar y llawr.

A sbwylo fy ystafell neis.

Dechrau ysgwyd y dolis a Tedi Brown.

Dyna wnaeth hi wedyn.

"Mae'r allwedd yn ei bawen e!"

Yn twll bach yn ei bawen e!"
Dyna waeddes i o'r diwedd.
(A llefen yr un pryd.)

Dyma hi'n arllwys popeth mas o'r Bwthyn Bach To
Gwellt.
A ninnau'n dwyn eistedd ar y llawr.
Finnau'n drist a hithau'n grac.
Ac roedd hi'n darllen popeth.
Pob stori a llythyr ers o'n i'n groten fach.
A'r Dyddiadur County.

O'r diwedd, roedd hi wedi gorffen.
"Celwyddau."
Dyna ddywedodd hi.
(Dim gweiddi, dim ond sibrwd.)
"Paid ysgrifennu dim fel hyn byth eto.
Wyt ti'n deall, Branwen?
Neu fe fydd yn anodd maddau i ti!"

Rwyf wedi addo hyn iddi:
1. peidio byth eto ysgrifennu'r gwir am neb na dim
2. peidio byth eto ysgrifennu celwydd am neb na dim

Rwyf wedi addo hyn i fi fy hunan:
1. cadw popeth gwir a chelwyddog yn fy mhen ac yn
   fy nghof a'm calon
2. dychmygu'r gweddill - mae hynny'n saffach

Mae hi'n hwyr y nos erbyn hyn.
Mae Mami a fi newydd orffen ein "jobyn mowr" yn
yr ardd.
Sef llosgi:

1. y "celwyddau" oedd yn y tun, amdani hi pan oedd hi'n dost ac yn anhapus, ac am bawb arall fel Uncle Len a Bopa Vi a Miss Morris a Mrs Thomas Cwc ac Wncwl William.

2. Y Dyddiadur County.
Nid yw'r siort yna o ddyddiadur yn "syniad da".
Meddai Mami.

Roedd hi'n fodlon i fi gadw rhai "pethau gwir":
ffotos a chardiau Nadolig a phen-blwydd
dail a blodau a rubanau a cherrig a phlu.
Mae'r bluen wen yn saff.

O.N. Nid "Mami a fi" a losgodd y "celwyddau" hyn.
Gwneud i mi eu llosgi. Dyna wnaeth hi.
Eu rhwygo a'u taflu i'r twba sinc mas y bac.
Cynnau matshen, a'i rhoi yn fy llaw.
Fe dafles i'r fatshen a sawl un arall i'r twba.
A gweld fy holl "gelwyddau" yn cyrlio'n goch.
A throi'n lludw llwyd.
Yn yr eira gwyn.

Dyna y byddaf yn ei wneud â'r tair dalen hon, hefyd.

Falle.

Tymor y Gwanwyn, 1968

'Blwyddyn Newydd Dda!'

Rhes o geir o flaen yr hostel, dadlwytho tryncs a bagiau a'u pentyrru ar y pafin, a Mr Moses yn brysur 'nôl-a-mlaen â'i gert bach.

'Gawsoch chi Nadolig neis?'

'Do – byta gormod.'

'Deiet amdani!'

'Cerdded 'nôl a mla'n i'r coleg yn well nag unrhyw ddeiet!'

'A lan a lawr rhiw Pen-glais!'

'A draw a 'nôl i Clarach ar benwythnos!'

'Jocian 'dach chi debyg, genod bach!'

'Nel, fuest ti'n sgio lawr Lôn Wen?'

'Yr unig sgio welis i oedd Siôn Corn a'i geirw ar y gacan!'

'Reit ta, genod bach, gêm creu llunia!'

'Be sgin ti rŵan, Neli?'

'Bod yn artist geiria, Nerys! Fatha bardd neu lenor.'

Mae hi'n gorwedd 'nôl ar ei gwely, a gwêl Terry ei chyfle'n syth – 'Neliffant, ti fel bwda mawr.'

'Fi'n warno ti, Terry.'

'Ti a who's army, Lynette?'

'Anwybydda hi, Lynette fach.'

'Beth yw "anwybydda"?'

'Peidio cymyd sylw – fel dwi 'di dysgu gneud.'

'Dyna trwbwl ti, Nel.'

'Lynette, paid â chorddi! Rŵan ta, genod bach, dwi am greu llun o 'nghartra ar Lôn Wen. Os medar Kate Roberts, mi fedra inna. Felly dowch efo fi i fwthyn bach Pen'rallt – a Branwen, nid gwellt sy ar 'i do fo, ond llechi stowt Moel

Tryfan. To solat, waeth be fo'r tywydd – ac mae'n medru bod yn arw ar y topia 'cw. Ond dowch i mewn i'n llofft fach i, a dyfalu be dwi'n 'i weld o 'ngwely . . .'

'Twll chwarel.'

'Tractor.'

'Twlc.'

'Tas wair – un fwy na ti, Neliffant!'

'Doniol iawn, Terry.'

'Nage! Childish!'

'Meddet ti, "loud-mouth Lynette"!'

'Ie, "terrible Terry"! So cau gobs chi, pawb! A carry on, Nel!'

'Lle o'n i?'

'Beth ti'n gweld o gwely ti . . .'

'Reit, dwi'n gweld y cowt, lle mae Dad yn parcio'r Ffordyn a'r hen Ffergi.'

'Tractor! O'n i'n iawn!'

'Ac yno, hefyd, mae lein ddillad Mam, a chenal yr hen Jac. Mae o'n cael cysgu efo'r cathod yn cwt sinc adag tywydd mawr – yng nghanol geriach Dad a thwba Mam a'i mangl . . .'

'*O Law i Law*, myn diain i!'

'A'r tu hwnt i'r cowt dwi'n medru gweld y patsh, lle mae Mam yn cadw'i hieir a Dad yn plannu'i lysia, a'r ffridd a'r llethra isa mae gynno fo Gentleman's Agreement efo Alwyn Foel i bori amball ddafad . . .'

'O'dd alotment gyda Dad fi. "Green-fingered Glyn" roedd Mam yn galw fe – ti'n cofio, Branwen?'

'Odw – o'dd e'n cadw colomennod hefyd.'

''Mond ieir sgynnon ni. 'Dan ni'n medru byta'r rheini!'

'Ond mae pigeons yn delicacy mewn posh rest-aurants!'

'Sgynnon ni ddim petha felly ar y topia! Fwy na sgynnoch chitha yn y Sowth!'

'Mae Mario's yn posh iawn! On'd yw e, Branwen? Ond dim pigeons ar y menu! Anyways – hisht, pawb!'

'Lle ydw i erbyn hyn, 'dwch?'

'Yn dal i sbio allan o dy wely . . .'

'A dwi'n gweld y petha rhyfedda dros y gors . . .'

'Coblynnod!'

'Kate Roberts!'

Ond mae Nel wedi ymgolli, yn pwyso 'nôl ar ei gobennydd, ei llygaid ynghau, ei dwylo ymhleth dros ymchwydd ei bronnau.

'Dwi'n medru gweld y Fenai dlos, y Fenai dlawd, lawr yn y pelltar, fatha llinyn arian rhwng Arfon a Sir Fôn . . . A thu hwnt mae traetha Niwbwrch a Malltraeth a Llanddwyn . . . I'r chwith – Dinas Dinlla, Caer Arianrhod, Aberdesach, draw am yr Eifl – dyna i chi olygfa . . . Ac ar ddiwrnod clir, mi welwch Frynia Wicklow . . .'

'Un o Wicklow oedd Taid Ffôr. Gynno fo ges i'r gwallt coch 'ma.'

'A lawr i'r dde, mi welwch dre Caernarfon a'i chastall . . .'

'Fan'no fydd y Jamborî flwyddyn nesa!'

'Ffrynt row seats i teulu ti, Nel!'

'Dim diddordab, Lynette fach . . . A dowch 'nôl i Ben'rallt, i weld Moel Tryfan yn "codi'i ddwrn ar y cymyla", chadal Nain . . . Ond y Mynydd Mawr 'di'r boi. Mynydd Grug, i rai . . .'

'Picnic Begw a Winni Ffinni Hadog.'

'Ia – ond dwi isio ichi wrando'n astud rŵan. Dim siarad ar draws, deud petha gwirion – dallt?'

Mae'r distawrwydd yn arwydd iddi fwrw mlaen.

'Mynydd Mawr neu Mynydd Grug – hwnnw dwi'n 'i weld o 'ngwely. Hwnnw fydda i'n 'i weld o 'medd. Cael 'y nghladdu ym medd y teulu, dyna 'nymuniad i, draw wrth y crawia pella, rhwng y fynwant a'r gors.'

'Beth yw "crawia"?'

'Ffens, Lynette, o ddarna llechi.'

'Pwy sy yn y bedd?'

'Taid, Nain, John Wyn – y brawd bach ches i'm cyfla i'w nabod. Ac mi eith Dad a Mam iddo fo, pan ddaw 'u tro . . .'

Mae'r dwlpen gorffog ar y gwely'n sychu'i llygaid â chefn ei llaw.

'Wel? Dim telyna na feiolins, genod bach? Dim chwerthin a gneud hwyl? Dowch! 'Dach chi'n chwerthin digon, fel arfar! Wrth eich bodda'n chwerthin am 'y mhen i! Wel mi dria i eto, felly – a chynnig jôc fach arall i chi! Y Mynydd Mawr, y Mynydd Grug – be 'di'i enw arall o?'

'Paid â gneud hyn, Nel!'

'Ma' raid imi, Nerys fach. Iddyn nhw gael dallt y jôc. Am Mynydd Eliffant. Achos dyna enw arall Mynydd Mawr a Mynydd Grug – Mynydd Eliffant! Am 'i fod o'r un siâp â hen eliffant mawr yn cysgu! Yr un siâp â finna – yr hen Neliffant! Doniol yntê? Felly chwarddwch! Un, dau, tri – chwarddwch am 'y mhen i, fel 'dach chi'n gneud bob cyfla! Dowch! Dwi isio i chi chwerthin!'

Chwarddodd neb.

Rhwng yr agenda amwys, y bigitan a'r diffyg trefn, mae'r cyfarfod yn stafell gefn y Llew yn dipyn o siop siafins. Mae 'na drafod trefnu taith gerdded dros statws, am fynnu cyfarfod eto fyth ynglŷn â'r hostel Gymraeg, ac edliw na chynhaliwyd unrhyw weithgaredd o werth i nodi'r pum mlynedd ers protest Pont Trefechan. A beth yw'r sïon diweddara am arwisgo Charles yn Dywysog Cymru a'i anfon i Aber am dymor neu ddau?

Yn sydyn, mae Stanli'n codi'i ben. Mae'r weithred annisgwyl honno ynddi ei hunan yn werth ei nodi. Ond does neb yn sylwi arni yng nghanol yr holl drafod. Y daith gerdded – pryd ac o ble i ble? Cyfrifoldeb pwy yw'r trefniadau diogelwch? Pwy ddylai logi ac yswirio'r dormobîl arweiniol? A beth am yrrwr? Dau yrrwr? Rota gyrwyr? A chorn siarad? A'r recordiau fydd yn bloeddio ohono? A beth am bosteri a thaflenni a bathodynnau a brechdanau a'r casgenni dŵr?

Mae Stanli'n codi'i law i dynnu sylw Ffîbi – 'Esgusodwch fi, ac ymddiheuriadau am dorri ar draws, ond ga' i ganiatâd i symud y cyfarfod ymlaen?'

A phawb yn syllu arno'n syfrdan. Fe siaradodd Stanli. A hynny yn Gymraeg. Fe ddaeth y ddraig o hyd i dafod amgen.

'Â chroeso, Stanli bach!'

'A chroeso mewn i'r gorlan!'

'Be sgin ti i'w gynnig, cyw?'

Braslun o ddulliau protest di-drais Ghandi, pwysig-rwydd grym diymwad hunanaberth; blaenoriaethu ymgyrchu'r misoedd nesaf – y neuadd Gymraeg wedi'i hennill, ond Carlo a'i Arwisgo'n fwganod ar y gorwel; yr angen i recriwtio, i gydlynu â changhennau eraill, i lunio datganiadau cyson, i ddefnyddio'r wasg. Mewn gair, maniffesto. Heb nodyn o'i flaen.

A chan orffen â gwên – 'Gwas sifil ydi 'nhad!' – dyma gymryd sip o'i sudd oren cyn eistedd 'nôl yn ei gornel a syllu ar ei draed.

Mae un neu ddau'n curo dwylo. A'r gymeradwyaeth yn cynyddu, nes i Ffîbi godi o'i chadair a'i chynnig yn smala i Stanli – sy'n gwenu wrth ysgwyd ei ben. Mae Nedw Hir, a fu'n ymdrechu i gofnodi'r cyfan, yn cynnig ei gadair yntau iddo, ond gwrthod a wna Stanli eto, gan afael yn ei anorac a dymuno 'Noswaith dda' i bawb, a diflannu drwy ddrws y Llew.

'Wel, wel! Pwy feddylie?'

'Sais o ygli dyclin yn troi'n alarch hardd o Gymro.'

' "Hardd"?'

'A dim Sais yw Stanli ond Cymro di-Gymra'g!'

''Run peth yn union!'

'Meddech chi, ffasgied Pen Llŷn!'

'Llai o gecru ac ymrannu, ffrindia!'

'Llai o'r Brains! Mwy o frêns fatha Stanli!'

'Beth am lwyrymwrthod fatha Stanli?'

'A'r Efengýls!'

'Efengylu dros yr iaith ma' Stanli.'

'A throsto fo'i hun yn y fargan.'

'Be ti'n feddwl, Ffîbi?'

A Ffibi'n gwenu –

'Reit, cyfarfod nesa? Pryd a ble?'

'Yr Home Café. Cwrdd dros goffi?'

'Fatha yn y dyddia dedwydd gynt.'

'Beth ni'n moyn?'

'Statws i'r iaith!'

'Pryd ni'n moyn e?'

'Nawr!'

Mae mintai gloff a blinedig y daith gerdded newydd gyrraedd Pen-y-bont, y dormobîl seicadelig ar y blaen, fel y bu rhwng Aberystwyth ac Aberaeron a Llambed a Chaerfyrddin a Phontarddulais.

Croeso cymysg a geir yma fel ym mhobman arall – y cefnogwyr brwd yn cymeradwyo'n boléit, y gwrthwynebwyr yn gwrthwynebu'n groch. Mae 'na ddosbarthu – a rhwygo – taflenni, mae 'na fygwth a bytherio, ond mae 'na hefyd barti croeso – brechdanau a sudd oren – a chynigion o loches dros nos mewn tai cyfagos. Ac mae 'na gario pedyll o ddŵr-a-sebon i olchi traed clwyfedig, ac eli i leddfu cluniau amrwd. Nel a Ffîbi yw'r dioddefwyr mwyaf – 'Fe ddyle doctor ga'l golwg ar y clunie 'na.'

'Dim angan, ffrindia. Hufan oer 'di'r boi.'

'Beth chi'n moyn, bach? Ice cream?'

'Naci – cold cream. Sgynnoch chi fymryn?'

'O's rhywun yn deall hon yn siarad?'

'Isie cold cream ma'r groten, iddi'i rwto rhwnt 'i choese.'

'Hi a'i ffrind. Druen bach â nhw. 'Sdim siâp cerdded arnyn nhw!'

'Fe whila i am beth – Jiw, jiw! Shgwlwch ar y crwtyn 'na!'

Stanli droednoeth, ei sgidiau wedi'u clymu am ei ganol, yn hercian ar hyd y ffordd. Ac mae'r criwiau radio a theledu'n rhuthro ato, y camerâu'n ffocysu ar ei wên a'i draed dolurus, bob yn ail. A'r dyrfa'n fud – nes i rywun weiddi, 'Pwy yffar' mae e'n feddwl yw e? Ghandi?'

Mae 'na chwerthin caredig a gwatwarus – ond yn sydyn, mae rhywun yn gafael mewn pentwr o daflenni a'u rhwygo'n ddarnau a'u taflu fel conffeti dros ei ben. Gwên raslon yw ymateb Stanli . . .

Wel, dyma sioe berffaith ar gyfer y camerâu a'r llu gohebwyr sy'n stwffio'u meicroffôns o dan ei drwyn.

'Beth yw'ch barn chi am y croeso cymysg?'

'Sawl milltir gerddoch chi'n droednoeth?'

'They're calling you the Welsh Ghandi!'

'Tipyn o gamp? Efelychu'r gwron hwnnw?'

'Gwisgo'i sgidie fe – mewn ffordd o siarad!'

'Mae'n siŵr eich bod chi mewn cryn boen . . .'

A Stanli'n dweud dim, yn gwneud dim ond gwenu'n llawn graslonrwydd.

O'r diwedd, cafodd rywun afael ar eli a gwahodd Nel a Ffîbi i breifatrwydd ei thŷ. Mae meddyg teulu'r ardal yn gwahodd Stanli i'w gartre yntau – 'Er mwyn ca'l golwg ar y tra'd 'na.'

A'r meddyg hwnnw, fore trannoeth, sy'n cynghori

dau – Nel a Stanli – i roi'r gorau i'w taith gerdded. Gwena Stanli ar y camerâu wrth hercian â chymorth ei ffon fagl at y dormobîl. Hercian yn ddi-fagl a disylw a wna Nel a Ffîbi.

'Ble wyt ti, Branwen fach?'
   'Yn yr hostel.'
   ''Nôl yn saff – ar ôl dy brofiad yn y gell?'
   'Odw.'
   'Do'dd neb yn gas wrthot ti, gobitho?'
   'Dim byd o werth.'
   'O'n i'n disgwl iti ffôno . . .'
   'Mami, do'dd dim cyfle.'
   'A tr'eni na soniest ti am y brotest fowr 'ma o fla'n llaw.'
   'O'dd hi'n gyfrinachol. A 'mond rhwng Pen-y-bont a Cha'rdydd y penderfynon ni weithredu.'
   'Allet ti fod wedi gweud wrtha i o bawb! Fydden i wedi dod i gefnogi, i ymuno â chi – ti'n gwbod hynny.'Na fe, fe lwyddoch chi i neud sioe go dda o wal y Swyddfa Gymreig!'
   'Do.'
   'Pam na alwest ti hibo 'ma ar y ffor' 'nôl?'
   'Llond minibus ohonon ni?'
   'Pam lai? A Branwen . . .'
   'Ie?'
   'Fydden i 'di lico dy weld di. Mae'n gallu bod yn unig arna i. Ddim yn gweld fawr neb. Ond 'na fe, 'sdim tamed o ots amdana i. Ti sy'n bwysig. A ti'n gwbod bo' fi'n falch ohonot ti. A fydde dy dad, hefyd, o weld llun 'i Franwen fach e ar y teledu, ac ar ddalen fla'n y *Western Mail*!'

Mae ysgrifenyddes y Prifathro'n cnocio'n ysgafn ar ei ddrws ac yn disgwyl am y 'Dewch i mewn!', cyn troi ac ysgwyd ei bys fel athrawes a sibrwd, 'Arhoswch ar eich traed, a chofiwch ymddiheuro!'

Mae hi'n gwthio'r drws ar agor – ac yno, a'i gefn at y ffenest, mae'r Eryr.

'Miss Branwen Dyddgu Roberts, Brifathro.'

'Diolch, Mrs Lloyd.'

Un edrychiad bygythiol arall, ac mae Mrs Lloyd yn llithro fel gwlithen lwyd drwy'r drws ac yn ei gau ar ei hôl.

Mae'r Eryr yn syllu arni â'i lygaid llym – gan weld beth? Jaden ddigywilydd a dorrodd reol aur, ac yntau'n cael y job o'i disgyblu a bod yn dadol wrthi yr un pryd?

'Eisteddwch, Miss Roberts.'

Aiff yntau i eistedd y tu ôl i'w ddesg. Ond mae hithau'n dal i sefyll, gan syllu ar y *Western Mail* sydd ar ei ddesg.

'Er gwaetha'n gynau duon, Miss Roberts, does dim angen sefyll ar seremoni. A pheidiwch â phoeni eich bod "ar y carped", fel petai . . .'

Mae 'na awgrym o wên yn y llygaid eryr . . .

'Mae'n well 'da fi sefyll, diolch.'

'Iawn, eich dewis chi.'

Eiliadau o dawelwch, a'r stafell fel petai'n tywyllu fesul eiliad. Ond gall weld y llun ohoni'n ddigon clir, ar dudalen blaen y papur, yn cael ei llusgo gan ddau blismon at fan ddu . . .

'Miss Roberts – fe'ch gwysiwyd yma heddiw am ichi dorri un o reolau pwysica'r Coleg hwn. Pa reol ydi honno?'

'Bod yn absennol dros nos heb ganiatâd.'

'A beth sgynnoch chi i'w ddweud?'

'Ma'n ddrwg 'da fi.'

'Eich eglurhad?'

'O'n i ar daith gerdded o Aber i Gaerdydd . . .'

'Mi gawsoch ganiatâd i wneud hynny.'

'Do, wrth gwrs.'

'Ond beth ddigwyddodd yng Nghaerdydd?'

'Fe ges i f'arestio . . .'

'A'ch cyhuddo o drosedd: creu rhwystr ar ffordd

gyhoeddus, gwrthod codi ar orchymyn yr heddlu. Ac fe'ch cadwyd yn y ddalfa, i ymddangos yn y llys drannoeth.'

'Do!'

'Ac mae hyn oll yn destun balchder i chi.'

'Enghraifft berffaith o weithredu tor-cyfraith di-drais – Brifathro.'

'A derbyn cyfrifoldeb.'

'Wrth gwrs – mae hynny'n bwysig.'

Mae 'na awgrym arall o wên yn y llygaid eryr wrth gymryd cip ar y pennawd – 'Aberystwyth Student Arrested'.

'Pam chi, a neb arall, Miss Roberts?'

Penderfyniad sydyn. Gweld ei chyfle – yn absenoldeb Stanli â'i draed dolurus . . .

'Gweld eich cyfle, falle? I ddilyn ôl traed Buddug a Gwenllïan? Cyflawni gwrhydri arwrol y bydd haneswyr y dyfodol, ynghyd â'ch plant a'ch wyrion, yn falch ohono?'

Oes 'na awgrym o reoli gwên?

'Ond beth oedd barn Miss Olwen Parry Price wrth bori yn y *Western Mail* dros frecwast, gan dybio bod ei holl fyfyrwyr wedi bod yn saff yn eu gwelyau dros nos?'

'Do'dd hi ddim yn hapus . . .'

Mae'r llygaid eryr yn tywyllu'n sydyn.

'Fe'i dychrynwyd, Miss Roberts. Gan eich twyll. A hithau'n gyfrifol am eich lles a'ch diogelwch yn y coleg hwn.'

'Ches i ddim cyfle i hala neges . . .'

'Wnaethoch chi ddim ymdrech i gysylltu, dyna'r gwir!'

Mae hi'n syllu arno – ac ar y cloc sydd ar y pentan y tu ôl i'w ysgwydd dde. Hen gloc llechen, hen dic-toc araf, trwm . . .

'O'r gorau, dyna ddiwedd ar bregethu. Mi gyflawnoch eich gweithred, fe'i cofnodwyd yn y wasg, ac fe'ch cosbwyd â dirwy.'

''Sdim bwriad 'da fi 'i thalu hi.'

'Eich penderfyniad chi fydd hwnnw – chi a'ch mam. Ac efallai – wn i ddim – y bydd hi'n gofyn ichi gyfaddawdu ar y mater hwnnw.'

'Na fydd! Byth!'

Does dim i'w glywed ond tic-toc y cloc . . .

'O'm rhan i, Miss Roberts, ac awdurdodau'r Coleg, ni fydd unrhyw gosb bellach. A dim cofnod o'ch trosedd ar eich record academaidd.'

'Diolch.'

'Mater o gyfaddawd. Ac mae hwnnw'n air allweddol. Ond efallai nad ydi o'n rhan o'ch geirfa chi – ar hyn o bryd.'

Mae e'n plygu mlaen dros ei ddesg, yn plethu'i fysedd . . .

'Ond yn fy marn fach i, un cyfaddawd hir yw bywyd. Mae eich mam, debyg, o'r un farn.'

Llygaid eryr llym, bysedd wedi'u plethu, hen dic-toc trwm y cloc – a'r cyfan yn dechrau cau amdani.

'Efallai y deallwch chithau hynny ryw ddiwrnod . . .'

Cwyd ei phen yn heriol.

'A dweud y gwir, Miss Roberts, dwi'n mawr obeithio y cofiwch am y cyfarfyddiad hwn ymhen blynyddoedd, pan fyddwch chitha mewn gwth o oedran, fel finna, rŵan.'

Gall dyngu iddi glywed ei ochenaid. Na, falle ddim . . .

'Dwi'n hen ŵr. Mae "oed yr addewid", bondigrybwyll, ar y gorwel. Mi fedrwn i ymddeol, er mwyn canolbwyntio ar fy mhleser mawr – fy ymchwil academaidd. Mae gwaith aruthrol ar ôl i'w wneud . . .'

Ai hi sy'n dychmygu'r ysgwyddau'n suddo'n sydyn?

'Ond, ar ôl dwys ystyried, dwi wedi penderfynu parhau yn fy swydd – y barchus, arswydus! – am gyfnod eto, am fy mod yn gobeithio bod gen i dipyn rhagor i'w gyfrannu, i'w gyflawni, y dwthwn cymhleth hwn.'

Mae'r ddeunaw oed hollwybodus yn crychu'i thalcen; mae yntau'r athrylith yn gwenu arni – 'Mae'r gair "dwthwn" yn digwydd yn y soned "Adref", gan Robert Williams Parry . . .'

'O'n i'n gwbod hynny, Brifathro.'

Mae'r llygaid eryr yn twinclo'n sydyn a'r wyneb chwarel yn meddalu – 'Dwi'n ama dim! 'Dach chi'n gyfarwydd â'i waith?'

'Odw, wrth gwrs.'

'A'ch barn amdano?'

'Bardd gwych a phwysig, cenedlaetholwr brwd. A diolch amdano fe, ac ambell un arall fel Waldo Williams.'

Mae'r llygaid yn dal i dwinclo'n ddrygionus.

'Ac i ychwanegu fy nghciniogwerth, Miss Roberts, mi oedd o'n sylwebydd eofn, yn weledydd praff – ac yn digwydd bod yn gefndar i mi!'

Mae'r chwerthin yn heintus – rhyw 'ho-ho-ho' Siôn Corn o'i grombil – cyn iddo sobri a syllu arni eto.

''Dach chi'n cofio'r soned ar 'i hyd?'

'Na, dim ond y cwpled clo.'

'Mi hoffwn 'i glywed o, Miss Roberts.'

Mae hi'n syllu i fyw'r llygaid eryr –

  ' "Digymar yw fy mro drwy'r cread crwn,
    Ac ni bu dwthwn fel y dwthwn hwn." '

Mae'r dwylo mawr fel dwy wyntyll ar ledr ei ddesg.

'Diolch, Miss Roberts. Mae'n galondid imi eich bod chi, sy'n cynrychioli goreuon ein pobol ifanc "y dwthwn hwn", yn gwerthfawrogi barddoniaeth orau'r Gymraeg. Dwi hefyd yn mawr obeithio, fy mod i, yn ystod fy mlynyddoedd maith fel darlithydd, Athro, Llyfrgellydd, rhyw dipyn o fardd ac academig – a rŵan fel Prifathro'r Coleg hwn – wedi cyfrannu ychydig at eich gwybodaeth. "Nid byd, byd heb wybodaeth", yntê?'

Ac mae ei gorff i gyd yn ymlacio, er gwaetha'i gadair galed.

'Dyna fu fy mhrif grwsâd. Cenhadu, efengylu dros bethau gorau'n cenedl, er na fu hynny'n amlwg – nac yn hawdd – bob amser.'

Mae hithau'n dechrau blino ar ei bregeth . . .

'A deallwch hyn: fy mwriad, os byw ac iach, yn ystod y dwthwn cyffrous – cythryblus – hwn, yw ymdrechu i weithredu er lles, i daenu olew dros y dyfroedd. A hynny yn y dirgel, efallai.'

Mae hi'n llygadu'r cloc – yr hen gloc llechen trwm a llwyd . . .

'Ydi, Miss Roberts, mae hi bellach yn hwyr brynhawn. A dim eiliad i'w cholli, a chithau ag iaith a chenedl i'w hachub. Neu yn chwarter i chwech, ac yn bryd i chi ddychwelyd i'ch hostel ar gyfer swper?'

Try ei lygaid at y ffenest fawr, a'r machlud dros y môr.

'Un peth arall – a chadwa i mohonoch yn hir . . . Pan fyddwch f'oed i, dwi'n gobeithio y cytunwch â'r hyn y byddaf yn ei ddweud nesa . . .'

Cwyd yn gefnsyth, mynd at y ffenest a syllu drwyddi . . .

'Mae 'na rai pethau yn yr hen fyd yma y mae dyn yn gorfod eu dweud a'u gwneud, waeth beth fo'i farn na'i ddaliadau. Rhai pethau sy'n gwbl groes i'w gred, yn ddigon gwrthun iddo, hyd yn oed. Hen ddilema yw hi, Miss Roberts. Dilema cyfaddawdu, y byddwch chithau'n gorfod ildio iddi, maes o law. Be 'di'ch ymateb chi i hynny, Miss Roberts?'

Mae hithau'n syllu heibio iddo, y tu hwnt i gerflun Edward, Tywysog Cymru, ar liwiau llachar yr awyr dros y môr. Ac yn mwmial rhywbeth dan ei hana'l . . .

'Mae'n ddrwg gen i, Miss Roberts?'

Mae hi'n troi i syllu'n heriol i fyw'r llygaid eryr, ac yn

sibrwd – 'Cyfaddawdu? Byth, Brifathro!' – cyn camu at y drws, a'i agor.

Wrth iddi droi ei phen am ennyd, gwêl yr Eryr yn tynnu'i ŵn yn dynnach amdano yng ngolau'r machlud.

Neu ai dychymygu oedd hi, wedi iddi gau'r drws?

Mehefin 2012

'. . . a truly spectacular sight . . .'
Huw Edwards, telediad Jiwbilî Elizabeth II

Glaw, ac oerni llaith.

A fflotila Ganalettaidd afon Tafwys yn cael ei llarpio gan y niwl.

A phedair cenhedlaeth o deulu'r Meades ymhlith y gynulleidfa sydd wedi'i gwasgu o flaen y set deledu yn lolfa Sunset View.

Craffa'r hen fatriarch ar y sgrin – 'Janey! What's 'e sayin? Angharad, feed 'at baby, stop 'im cryin!'

Mae Angharad yn cwtsho'i mab at ei bron – 'Dere di, boi bach, ma' dy hen fam-gu di'n grac.'

'I'm not "crac"! Just keep 'im quiet so I can hear!'

Mae Angharad yn sibrwd – 'Mam, pryd fydd hi'n dweud ei enw?'

Mae Janey'n ateb, 'Rho amser iddi, bach.'

Yn ddisymwth, mae Mrs Meades yn sibrwd, 'Jonathan . . .'

Cyn suddo'n ddyfnach i'w gobenyddion.

Llyncir ei hochenaid gan rialtwch llaith glannau Tafwys.

THIS BENCH IS IN MEMORY OF
JONATHAN ALAN MEADES
1949–1957

Mae'r fainc yn llygad yr haul, a'r gwres yn llethol. Mae b. d. roberts yn falch o gysgod ei het haul a'i sbectol dywyll, a'r siaced ysgafn dros ei gwegil. Bydd y car benthyg fel ffwrn, er iddi ei barcio yng nghysgod wal uchel Gwynfa. Ond rhaid peidio ag achwyn ar ddiwrnod heulog yng nghanol un o'r hafau mwyaf trychinebus ers cyn cof.

Mae hi'n gwylio'r car sy newydd aros wrth wal y Waun – y 'broken wall' – sy bellach wedi'i hailadeiladu'n gelfydd. Daw dyn, rhyw ddeugain oed, i'w chyfarch yn llawn busnes, ei glip-bord a'r daflen manylion yn ei law – 'Ms Jones? Dominic Meades. Pleased to meet you.'

Eiliad o betruso – ond, wrth gwrs, yn enw Meirwen y trefnwyd yr ymweliad – cyn iddi ysgwyd ei law, cyn iddo yntau droi i gyfeiriad Gwynfa.

'Well? First impressions?'

> Tŷ caerog ac ymhongar . . . a'r waliau cerrig sy'n ei amgylchynu – a'u topiau'n drwch o ddarnau gwydr miniog – yn ddi-fwlch, heblaw am un gât hacarn drom sydd bob amser wedi'i chau.

' "White Place" it means in Welsh.'

'Ti'n siarad Cymraeg?'

Ei dro yntau i betruso – y 'ti' annisgwyl, yr holi am yr iaith, yr wyneb lledgyfarwydd – cyn i'w wên broffesiynol ddychwelyd.

'No choice – mae Dad yn ffanatic Plaid!'

'Est ti i ysgol Gymraeg?'

'Ysgol Gyfun Gymraeg Pont-y-cwm. Mouthful, ontefe? Cyn hynny, Ysgol Gynradd Tan-y-berth – mouthful arall!'

'Enwe pert . . .'

'Good schools an' all.'

'A lle ti'n byw?'

'New Street – oedd yn Cairo Row, amser maith yn ôl.'

> Dwsin o fythynnod simsan a fu'n glynu wrth y Foel fel gelod styfnig ond sydd bellach yn dechrau colli'u gafael. Fe'u bolltiwyd, felly, wrth y graig â styllod enfawr . . .

'Demolished them they did. Old iconic valley houses. "Piti garw" – fel roedd athro Hanes fi yn dweud. "Fandaliaeth!" fel mae Dad yn dweud.'

> . . . does dim pall ar y dadfeilio – na chwaith ar ffydd a gobaith y trigolion y cânt eu symud i gartrefi diddos cyn y llithriad mawr . . .

'Mae'r tai newydd yn iawn – a bit flimsy. A fi'n hoffi hen tai solid.'

'Fel Gwynfa?'

'Ie. Mwy o – beth yw "character"?'

'Cymeriad.'

'Ond mae gwraig fi, Angie, yn hoffi tŷ brand new. A hi yw'r bòs!'

'Ody hi'n siarad Cymraeg?'

'Mae hi'n dysgu. Dad wedi dysgu ers blynyddoedd. "Proud to be Welshies" yw'r mantra newydd!'

'Yn wahanol i "amser maith yn ôl" yn y cymoedd 'ma . . .'

'Chi'n nabod y cwm yma?'

'O'n i, amser maith yn ôl . . .'

Eiliad o edrychiad chwilfrydig, cyn iddo droi i edrych yn llawn balchder dros y cwm islaw – 'Shgwlwch . . .'

Aiff hithau i sefyll wrth ei ysgwydd . . .

'Un o'r best valleys views. Ffact, dim sgript. A good selling point!'

> Strydoedd cul yn ymestyn am filltiroedd lawr y cwm, yn dringo'n simsan dros y llethrau, yn cris-croesi'n gymhleth fel gwe corryn . . .

'Lawr fan'na, roedd pwll glo – Pwll y Waun . . .'

> . . . fel corryn du ar lawr y cwm . . . ei simne fawr yn chwydu mwg, a'r olwyn windo yn y canol, fel tegan Meccano.

'Tad-cu fi wedi marw yno. Fire damp explosion. Gadael chwech o blant – yr hen stori sad. A chi'n gweld y building mawr yna? Capel Hebron, amser maith yn ôl.'

> . . . yn teyrnasu dros y toeon a'r simneau, fel blaenor ar ei draed mewn Sêt Fawr . . .

'Cwm Arts and Community Centre nawr. A cylch meithrin Cymraeg – llawer o blant teulu fi'n mynd yno. A chi'n gweld y supermarket? Yno roedd tip glo.'

> . . . a'r cwm dan eira, plwm pwdin yw'r tip yr ochor draw i'r afon . . .

'Tipiau wedi mynd i gyd, thank God, post Aber-fan. Roedd un arall – lle mae'r parc. A chi'n hoffi'r New Century Bridge newydd? "The Coat-hanger" maen nhw galw fe – fel Sydney Harbour Bridge! A chi'n gweld y posh new houses dros y ffordd?'

> . . . ar draws y ffordd, rhesaid o allotments – sgwariau bach o dir wedi'u llogi gan y Cyngor . . .

'Council allotments, arfer bod. Mae un neu ddau private ar ôl. Mae Dad yn hoffi potshan yno. Chi'n hoffi enw'r estate newydd, "Gwêl y Cwm"? Roedd i fod yn "Valley View", nes i Dad neud ei stance!"

'Mae e'n dipyn o eithafwr?'

'Extremist? Aye! Chained himself to the Council railings!'

'Whare teg iddo fe!'

'Ie. Hen socialist turned Plaid – lethal combination. So, i tico'r boxes – chi'n hoffi'r view?'

'Gwych.'

'A to save the best 'til last – shgwlwch lawr at yr afon,

sy'n lân erbyn hyn. A'r hen common ground – "the banking" . . .'

'"Y llechwedd rhedynog sy'n goleddu rhwng yr allotments a Nant Las, lle y gallwch dyngu eich bod yng nghanol gwlad: Waun Bowen yn ymestyn wrth eich cefn, a'r Foel Ddu o'ch blaen, fel brenin boliog yn bolaheulo.'"

'Barddoniaeth?'

'Rhwbeth sy ar 'y nghof i. Awn ni miwn i'r tŷ?'

'Cyn hynny, rhaid i fi ofyn – beth am rheina?'

Y chwe thyrbein ar grib Waun Bowen. Y delwau cawraidd, llonydd, fel athletwyr yn barod i frasgamu lawr y cwm . . .

'Chi'n hoffi nhw – neu ddim? Neu does dim pwynt.'

'Ma'n nhw'n fawr, yn uchel – ac yn swnllyd, debyg.'

'Chi'n Nimby?'

'Falle – falle ddim . . .'

'Beth yw "skirting the issue" yn Gymraeg?'

'Osgoi pethe . . . Beth yw dy farn di?'

'Dim ots o gwbwl. Rhan o'r scenery. Ond rhai pobol won't even contemplate viewing Gwynfa achos nhw. Reit, chi'n barod?'

'Odw . . .'

'Okay – lessgo!'

'Lessgo! Lessgo! An' the last one there's a baby!'
'Jonathan! Wait for me!'

Mae hi'n oedi wrth y gât haearn, yn sylwi ar y clo toredig, y rhwd sy'n drwch dros yr haenau paent, y mwsog a'r dail sy'n gorchuddio'r grisiau cerrig . . .

A Jonathan yn dod i bipo arna i.
Yn cynnig rhwbeth i fi rhwng barie'r gât.
'Bubble gum for you – if you show me your nics.
Two if you take 'em down.'

Mae'r gât yn gwichian wrth ei hagor. Rhaid camu dros y pyllau a gronnodd ar y llwybr. Mae gwynt surfelys tyfiant llaith yn llenwi'i ffroenau . . .

'Branwen? Pwy yw'r bechgyn 'na? Get away from here!'
'Jonathan! You fuck off quick!'
'Mami, beth yw fuck off quick?'

Yn sydyn, mae'r hen dyndra cyfarwydd yn peri iddi oedi, cymryd arni astudio'r llwyni bocs a rhododendron a'r tair afallen y mae eu brigau'n drwch o gen. A'r mieri a'r Ladi Wen sydd wrthi'n tagu popeth byw.

'Mae sight ar yr ardd. Dyna pam – gyda'r turbines a general bad condition y tŷ – the asking price has been reduced.'

Does dim ymateb ganddi. Mae yntau'n baldorddi mlaen – 'Lot o'r coed oedd yma wedi cael eu torri. Roedd monkey-puzzle tree wrth y ffenest yma – chi'n gweld y stump?'

'Tipyn o job 'i thorri hi.'

'Cyn amser fi, ond mae lot o bobl yn cofio. Ac yn cofio'r fenyw oedd yn byw yma, amser maith yn ôl . . .'

Mae Dominic yn troi ei sylw at ei fwnsh allweddi. Mae hithau'n tynhau ei dyrnau ym mhocedi'i siaced.

'"The Mad White Lady". Affectionate name, mind. Roedd hi'n mynd o gwmpas yn ei nightie, yn swigo sherry . . .'

Y ddrychiolaeth droednoeth. . . Gwynder ei siol a'i gŵn-nos satin yn felyn yng ngolau'r lamp, a'i hwyneb hardd yn wrachaidd annaearol . . . A'r llygaid gwag yn cael eu tynnu at y lleuad lawn fel lantern rhwng brigau'r goeden fwnci . . . A'r ddelw'n troi, yn syllu draw at Gwynfa, fel petai'n chwilio'n ddyfal. Am rywbeth. Neu am rywun.

111

'Hi roiodd y darnau glass ar top gyd o'r wal yma. Lethal.'

'Dy dad sy'n gweud y straeon hyn?'

'Na. Never mentions it. A beth bynnag . . .'

'O'dd hyn i gyd "amser maith yn ôl".'

Mae'r ddau'n gwenu, ac mae yntau'n gwthio allwedd fawr i'r clo.

'Old-fashioned mortice – hen fel pechod, fel roedd Mr Dodd yn dweud, pŵr dab.'

Mae ei dyrnau'n dynn ym mhocedi'i siaced eto.

'Pam "pŵr dab"?'

Troi'r allwedd – ac mae'r drws yn agor . . .

'Wedi marw'n ifanc. MS, motor neurone – ddim yn siŵr. Piti garw. Athro da.'

Mae hithau'n ei ddilyn dros y trothwy i'r cyntedd tywyll . . .

> Cau'r drws! Glou! A'i follto'n sownd!
> A finne'n gneud. A hithe'n sefyll. Yn stond. Fel delw.
> A'i hwyneb yn welw fel y galchen a'i gwefuse'n crynu.

Gwynt lleithder, ôl lleithder wrth y drws a'r ffenest, patshyn melyn ar y nenfwd, y papur wal yn hongian . . .

Mae Dominic wrthi'n gosod y pentwr post di-ddim ar y grisiau – 'Mae'r lle'n wag ers amser. Blwyddyn, siŵr o fod. A nawr – mae lot o waith. Ond potential mawr. Shgwlwch – oak flooring, original frieze, dado a spindles.'

> A finne'n sefyll yn y cyntedd yn gwrando ar dic-dic-dic y meter letrig a toc-toc-toc hen gloc Mam-gu . . .

'Dyma'r cwtsh dan staer – good storage – but needs clearing!'

> Popeth mas . . . Pentwr o drugaredde . . .
> A'r cwbwl yn un cawdel ar lawr y cyntedd.
> A fy mam yn ishte yn 'i ganol, yn welw, eiddil . . .

Neu 'yn weddw eiddil'? Ond beth yw'r ots? Does neb yn cofio, bellach. Neb yn poeni. Ac mae Dominic wrthi'n agor y drws i'r basement – 'Good play room, dark room – drat, dud bulb. Ond dewch i weld y gegin, a'r extension lle roedd yr hen cwtsh glo . . .'

> Tynnu'n welingtons ac arllwys yr hen ddwrach brown
> i'r sinc a'u gosod wrth y Rayburn a mynd mas i'r cwtsh
> i godi glo a gweld shîten lipa'n hongian yn y niwl a'i
> chario miwn i'r gegin a gollwng y craswr dillad o'r
> nenfwd a phlygu'r shîten drosto a thrio codi'r cwbwl 'nôl
> ond y blwmin peth yn mynd yn sownd . . .
> A'r dagre'n pigo . . .
> Stop.

'Dominic, wy 'di gweld hen ddigon.'

Mae yntau'n edrych arni, yn nodio'i ben – 'Dim problem.'

Ac mae hithau'n pwyso'i llaw ar y postyn cerfiedig cyfarwydd, gan daflu un cip sydyn i fyny at y landin.

'Four good bedrooms.'

Mae hi'n troi ato'n sydyn, ar fin dweud rhywbeth, falle? Ond gan ei fod wrthi'n brysur yn cau'r drysau, gwêl ei chyfle i ddianc 'nôl i'r ardd, i godi'i hwyneb at yr haul. Cyn hir, daw yntau allan a chloi'r drws.

'Bydd e'n massive project.'

'Bydd. Ma'r tŷ, a'r ardd, mor dywyll. Fe ddylid agor y cwbwl mas – ffenestri mawr, dryse gwydr, gwaredu'r coed. Mae'n hen bryd i Gwynfa gofleidio'r haul.'

Mae Dominic yn syllu arni, ac yn estyn ei law – 'Neis cwrdd â chi.'

'A tithe, Dominic. Ac wyt ti'n berffeth iawn, "White Place" yw "Gwynfa". Ond gall olygu "nefoedd", hefyd.'

Mae yntau'n taflu cipolwg ar y tŷ – 'Could have fooled me!' – ac yn arwain y ffordd 'nôl drwy'r gât.

'Chi wedi sylwi ar yr enw ar y fainc? Jonathan, brawd bach Dad. Wedi marw draw wrth y ruins yna.'

Mae'r ddau'n troi i gyfeiriad Tyddyn Bowen . . .

'Jonathan bach, y White Lady, y turbines – lot o ghosts! Beth yw "ghosts" yn Gymraeg?'

'Bwganod.'

Gwên arall, ac i mewn ag e i'w gar, gan dynnu'i ffôn o'i boced. Aiff hithau i eistedd ar y fainc; mae ganddi neges ffôn sy'n gofyn am ymateb.

'Meirwen – eglura'r neges 'ma! . . . Beth, torri'r olygfa'n llwyr? . . . Nonsens! A "Na" yw'r ateb! A gwed wrth y bwli bach taw rhyw dipyn o gyfarwyddwr ffilm yw e – dim Duw! . . . Wrth gwrs 'mod i o ddifri. A fydda i'n fishi weddill y dydd, yn cwrdd â lot o bobol . . . Ie, siaradwn ni heno.'

Cau'r ffôn a chodi llaw ar Dominic wrth iddo yrru heibio. A sylweddoli ei bod yn crynu. Gwneud ymdrech i ymdawelu. Anadlu'n ddwfn, ailagor y ffôn – 'Meirwen, fi sy 'ma 'to. 'Sdim rhyfedd nad wyt ti'n ateb dy ffôn. Ma'n ddrwg 'da fi am siarad â ti fel'na. Do'dd 'da fi ddim hawl, yn enwedig a thithe yn dy alar. Hen gnawes hunanol odw i, fel wyt ti'n gwbod yn well na neb. Maddeuant?'

Cau'r ffôn – a throi'n sydyn at y plac coffa ar gefn y fainc, a chyffwrdd yn ysgafn ag enw Jonathan â blaen ei bysedd . . .

'Let's play ghosts . . .'

Mae hi'n troi ei llygaid i gyfeiriad Tyddyn Bowen.

Mae llygaid Jonathan yn troi i'r un cyfeiriad.

'Lessgo!'

FFERM WYNT CWM WIND FFARM
(Tyddyn Bowen)
DANGER – PERYGL
KEEP OUT – DIM MYNEDIAD

Mae hi'n codi ac yn dechrau dringo'r llwybr tarmac sy'n troelli'n serth ac yn onglog am ryw saith can llath . . .

Oedi ar bob tro pedol i gael ei gwynt, ac i syllu dros y cwm islaw. Yr hen gwm ar ei newydd wedd. Yr hen Gwynfa'n dadfeilio.

O'i chuddfan fry ar ben y Waun, gwêl Branwen Dyddgu Roberts y tŷ mawr llwyd fel penglog neidr anferth . . . a'i chorpws yn ymestyn hanner milltir i lawr y rhiw . . . Ei 'hen ddychymyg afiach' hi ar waith, fel arfer, yn ôl ei mam.

Gall dyngu bod yr angenfilod llonydd ar y grib yn ei gwylio, gan ddisgwyl ei symudiad nesaf. Ond does dim brys . . .

O ben Waun Bowen, fe welwch Gwynfa a'i ddiffeithwch bach o ardd: coeden fwnci enfawr wrth y talcen pella, a thair hen afallen sy'n dal i fwrw'u ffrwyth yn ffyddlon er gwaetha'u hoed . . . a mieri lond y waliau . . . a phopeth ar drugaredd y ladi wen sy'n eu tagu gan bwyll bach . . .

Rhaid ei bod wedi oedi'n hir. Mae'r haul wedi gafael yn ei gwegil ac mae llais iasol Kathleen Ferrier yn meddiannu'i phen . . .

'What is life, to me, without thee?
What is left, if thou art dead?'

fe gofia i tra bydda i
y llais fel cloch –
na, fel cnul . . .

'What is left?
Me! Me! Me!
Fi! Fi! Fi!
Branwen Dyddgu Roberts!'

a'i gweld mor bert
mor drist
mor fregus . . .

a thrio pido llefen
ac isie iddi fod yn Fami iawn
fel Mamis pobol erill.

Mae'r gwres a'r hunandosturi'n llethol.
Rhaid eistedd. Yn y gwair cras. Y pigau'n crafu'i hwyneb.
Dan yr wyneb. Yn brifo i'r byw.
A geiriau Dominic yn bwyellu'i phen –
pieces of glass lethal lethal crac crac crac

carreg driongl
fel bwyell ganoloesol
a'r oen yn syllu arna i
â dou dwll gwag 'i lyged
a'r dyn yn pwno'r pen
'to end 'is sufferin' poor dab'
'Please let me bury him.'
'It's 'at funny little girl!
Daughter of 'at funny woman!'

Mae hi'n gorwedd 'nôl, ei llaw dros ei llygaid. Gwêl y
llafnau gwair drwy ei bysedd fel amrannau hir. Gall eu
teimlo'n cosi'i llygaid. Eu clywed yn suo yn yr awel. Yn ei
suo hi i gysgu . . .

o'dd hi'n cysgu ar y llawr
fel angel
os yw angylion yn cwrlo lan yn dynn
a hwrnu'n ysgafn
a rhoi ochened fach bob hyn a hyn . . .

moyn carthen
a'i rhoi amdani
amdanon ni'n dwy
yn gynnes neis . . .

116

Cloch ei ffôn sy'n ei deffro.

Ffwndro. Llwyddo i agor y neges destun:

Wedi madda i chi! Meirwen. X

Meirwen fach Rhosgadfan wedi maddau iddi.
Eto fyth.
'Heb gofio'r camwedd mwy.'
Ond heb wybod am 'yr holl anwiredd'.

Cwyd ar ei heistedd.
Blas chwerw yn ei cheg.
Chwys ar ei gwefusau.
Rhwng ei bronnau.

Cofia am y botel ddŵr ar sêt y car.
Chwilia am facyn yn ei phoced.
Cyffyrdda â'r bluen wen . . .

'Your birthday present!'
'A seagull's feather?'
'Don' be soft! Up 'ere on the Waun?'
'Could be a crow . . .'
'You are mad, you are! No crows are white!'

Ysbaid o ochneidio. Na, 'anadlu dwfn'. Mae 'na wahaniaeth. Medden nhw sy'n deall. Ac yn sydyn fe deimla ysfa i glywed llais mwyn Doctor Nina ar ben arall y ffôn.

Rhag cael ei themtio, cwyd ar ei thraed a'i gorfodi'i hunan i droi ei phen, gan bwyll, dim hast, i gyfeiriad Tyddyn Bowen . . .

Mae'n amser penderfynu: chwilota am ragor o fwganod a'u hwynebu, fel y lledwynebodd fwganod Gwynfa gynnau. Neu gachgïo, a throi cefn am byth.

Ddaw hi ddim 'nôl fan hyn, dim byth.

'Lessgo! Lessgo!'

Mae hi'n dechrau cerdded, yn croesi'r llwybr tarmac ac yn mentro i berfedd y tyfiant trwchus sydd o gyrraedd golau'r haul. Ymlaen, gam wrth gam, y dail a'r brigau'n siffrwd ac yn clecian dan ei thraed.

'You are Peter Pan and I am Wendy. And we fly off into the sky holding hands – and we never-ever die.'

Oherwydd difrod cydwybodol dynion y festiau llaith a grym tywydd hanner canrif, twmpath tila a diniwed yw'r murddun, bellach, wedi'i orchuddio, fel gwylltineb Gwynfa, â thrwch mieri a'r ladi wen.

'Branwen! Come on, lessgo!'
'First time you said my name . . .'
'Silly name an' all.'
'It means "rare bird".'
A fynte'n edrych arna i'n syn – a wherthin.
'Lessgo, lessgo!'
Fe ddilynes i fe, fel arfer.
    Ond o'n i'n grac.

Ar riniog Tyddyn Bowen, gynt, mae trwch o flodau: bysedd y cŵn, blodau menyn, clychau'r gog a rhosod gwyllt yn dringo ac yn troelli ac yn herio'r drysi. Yn eu canol, mae 'na botyn wedi'i blannu yn y pridd, ac ynddo rosyn, yn goch a gwâr yn y gwylltineb.

'Nice red rose for you . . .'
'No! You stealed it, Jonathan!'

Mae 'na ffoto dan haen o blastig mewn ffrâm bren, a'r ladi wen yn troelli'n bert o'i gwmpas. Môr-leidr – patshyn

dros ei lygad, cyrls melyn o dan het ddu, gomic o gam – yn
gwenu'n heriol arni . . .

'Jonathan!
Stop fooling and get up!
You're frightening me!'

Pelydrau drwy frigau'r coed.
Fel bysedd hir drwy wallt.
Gwallt lliw blodyn haul.
Llygaid fel Nant Las.
Clwstwr siwgwr brown ar drwyn.

Mae hi'n tynnu'r bluen o'i phoced ac yn ei gosod yn
gwmni i'r rhosyn coch.
Tair gweithred sy'n weddill.
Creu llythrennau o frigau a gwiail a cherrig mân.

B. D. R. xxx J. A. M.

Casglu tusw brysiog o flodau gwyllt.
A rhedeg i lawr y llwybr.
Rhaid oedi wrth yr ail dro pedol – ac fe'i gwêl yn
eistedd ar fainc Jonathan, yn syllu arni'n agosáu. Ennyd
o adnabyddiaeth rhyngddynt – dros ganllath a deugain
mlynedd – a dim dewis ganddi ond dilyn y llwybr
i'w waelod. Ond mae ei cherddediad yn ansicr; oeda
ddwywaith, a'r tusw blodau gwyllt yn crynu yn ei llaw.
Ond yna, penderfyniad: camu'n bwrpasol heibio i'r
tro pedol olaf, heibio i'r arwydd mawr a wal y Waun a'r
fainc, heibio iddo yntau. Cyrraedd y car benthyg sy'n
bwysig, yng nghysgod wal Gwynfa, a chanolbwyntio ar
chwilota am yr allweddi yn ei phoced. Ond maen nhw'n
llithro rhwng ei bysedd a'u tincial ar y tarmac yn torri ar
dawelwch y diwetydd braf.

Llwydda i agor drws y car. Rhaid camu 'nôl i osgoi'r gwres sy'n taro'i hwyneb. Rhaid gosod y blodau yn y gist a thaenu papur drostynt. Rhaid yfed y dŵr cynnes o'r botel, sychu'i cheg, cribo'i bysedd drwy'i gwallt . . .

A phwyllo, gan wybod ei fod yn gwylio pob symudiad.

Ond pam troi ei phen tuag ato wrth gau'r gist?

'Shwt wyt ti, Branwen?'

'Shwt wyt tithe, Dai?'

'Mond fel'na, fel dau hen ffrind.

A cherdded ato gan bwyll.

A phontio'r blynyddoedd rhwng y car a'r fainc.

Fe a hi ar fainc Jonathan, yn dweud dim, yn gwneud dim ond syllu draw ar draws y cwm.

Mae chwys ar gledrau'i dwylo; mae'r allweddi'n sgwrio'r cnawd. Mae yntau'n clirio'i lwnc yn lletchwith gan esgus tyrchu am rywbeth – minten falle? – yn ei boced.

Saib huawdl – sy'n dweud mwy na geirie . . .

Gan bwy y clywodd hi'r dywediad hwnnw? Ei thad, ei mam, ei mam-gu? Llenor neu ddarlithydd? Un o'i therapists? Nina Keyes? Beth ddwedai hi am y cyfarfyddiad hwn? Y bererindod hon i ladd bwganod? I dyrchu am y 'gwir'? Dweud fawr ddim, debyg iawn. Ei phriod waith yw gwrando. Ond byddai'n siŵr o wenu arni.

Mae gwên ar wyneb Dai – 'Ma'n dda dy weld di, Branwen.'

'Diolch.'

'Nabyddodd Dominic di.'

'A finne fynte.'

'Ni'n debyg, medden nhw.'

'Odych, ac i'r tylw'th Meades.'

'Ma' fe'n becso. Am weud pethe, cyn sylweddoli . . .'

'Taw fi yw merch y "Mad White Lady"?'

Mae hi'n ymwybodol ei fod yn syllu arni . . .

'Branwen, so ti 'di newid dim.'

'Na tithe, Dai – yr hen gelwyddgi.'

'Ond wy'n siarad Cymra'g!'

'Wyt – yn dda iawn, hefyd.'

'Diolch.'

Ysbaid o dawelwch, heblaw am y janglo arian yn ei boced . . .

'Ti'n ddewr, Branwen, yn mentro 'nôl. 'I'r "nefoedd", fel gwedest ti wrth Dominic.'

Mae'r ddau'n troi i gyfeiriad Gwynfa . . .

'Egluro'r ystyr o'n i, Dai. Uffern o'dd Gwynfa i fi.'

'Ie.'

'Wel, gofyn i fi – pam ddes i 'nôl?'

'Pam ddest ti 'nôl?'

'I wynebu hen fwganod.'

Tyddyn Bowen sy'n denu'u llygaid y tro hwn . . .

'Prin ma' rhywun yn 'i weld e erbyn hyn.'

'Ond ma' fe 'na o hyd – on'd yw e, Dai?'

Mae hi'n syllu ar ei wyneb, y talcen yn moeli ac yn drwch o grychau, yr ên a'r wddw'n bletiau cnawd.

'Soniodd Dominic bo' nhw'n dishgwl babi?'

'Naddo.'

''Mhen tri mish.'

'Newyddion da.'

'Ie, o'r diwedd. Ma'n nhw wedi ca'l sawl siom.'

'Ma' fe i weld yn hapus iawn.'

'Ody – yn fishi'n gwerthu tai er mwyn pluo'i nyth 'i hunan!'

Rhywbeth yn ei wên, ei osgo, ei ben ar dro, ei wegil wedi crymu fel hen ŵr a haul diwetydd yn dawnsio yn ei lygaid – y cyfan hyn sy'n peri iddi hithau, hefyd, wenu . . .

'Llongyfarchiade, David Edward Meades.'

'Am beth, Branwen Dyddgu Roberts?'

'Am ddysgu Cymra'g.'

'Fe gadwes i'n addewid.'

' "Fi'n addo cracio'r Cymraeg hwn – un dydd!" '

'Ma' cof da 'da ti.'

'Rhy dda. Ti'n cofio d'addewid arall di'r nosweth honno?'

Mae e'n troi ei olygon draw dros y cwm . . .

'Ti'n cofio, Dai? Fan hyn ar y fainc 'ma, amser maith yn ôl?'

' "Caru ti am byth, my girl!" '

Mae e'n dal i syllu dros y cwm wrth afael yn ei llaw.

'Jawch, ma'n dda dy weld di, Branwen.'

Mae hithau'n tynnu'i llaw yn rhydd ac yn edrych ar ei watsh.

'Reit, wy'n mynd. Ma' 'da fi lot i neud. Cwrdd â phobol.'

'Yn ble?'

'Y fynwent.'

Nòd fach sydyn – 'Ond ti'n aros yn y cwm heno?'

'Odw.'

'Yr Heritage?'

'Ie.'

'Ga' i alw hibo?'

'Na.'

''Na fe 'te.'

'Ond fe gwrddwn ni am goffi.'

'Yn ble?'

'Mario's, Dai. Ble arall?'

Bu'n gwylio'r dyn am hydoedd . . .

Mae e newydd orffen hwfro'r bedd, ac wedi rhoi'r teclyn hylaw 'nôl yn ei focs a'r bocs ym mŵt ei gar gyda'r clipers a'r bwced a'r brwsh. Un twtsh arall â'i glwtyn gwlyb, un polishad sydyn â'i ddwster melyn cyn sefyll 'nôl i edmygu'i waith. Ad-drefnu ychydig ar y blodau, rhedeg ei law dros y llythrennau euraid, towlu cusan – a bant â fe yn ei gar, gan godi'i law a gwenu arni wrth fynd heibio.

A hithau'n gwybod ei fod yn gwenu drwy'i ddagrau, ac y byddai'r dagrau hynny yn ei lygaid nes cyrraedd y gatiau haearn mawr a'u harwydd du â'i lythrennau aur – PLEASE RESPECT THE DEAD.

Yno y byddai'n oedi, fel y gwnaeth sawl galarwr arall dros flynyddoedd maith, i daclo'i alar, sychu'r dagrau, polisho'r wyneb, gwisgo'r mwgwd gwên cyn mentro i'r ffordd fawr . . .

Mae hithau'n canolbwyntio ar y bedd anghofiedig:

MATILDA MAY JONES
(*MATTIE*)
1905–1978

ALSO HER DEVOTED HUSBAND
ROBERT SILYN
(*BOB*)
1903–1980

CARIAD BUR SYDD FEL Y DUR

REUNITED

Ai'r camdreiglo, neu ddychmygu'u 'haduniad' sy'n peri iddi wenu?

'Bob bach! Nice to see you again! Now go-fetch me a cup o' tea!'

A Bob yn ufuddhau, ei ysbaid byr heb ei hordors wedi dod i ben.

Neu ai'r cof am ddau a fu'n gymaint rhan o'i bywyd?

'This little one don' go playin' down the cemetery no more?'

A Bob yn codi'i ben.

Yn gwenu arna i fel haul y bore.

'No. I haven't seen her lately, Mattie.'

A finne'n gwenu 'nôl . . .

'Diolch, Bob.'

'Croeso'n tad.'

A dagre'n llenwi'i lyged . . .

Mae'r bedd yn weddol lân a chymen erbyn hyn. Ond mae gorchmynion swta Mattie'n dal i ferwi'i phen – 'Now then, bach, go-fetch some water!'

Dwyn hen jar o fedd cyfagos, arllwys y malwod a'r dŵr drewllyd ohono, a'i ail-lenwi â dŵr glân o'i photel – 'Good girl – now go-fetch the flowers!'

A dyma nhw: detholiad o flodau gwyllt Tyddyn Bowen. Blodau menyn, clychau'r gog, bysedd y cŵn a rhosod gwyllt. Mae hi'n gosod tusw yn y jar, ar ôl tocio'u coesau rhag i'r gwynt eu cipio.

'Thank you, bach.'

A nawr, rhaid symud mlaen. Mae hi'n syllu draw, yn cychwyn cerdded, a llais Mattie'n eco yn ei chlustiau – 'Funny little girl – eh, Bob?'

Yn ôl ei arfer, druan, mae Bob yn llefen gormod i ymateb iddi.

Ac mae hithau'n cyrraedd at ei bedd . . .

JOHN EMLYN ROBERTS
GWYNFA, STRYD BOWEN
Gŵr Gwenda, tad Branwen
hefyd ei wraig GWENDA
a'u merch BRANWEN

Profiad rhyfedd. Sefyll wrth eich bedd. Gweld eich enw wedi'i gerfio arno'n gain. Ond dim dyddiad – 'Canys yn yr awr ni thybioch . . .'

Yn anochel, cewch eich temtio i ymdrybaeddu mewn ystrydebau morbid: sut a phryd y cewch chi'r 'Alwad Adref'? Y cyrhaeddwch 'Ben yr Yrfa'? Yr ewch yn 'Llwch i'r Llwch'?

Nid felly b. d. roberts. Bod yn barod. Dyna'i nod. Gan ymddiried mewn un person – Meirwen Jones – i gyflawni'r job. Yn drylwyr a diffwdan yn ôl ei harfer.

'Dim nonsens. Angladd preifet – neb ond ti a Thomas Undertakers.'

'Dim newyddiadurwyr? Camerâu? Draig Goch?'

'Meirwen, paid gwamalu. Arch wiail, dim blode, dim torche; dim dagre, dim geirie gwag. 'Mond llanw'r twll, gweud "Hwyl fawr!" – a bant â chi. A dim dyddiad ar y garreg – bydd hwnnw "wedi'i gerfio ar gof a chalon". Ha! Nawrte – wyt ti'n addo hyn i gyd?'

'Addo, bòs.'

Mae hi'n gosod gweddill deiliach Tyddyn Bowen yn y potyn llwyd, a thri sbrigyn o rosynnod gwyllt yn eu canol, gan ymfalchïo yn y bedd cymen a dilychwin a'i lythrennu llachar – diolch i'w thaliadau hael i'r brodyr Mason a bois y Cyngor.

Un cyffyrddiad ysgafn – mae'r garreg yn gynnes o dan ei bysedd – cyn gafael yn y rhosyn gwyllt olaf un a cherdded y ddau can llath at y bedd sgleiniog, du . . .

**IN LOVING MEMORY
OF
JONATHAN ALAN MEADES
AGED 8
SO CRUELLY TAKEN FROM US
SUFFER LITTLE CHILDREN**

ALSO HIS FATHER
THOMAS JOHN MEADES
TRAGICALLY KILLED
IN WAUN COLLIERY
JUNE 1971

ALSO HIS MOTHER
MARY
1913–

Mae hi'n gwthio'r rhosyn gwyllt i dân y rhosod coch.

Ac yn troi ei chefn yn sydyn.

Bum munud yn ddiweddarach mae hi'n llechu yng nghapsiwl saff y car. Cip sydyn yn y drych, twrio am wipes a sychu'i hwyneb a'i dwylo. A chynnau'r enjin. A'i thwyllo'i hunan ei bod yn barod i yrru ar hyd y llwybrau igam-ogam.

A bant â hi, heibio i groesffordd y meinciau coffa, heibio i orielau beddau'r Catholigion, heibio i'r bedd ac arno ddelw o ffôn mobeil pinc a'r neges 'CU soon, Samantha' ar ei sgrin, heibio i'r rhesi o feddau bach y plant â'u doliau a'u tedis a'u teganau . . .

A chyrraedd Rhododendron Rows, y rhodfeydd urddasol sy'n arwain at diriogaeth hyna'r fynwent, tiriogaeth gadarn y Gymraeg cyn i'r Saesneg gripian o fedd i fedd. Mae hi'n anelu am y rhes uchaf un – Millionaires' Row – rhesaid o feddrodau'r tadau, perchnogion a rheolwyr y pyllau glo, gwŷr busnes, cynghorwyr, gweinidogion a meddygon, pileri cymdeithas, enwogion o fri – a'u gwragedd a'u plant yn eu sgil.

A'r cyfan yn dadfeilio. Cofebion dadfeiliedig, anghofiedig. Y pileri wedi syrthio, yr angylion yn gwyro. A dim yn weddill ond arwyddion perygl a phentyrrau o slabiau wedi'u clymu â thâp coch.

Mae hi'n agor ffenestri'r car. Yn eistedd yn llonydd i lyncu'r awyr iach. Ac yn diffodd yr enjin.

Hedd, perffaith hedd.

A'r atgofion yn pentyrru fel y slabiau cerrig mewn tâp coch . . .

Beddau'n derasau o dai-bach-twt cysurlon . . .
Hen demlau mawr o farmor . . .
ENTRANCE wedi'i gerfio ar eu talcenni . . .
. . . ambell un yn gilagored, yn llawn temtasiwn . . .
yn denu rhywun i mewn i'w ddyfnder llaith a thywyll. . .

Mae'n hen bryd symud. A dyna a wna – agor drws y car, camu'n gyflym at y bedd cyfarwydd. At y slabyn cam o ENTRANCE – yr agoriad i'w chuddfan, gynt. I guddfan ei thrugareddau. Gynt. Ei thrysorau. Ei phluen wen. Y cyfan yn ei Bwthyn Bach To Gwellt – y tun sydd bellach ar ei desg, ei rwd a'i grafiadau a'i olion selotêp yn anghydnaws tost â dodrefn crand ei stydi yn ei chartre. Crand. Yng nghanol cors.

Rhaid mynd ar ei chwrcwd. Pipo heibio i'r slabyn. Syllu i mewn i'r gofod tywyll. Gwag.

Gallwch wynto'r perygl, synhwyro'r gwyro simsan,
    clywed eco oer eich llais.
A synau rhyfedd – siffrwd, shyfflo; crafu pryfed, mwydod a chorynnod; sŵn pridd a cherrig rhydd yn shiffto. Rheini yw'r cuddfannau gorau . . .

Mae hi'n camu o'r bedd wysg ei chefn. Yn ymsythu – a'r dasg olaf wedi'i chyflawni Ac mae hi'n falch o'i diwrnod da o waith. Yn falch iddi fentro 'nôl i Gwynfa a Thyddyn Bowen. Am y tro olaf. Yn falch iddi ymweld â'r fynwent hon cyn cael ei chario yno, y tro olaf un.

Wynebodd ei bwganod. A nawr – gall ddianc. Eto. Fyth.

Bant â hi.

Am byth.

Beth sy'n ei denu i edrych dros y llwybr at y bedd gyferbyn?

Gallwch orwedd ar y garreg gynnes, bolaheulo,
teimlo anwes mwyn yr haul . . .

Ishte'n gylch bach dedwydd –
Tedi, Goli, Siani Jên a Mair –
rownd y potyn blodau . . .

Mae 'na dedi brown a brwnt, yn pwyso ar botyn blodau toredig.

Yn syllu'n ddi-lygaid arni.
Ac mae'r awel i'w theimlo'n oer.

Dau gam, tri –
estyn ei bys –
braiddgyffwrdd â'r blewiach pigog a'r bawen galed
codi'r creadur gerfydd ei glust rhwng ei bys a'i
bawd
ei gario dros y llwybr
a'i stwffio i grombil y gofod tywyll yr ochr draw.

Wrth nesu at y gatiau haearn mawr fe'i gorfodir i wasgu'r brêc.

Fan wen y Cyngor. Gofalwr y fynwent. Yn cadarnhau, cyn cloi, na adawyd neb o dir y byw ar ôl.

Mae Dai'n aros amdani, coffi ffroth o'i flaen.

'Coffi du – fel arfer?'

'Ie,' yw ei hateb wrth ruthro heibio iddo i'r tŷ bach.

Rhaid sgwrio'i dwylo dan y tap: rhwbio sebon dan y 'winedd, rhwng y bysedd, cyn eu sychu dan y peiriant. Twrio yn ei bag am eli dwylo a'i daenu'n drwch. Cribo'i gwallt, twtsh o lipstic coch, tasgu Opium dros ei gwegil – ac mae hi'n barod. I fentro 'nôl i'r caffi, lle mae Dai'n sgwrsio wrth y cownter. Aiff hithau i eistedd, gan werthfawrogi'r gwynt cyfarwydd – coffi'n gymysg â saim – a bwrlwm y peiriant coffi a'r pytiau sgyrsiau o'i hamgylch a'r lluniau o Fenis a Rhufain a Bardi rhwng posteri o Monroe a Brando a James Dean.

Gall weld mynd-a-dod y stryd drwy'r ffenest, a'r athletau distaw ar y sgrin nad oes neb – y ddwy fenyw siaradus na'r ddwy ferch ar eu ffôns na'r ddau gariad sy'n ymgordeddu dros eu smoothies – yn sylwi arni. Cip ar benawdau blaen y *Cwm Leader*, esgus astudio'r fwydlen blastig – a chilia'r anesmwythyd.

Fformeica a phlastig sy'n ei hamgylchynu: y cownter a'r bordydd a'r cadeiriau, llestri'r siwgr a'r pupur a'r halen a'r finegr a'r sawsiau, y gorchuddion dros y cacennau a'r brechdanau. Caffi plastig cartrefol, a'i stori'n cael ei hadrodd ar y wal:

MARIO'S CAFÉ
ESTABLISHED 1930

MARIO'S OVER THE YEARS
We are proud to exhibit this collection of photographs which chronicle our family's long presence in Cwm

Llond ffrâm o achau, lluniau sawl Mario Gambarini a'u teuluoedd, drwy ddegawdau'r mahogani a'r pres a'r gwydr lliw. Lluniau wedi'u llofnodi – Ivor Emmanuel, Stanley Baker a Max Boyce, a sawl seren arall ddierth iddi. A'r llun sy mor gyfarwydd iddi, o dan y pennawd 'The Swinging Sixties!'

Ond mae hi'n troi ei sylw, am y tro, at bentwr o bapurau ar ford wag, gan ganolbwyntio ar hen gopi o'r *Cwm Leader* â'i bennawd 'Plaid campaigns against pollution', a'i lun o Dai mewn oferôls a helmed oren. Ar dudalen arall, llun ohono mewn siwt-a-thei: 'Councillor Meades opens new skills workshop'. Yn yr adran 'Cwm Homes For Sale' mae hysbyseb gwerthiant Gwynfa. Diolch i ryfeddodau'r we a chymorth Meirwen, mae'r cyfan hyn, gan gynnwys llun 'The Swinging Sixties!', yn y ffeil **Prosiect Lladd Bwganod** ar ei chyfrifiadur, ac wedi'u chwyddo ar wal ei stydi ac wedi'u gwasgu'n fach i boced yn ei bag – hwnnw sydd o dan ei chadair blastig y funud hon.

Denir ei llygaid yn ôl at y llun ar y wal. 'The Swinging Sixties' ar eu hanterth, a hanner dwsin o ffrindiau deunaw oed wrth ford o flaen y jukebox. Tair merch hirgoes yn eu sgertiau mini, tri chrwt hirwallt mewn trowsusau tyn, yn gwenu ar y camera, eu cwpanau coffi wedi'u codi'n heriol a'u sigaréts yn mygu rhwng eu bysedd.

Mae 'na stwcyn o grwt yn eistedd rhwng dwy ferch, ei fraich am ysgwyddau'r un mewn du – mini a pholo-nec a bŵts – ei ffrinj yn gorchuddio'i llygaid. Mae'r ferch arall, benfelen, yn fflonsh mewn ffrog flodeuog.

Mae 'na drydedd merch, mewn mini byrrach na'r ddwy arall, yn gwenu'n fwy heriol na neb.

Dieithriaid, bellach, yw'r cryts eraill. Y blynyddoedd – a gwaeth – wedi pylu'r cof. Ond cofnodwyd y noson, dyna sy'n bwysig. Ac fe'i cofia'n glir – y Beatles a'r Moody Blues a'r Stones ar y jukebox, y trafod a'r dadlau a'r chwerthin, mwg yn troelli, blas melys y coffi, ffroth ar wefusau a'r byd wrth eu traed.

Cofia bwysau'r fraich ar ei hysgwydd. Cofia bersawr y ferch benfelen yn boddi gwynt coffi a mwg. Cofia synhwyro bod y ddau wrthi'n chwarae ffwtsis dan y ford wrth wenu ar y camera . . .

Draw wrth y cownter mae Dai'n gwenu'n rhadlon ar stwcyn byrrach na fe sy'n sodro'i gap ar ei ben a gweiddi, 'You do dant me, Dai! You an' your blwmin Plaid!' cyn ymadael yn ffrom.

Cwyd Mario'i ysgwyddau – 'Mamma-mia!' Ac o'r diwedd, daw Dai â'r coffis, a darn o bapur, at y ford.

'Ges i 'nala 'da'r Sioni-bob-ochor ddiawl! Ond cyn i fi anghofio, ma' Mario'n gofyn am dy lofnod ar y pishyn papur 'ma, iddo fe ga'l 'i fframo a'i roi ar y wal.'

'Nabyddodd e fi?'

'Na. Fi berswadodd e. So ti 'i deip e o selebriti.'

Mae e'n gwenu wrth dynnu'i nofel ddiweddaraf hi o'i boced – 'A llofnoda hon, hefyd. I fi. Yn y cyfamser, dy farn am y lle 'ma? Peiriant gamblo yn lle'r jukebox, plastig yn lle'r mahogani – ond 'sdim lot arall wedi newid.'

Cymer sip gwerthfawrogol o'r ffroth a sychu'i geg â chefn ei law.

'Fydde fe, Proffesor Phil yn Aberystwyth, yn anghytuno. Fe a'i ddehongliad "cutting-edge" o gyfnod ôl-ddiwydiannol y cymoedd. Ond dadle er mwyn dadle ma' fe, fel erio'd.'

Mae yntau'n syllu ar 'The Swinging Sixties' – 'Ond jawch, wy'n folon madde lot iddo fe, a fynte wedi tynnu'r llun 'ma.'

Ei thro hi i gymryd sip o'i choffi du.

'Ma' fe'n llawn "pointers cymdeithasol", fel 'se Phil yn gweud. Y dillad a'r gwallt, wrth gwrs – ond yr agwedd, hefyd. Hyder, popeth yn bosib. A'r ffags – smoco heb wbod y peryg, na dim oll am dwyll y cyfalafwyr. Ond do't ti ddim yn smoco'n amal – gormod o ofon dy fam. Ti'n cofio'r camera posh o'dd 'da Phil? A Lynette yn gwawdio – "Shgwlwch ar David Bailey!" Druan â hi – mor ewn, a neb yn meddwl y noson honno taw hi fydde'r gynta i farw . . .'

Mae hi'n astudio'i choffi, yn ymwybodol ei fod yn syllu arni.

'O't ti ddim yn 'i hangladd, Branwen.'

'Cwestiwn – ne' gyhuddiad?'

''Mond meddwl – a chithe shwt gymint o ffrindie. O'dd e'n angladd anhygoel – ym Mhen Llŷn, o bobman. 'Na ble ddewisodd hi fyw. A magu tri o blant. Thema'r chwedege o'dd i'r angladd – jeifo, canu, lot o sbort . . . Ond "When I'm sixty-four" o'dd y ceubosh, a hithe 'mond hanner cant. A wedi trefnu'r cwbwl. A wy'n ffaelu deall pam nag o't ti 'na.'

' "Pact and hope to die".'

'Beth?'

'Addewid. I'n gilydd. Pan o'n ni'n ddeunaw. A hithe'n danso, yn canu "When I'm sixty-four". '

Mae hi'n syllu ar y llun – 'Ond "anyways" . . .'

'O'dd Lynette wastad yn gweud 'na.'

'Beth ti'n 'i gofio am y llun?'

'Gang ohonon ni'n dathlu diwedd arholiade.'

'Beth arall?'

'Ethon ni mla'n i'r Cow.'

'Es i ddim.'

'Problem â dy fam, siŵr o fod. Jawch, Branwen, o't ti'n bishyn . . .'

'Ingrid Grant yw honna. Hi a'th 'da ti i'r Cow. Hi o'dd 'da ti noson y Summer Ball.'

'Paid â sbwylo pethe . . .'

'Hi ddewisest ti, dim fi.'

'Do'dd dim dewis 'da fi yn y diwedd. A ma' hi newydd farw.'

'Glywes i.'

'Fuon ni'n briod dros ddeugen mlynedd.'

'Yn ffyddlon? Nes eich gwahanu gan angau?'

'Branwen – beth yw'r gêm?'

'Dyfala.'

'Ymchwil? O's teclyn recordio yn y bag 'na?'

Mae hi'n pwyntio'i bys at ei thalcen – 'Fan hyn ma'r cofnodi.'

'A shwt un fydd "Dai" yn dy nofel? "Baddy" fydd e?'

'Dai bach, all llipryn ddim bod yn ddihiryn.'

Ac o'r diwedd, maen nhw'n gwenu ar ei gilydd.

'Ma'n ddrwg calon 'da fi, Branwen.'

'Am beth yn gwmws?'

'Gad y whare!'

Mae e'n gafael yn ei dwylo ac yn eu gwasgu'n dynn.

'Wy'n falch dy weld di, reit? A 'mond gobitho . . .'

'Gyda llaw, Dai – shwt ma' dy fam?'

WELCOME TO SUNSET VIEW

Cyntedd glân a golau. Blodau ar ddesg y dderbynfa; tystysgrifau, llythyron canmol a negeseuon roialti wedi'u fframio ar y wal. Rhes o gadeiriau olwyn wrth y drws, soffa o flaen tanc o bysgod lliwgar, a'r rheini'n troelli rhwng ci gilydd yn eu byd bach cyfyng.

'Calming therapy it is.'

Menyw fain, oferôl werdd, ffedog blastig. Wrthi'n sgrifennu yn ei llyfr lòg – 'Wish I had two minutes to watch them! But there you are, no peace for the wicked! I'll go and fetch Mary for you. Won't keep you long.'

'Thanks – no problem.'

Dim problem – 'mond iddi wylio'r pysgod yn troi a throelli, a sylwi ar ambell un yn torri bant a gwibio'n sydyn fel petai 'na rywbeth pwysig i'w setlo ar ochor bella'r tanc. 'Mond iddi godi'i llygaid a sylwi ar y troelli a'r gwibio tebyg rhwng y cyntedd a'r swyddfa a'r lolfa a'r lifft. 'Mond iddi wrando ar ambell bwt o sgwrs:

'Muriel's on the galifant, again. Taken Agnes with 'er this time.'

''Ope they 'aven't taken Mr Miles as well, poor dab! They'd be the death of 'im, they would!'

'Mond iddi ganolbwyntio ar y chwerthin, cloch y ffôn, y llais tremolo'n canu 'What a friend I have in Jesus' rywle i lawr y coridor, ar y 'pŵr dabs' yn llusgo'n ddigyfeiriad yn eu slipers, eu pwys ar bulpud neu ffon neu fraich; 'mond iddi deimlo drafft y drws ar ei gwegil, sylwi ar y gwynt bwyd sy'n treiddio o'r gegin yn gymysg â gwynt annelwig arall – does dim problem yn y byd.

'Gyda llaw, shwt ma' dy fam?'

Dyna'i chwestiwn gynnau, yn y caffi.

''Bach yn fusgrell. Ond yn edrych mla'n at garden y Cwîn!'

Dyna'r ateb gwamal.

'A'i chof hi?'

Oedd 'na eiliad o betruso?

'Eitha da, pan fydd hynny'n siwto.'

Yno o flaen y tanc, gan ganolbwyntio ar y mynd a'r dod a'r troelli, mae hi'n trio cofio – oedd 'na eiliad o betruso?

Ond dyma'r fenyw fain yn gwthio cadair olwyn tuag ati – 'Here she is – Queen Mary Meades, all spick an' span!'

Doli glwt, ymhlyg ar obenyddion, yn byseddu'r flanced frethyn sy'n gorchuddio'i choesau. Modrwy aur ar law wythiennog, llygaid cilagored, a ruban pinc yn y tusw prin o wallt.

'Two minutes, love – for me to settle her in the lounge.'

Dwy funud – i sefyll yn nrws y lolfa a gwylio'r gadair yn cael ei gwthio rhwng dwyres o gyrff llipa wedi'u propio ar gadeiriau brown . . .

Dwy funud i benderfynu: dilyn y gadair i'r pen draw, neu ailystyried ei chynlluniau a cheisio anghofio'i hobsesiwn â'r Prosiect Lladd Bwganod?

Dwy funud i gachgïo, i gilio drwy'r drws a theimlo'i ddrafft ar ei gwegil?

Cip ar ei watsh, cyfri i lawr o ddeg – a gwneud ei phenderfyniad: camu dros drothwy'r lolfa, rhwng y rhesi cadeiriau, anwybyddu'r llygaid cysglyd sy'n ei gwylio, a chyrraedd at y gadair bella, drws nesa i'r teledu a'i luniau mud o gystadleuaeth nofio.

'Mary – you got a visitor.'

'Janey? David?'

'No – a proper visitor. Famous, too! Come to see you, special!'

'I don' know no-one famous . . .'

' "Branwen" she was years ago.'

Oes 'na grychu talcen?

'You knew her when she was a little girl.'

Oes 'na dynhau'r afael yn y garthen?

Mae'r fenyw fain yn sibrwd – 'Hold her hand, Miss Roberts. She'll like that.'

Mae hithau'n ufuddhau, yn mentro gafael yn y llaw wythiennog. Ond caiff ei thynnu'n rhydd ar unwaith . . .

Llygaid pŵl sy'n syllu arni, ond mae'r llais mor glir â dŵr Nant Las, a'i neges hefyd – 'I never knew no Branwen. Now leave me be, to sleep in peace.'

Ar ei draed mewn stafell wely yn yr Heritage, cwyd Dai ei wydr gwin – 'Iechyd da, Branwen, a diolch am adel i fi alw hibo.'

'Gwahoddiad gest ti, Dai.'

'Ie – a cha'l 'bach o syndod.'

'Fydde'n well 'da ti fynd lawr i'r bar?'

'Na, ma' fan hyn yn iawn – os braidd yn "ddi-en-aid", fel y bydde fy annwyl frawd, Yr Athro Meades, PhD, yn 'i weud.'

Cymer sip o'i win cyn eistedd ar yr unig gadair esmwyth.

'Pryd ti'n mynd 'nôl i Iwerddon?'

Mae hithau'n eistedd ar y gadair gefnsyth – 'Fory.'

'Ymweliad byr.'

'Hen ddigon.'

'I jeco pethe, ife?'

'Ie. A mynd i angladd hen ffrind coleg.'

Ddoe . . .

Taith stormus i Gaergybi, y fferi'n hwyr yn cyrraedd, traffig trwm a rhwystrau lu, a gyrru'n anghyfarwydd iddi. Ac Eryri – a Rhosgadfan – yn cuddio rywle yn y niwl dros y Fenai.

A chyrraedd chwarter awr yn hwyr. Ceir yn dynn blith draphlith ar y Lôn Wen, y capel bach o dan ei sang. A hithau'n gorfod parcio'r car benthyg bellter i ffwrdd, a cherdded 'nôl i ymuno â'r clwstwr du o ymbaréls nad oedd yn cynnig fawr o gysgod rhag y glaw oedd yn eu ffusto'n ddidrugaredd.

Pengwins. Dyna ddaeth i'w meddwl. Y rheini sy'n clystyru'n gylch gwarchodol ar anterth drycin: y cryfaf ar y cyrion, yn ymgeleddu'r gwannaf yn y canol, ond yn ffeirio'u lle'n gyson, er mwyn rhannu'r dioddefaint. (Gwelsai raglen deledu am lwyth yn Namibia neu Eritrea a lynai at ddefod debyg ar anterth sychder poeth.)

Ar gyrion y clwstwr hwn, yn nannedd y storm annhymhorol, y bu hi'n llechu gydol y gwasanaeth hir. Ac er gwaetha'r craclo drwy gorn siarad bregus uwchben drws y capel, boddwyd y canu a'r gweddïo a'r 'Gair o Deyrnged' gan hyrddiadau'r gwynt a'r glaw.

Gwlybaniaeth. Stecs o dan draed, diferion i lawr ei gwddw. A phennill dwli-dwl yn corddi yn ei phen, yn cystadlu â 'Mae 'nghyfeillion adre'n myned' yn craclo dros y corn . . .

'A dyma fi yn angladd Nel
    yn llochesu dan yr ymbarél,
A'r glaw yn oer – dim fel y poer
    ar ddannedd dodi – wel, wel, wel!'

I drio rheoli'r dwli, canolbwyntiai ar stampio'i thraed a sychu'i thrwyn a chwilio am wyneb cyfarwydd er mwyn chwarae'r gêm angladdol: rhannu gwên drist, nodio'n drist, taenu tristwch yn garthen gysurlon gyffredin.

Roedd 'na ambell wyneb lled gyfarwydd. A'i hwyneb hithau'n gyfarwydd i nifer, yn ôl eu hadwaith. Ond roedd hi'n nabod neb – a doedd yno neb o ddyddiau coleg, neb o Fwrdd y Cymry.

Y bedd agored, dan ei garped gwyrdd yng nghornel pella'r fynwent – hwnnw oedd wedi mynnu tynnu'i sylw . . .

'Cael 'y nghladdu ym medd y teulu, dyna fy nymuniad, draw wrth y crawia pella, rhwng y fynwant a'r gors . . .'

Ffin annelwig oedd honno, bellach, a'r crawiau'n gam a thoredig a'r brwyn a'r grug yn gwthio rhyngddynt. Ac yn toddi i lwydni'r pellter, heibio i dalcen Pen'rallt, draw'r tu hwnt i'r gors, roedd amlinell hollbresennol yr hen Eliffant, yn gorwedd yn gysurus, y niwl a'r cymylau duon yn cosi'i gefn.

'Dowch! 'Dach chi'n chwerthin digon, fel arfar!
Wrth eich bodda'n chwerthin am 'y mhen i!
Y Mynydd Mawr, y Mynydd Grug – be 'di'i enw arall o?
Mynydd Eliffant! Am 'i fod o'r un siâp â hen eliffant mawr yn cysgu!
Felly chwarddwch! Fel 'dach chi'n gneud bob cyfla!
Dowch! Dwi isio i chi chwerthin!'

Heno, yn yr Heritage, cofia sŵn dolurus yr hen organ yn craclo dros y corn. Cofia'r ymgymerwyr a'r cludwyr yn arwain arch ar droli drwy ddrws y capel, yn cael eu dilyn gan sawl gweinidog a hanner dwsin o brif alarwyr. A Meirwen yn eu harwain.

Cofia'i gwên drwy'i dagrau. Cofia'r cyffwrdd llaw.

Ond yn fwy na dim, cofia'r ysfa i'w chofleidio.

Ysfa famol – cyn gorfod gadael iddi ddilyn arch ei mam.

Cyn iddi hithau frasgamu ar hyd y Lôn Wen, at y car benthyg.

Mae Dai'n syllu arni dros ei wydr gwin – 'O't ti'n bell.'

'Mynydd Eliffant – ti'n gyfarwydd ag e?'

'Na. A dere 'nôl . . .'

'I ble?'

'At y busnes 'ma o jeco. Gwynfa. Y fynwent. A fi.'

'A dy fam.'

'Glywes i.'

'Nabyddodd hi mohono i.'

'Glywes i hynny, hefyd. Ond dere 'nôl at rwbeth arall . . .'

Cymer sip o'i win – 'At y gwahanu llwybre, amser maith yn ôl.'

'Est ti ac Ingrid Grant i Fangor.'

'Est tithe i Aber. A gadel 'na'n sydyn, jengid i Iwerddon, byw'n dlawd – cyn neud dy ffortiwn.'

'Ti'n gwbod lot.'

'Ti'n enwog. A ma'r cwbwl ar y we.'

'Dim y cwbwl, Dai.'

Sip arall o'i win . . .

'Pwy yw'r "assistant" Meirwen 'ma? A pam na dda'th hi 'da ti?'

'O'dd hi'n claddu'i mam. A ma' hwn yn drip personol.'

'Ody, glei . . .'

Mae e'n estyn am ei llaw. Mae hithau'n estyn am y botel win.

'A beth amdanat ti, Dai? Ti'n hapus? Er gwaetha – neu oherwydd – dy wedd' dod?'

Mae hi'n difaru'n syth – 'Ma'n ddrwg 'da fi. Hen bitsh.'

'Paid â becso, Branwen. Wy'n lwcus. Ma' 'da fi fab a theulu, lot o gefnogeth. A beth amdanat ti? Ti'n hapus yn rhannu dy fywyd â dy forwyn fach?'

'Ma' hi'n fwy fel merch.'

'Gwed ti . . .'

Maen nhw'n syllu ar ei gilydd . . .

'Branwen . . .'

'Ie?'

'Dim fel hyn o'dd pethe i fod. O'n i wedi gobitho . . . Cymodi. Dod i nabod ein gilydd unweth 'to.'

'Beth arall sy 'na i'w wbod? Ti'n athro newydd ymddeol. Allotment. Cynghorydd. Ŵyr neu wyres ar y ffordd. Dy fam yn ysu am 'i thelegram brenhinol, Mikey yng Nghanada, Jacqueline 'da'r BBC a Janey'n athrawes.'

'Ti'n llawn gwybodeth.'

'Fel gwedest ti, ma'r cwbwl ar y we.'

'Fel gwedest tithe – dim y cwbwl.'

'Touché. A Phil? Beth amdano *fe*?'

'Lan 'i dwll tin 'i hunan.'

Mae 'na sŵn chwerthin a drysau'n clepian yn dod o'r coridor . . .

'Ma'n dda bod rhywun yn ca'l parti joli.'

'Odych chi'n 'y meio i, Dai? Ti a dy deulu?'

Un glep arall, a distawrwydd . . .

'Yn dy feio di am beth?'

'Am farwoleth Jonathan.'

Mae Dai'n codi'n sydyn, yn gosod ei wydr ar y ford.

''Na pam ddest ti 'nôl. A finne wedi bod mor dwp â meddwl . . .'

'Ateb fi, Dai.'

'Shwt allwn ni dy feio di, Branwen? A thithe ddim 'da fe'r diwrnod hwnnw. Pan waedodd e i farwoleth?'

A'i law ar fwlyn y drws, gwena arni'n drist.

'Ma'n ddrwg 'da fi. A gyda llaw – merch fach yw'r babi newydd. A Branwen fydd 'i henw hi. Nos da.'

Tymor yr Hydref, 1968

CROESO I NEUADD GYMRAEG DAVIES BRYAN

'Drycha Branwen! 'Na ti galondid – yr arwyddion a'r hysbysfwrdd – popeth yn Gymra'g!'

'Calondid' mawr i'r fam, a chalon ei merch yn suddo fesul eiliad.

'Fel gwedodd Gwyneth Treharne wrtha i nawr – Treharne o'dd hi, beth wedest yw hi erbyn hyn?'

'Bowen. Mam Nerys Bowen.'

'Ond Treharne o'dd hi pan o'n ni'n dwy yn Plynlimon. Yn oes yr arth a'r blaidd. A fel o'n ni'n atgoffa'n gilydd, do'dd dim gair o Gymra'g yn Plyn, fwy nag yn unrhyw hostel arall. Ti'n gwrando arna i, Branwen?'

'Odw.'

'Wedes i'r stori am y gang gwrth-Gymreig yn trio boddi'n canu ni?'

'Do.'

'A chofia di taw newydd benderfynu o'n nhw – newydd neud y penderfyniad "chwyldroadol" – o ddarlithio yn Gymra'g, yn Adran y Gymra'g, os gweli di'n dda! O's rhwbeth yn bod, Branwen?'

'Na, dim byd.'

Dim byd, heblaw am gwmwl salwch meddwl ar y gorwel.

'Coridor braf, Branwen – dim fel warins cwningod Alexandra!'

Mae hi'n oedi wrth fynd heibio i ddrws agored – 'Pwy yw honna?'

Merch bryd cochlyd, ei gwallt yn blethen ar ei phen.

'Heledd ydw i. Heledd Gwenllïan Rhys, o Ben Llŷn.'

'Shwt y'ch chi, Heledd?'

'Go ddiflas, deud y gwir . . .'

'Beth yw'r broblem, bach?'

'Hiraeth am Fangor. Ges i dransffer – a dwi'n difaru'n barod.'

'O's cwmni 'da chi?'

'Nac oes. Doedd Mam-a-Dad ddim yn medru dŵad.'

'Tr'eni . . .'

'Ia. "Gwaith yn galw!" chadal nhwtha.'

'Wel, codwch eich calon. Ma' Branwen yn teimlo'n eitha chwithig, hefyd, wedi symud o hostel arall.'

'Wedi dewis symud, Mami.'

'Paid â bod yn bigog! Un fach sensitif yw hi, Heledd. Bob amser yn gweld ochor dywyll pethe. Hiraethu ma' hi heddi, am 'i ffrind gore. Ond 'na neis fydd ca'l Heledd yn gymydog i ti, Branwen. A ma' merched Alexandra, gynt, yn griw hyfryd, Heledd. Chi wedi cwrdd â nhw?'

'Na, dim eto.'

'Dere, Mami . . .'

'Ie – i fi ga'l gweld dy stafell di!'

Stafell y mae ei drws yn agored, groesawgar – ond sylwa'i thenant newydd ar unwaith bod modd ei gloi.

'Wel! 'Ma stafell bert!' A chelfi newydd – dim o'r hen sbwriel 'na o'r arch o'dd 'da chi yn Alexandra! A 'na ti olygfa! Dros y dre i gyd! A thithe wedi gweld dim byd ond môr ers blwyddyn! Ond beth sy'n bwysig yw taw stafell sengl yw hi.'

Dim dau wely. Dim dwy ffrind. Dim chwerthin, ffraeo, sgwrsio tan berfeddion, llefen ambell waith . . .

'Ond fe golli di gwmni'r hen Lynette.'

'Mami, 'n ni wedi trafod hyn.'

'A fe weda i fe 'to! 'I bod hi'n dr'eni mowr. A chithe shwt ffrindie da. A hithe'n gystal Cymraes. 'Mond gobitho na chollith hi 'i Chymra'g. Ond 'i dewis hi fydd hynny. Hi sy wedi dewis pido dod i'r hostel 'ma. Ond fyddwch chi'n ffrindie am byth – chi'r criw i gyd. Dyw rhywun byth yn colli ffrindie bore oes.'

Dyw'r rheini byth yn esgus peidio sylwi arnoch chi, nac yn troi eu cefnau arnoch chi ar stryd, mewn siop, cyfarfod ac Eisteddfod. Byth yn edrych draw, byth yn edrych drwyddoch chi, a'ch gadael yn amddifad, yn chwilio am eich merch, eich unig ffrind.

'Mae'n bwysig neud ffrindie newydd, hefyd. Fel y groten fach Pen Llŷn 'na. Felly gwyn dy fyd di, Branwen!'

Gwyn ei byd hi, heb yr 'anyways' a'r 'cau cegau chi!' a'r 'Hisht!' Heb y defodau hwyrol – y squeezo pimples a'r dabo Clearasil, y cold cream a'r dry shampoo a'r rolers. Heb y baby-doll nightie, yr hwrnu ysgafn a'r 'Wakey-wakey, Branwen!'

A dim byd ond gwacter hebddi, a'r ofn ei bod wedi'i cholli hi am byth.

'Nawrte, dere i fi ga'l helpu gwagio'r trync, hongian dy ddillad, trefnu'r llyfre. Dere – "deuparth gwaith!" '

'Fe wna i bopeth yn 'y mhwyse.'

'Branwen, paid â dechre bod yn od!'

'Beth am ddishgled cyn iti fynd?'

'A! Ti'n moyn gweld 'y nghefen i!'

'Nagw.'

'Paid â thriо 'nhwyllo i!'

'Mami – dim nawr, fan hyn.'

'Beth ti'n feddwl?'

'Dim.'

'Reit, ma'n rhaid i fi weud un peth pwysig.'

'Dim speech, Mami.'

'Paid â siarad â fi fel'na! A finne isie gweud mor falch odw i ohonot ti. A mor ddiolchgar o dy ga'l yn ferch. A wedi bod erio'd. Er nad yw pethe wedi bod yn hawdd. Er bo' pethe wedi bod yn anodd. I ni'n dwy. 'Na beth wy'n drio'i weud. A ffaelu'i weud e. Er bo' fi'n siarad lot. Lot o ddwli. Gormod . . . A ma'r "gweud un peth pwysig" wedi mynd yn gawdel . . . Ma'n ddrwg 'da fi, Branwen fach.'

'Twt, ti'n gwella, Mami. 'Na beth sy'n bwysig.'

'Ti sy'n bwysig, Branwen.'

Rhyfedd gweld eich mam fel doli glwt, yn suddo ar fatres y gwely cul, yn magu Tedi Brown, y ddau'n syllu arnoch chi â'u botymau du o lygaid . . .

'A mae'n bwysig bo' ti'n hapus. Wyt ti'n hapus, Branwen?'

'Odw!'

''Na'r argraff wy'n 'i cha'l – yr argraff ti'n 'i rhoi . . .'

Chwerthin a gwichian ar y coridor sy'n torri ar y tawelwch hir.

'Reit, well i fi fynd. Ma' digonedd o gwmni neis 'da ti.'

'A fe gei dithe gwmni Mam-gu yn Aberaeron.'

'Neis iawn . . .'

'Ti'n addo aros 'da hi? Pido mynd 'nôl i Gwynfa heno?'

'I dŷ cyfleus o wag? I yfed ar 'y mhen 'yn hunan?'

'Penderfyna di.'

'Un dydd ar y tro yw'r mantra, Branwen.'

Mae hi'n gafael yn ei bag – 'Reit 'te, bant â fi.'

'Ody popeth 'da ti?'

'Ody, diolch. Ma' 'nghof i'n berffeth – hyd yn hyn.'

'Ti soniodd . . .'

'Trafod effeth y tabledi o'n i.'

'Fe ffona i dŷ Mam-gu heno.'

'I jeco?'

'I weud wrthi am ddod i 'ngweld i.'

'Neis iawn . . .'

A'r sgwrs yn dod i ben. Y cyfan yn dod i ben. Heb i'r naill na'r llall sylweddoli hynny wrth gofleidio yn y stafell braf â'r dodrefn newydd a'r olygfa eang. Heb gyfadde mor anodd yw gwahanu, i wynebu'r jamborî ar y coridor, lle mae pob drws yn agored a'r cyfarch a'r cofleidio'n fwrn.

'A sut 'dach chi, Mrs Roberts fach?'

'Yn dda iawn, Nel. A chithe?'

'Siort ora! A ninna yn ein nefoedd o Gymreictod!'

'Wel ie, fel gwedes i wrth Branwen . . .'

'Croeso o'r diwedd, Terry fach! Lle ti 'di bod tan rŵan?'

'Yn styc ar drên! 'Sdim car 'da teulu ni!'

Mae hi'n anelu'i chic nesa â gwên – 'Yn wahanol i ti a Branwen!'

'Paid â mor biwis, Terry fach! Wilma, wyt ti yn y stafall bella un.'

'Diolch byth! Yn ddigon pell o'ch stŵr chi i gyd!'

'Gawn ni weld am hynny!'

'Neis yw'r tynnu coes 'ma, ferched. Arwydd o gyfeillgarwch da.'

''Dan ni'n dallt ein gilydd, Mrs Roberts fach.'

Wrth gerdded i lawr y grisiau gyda'i mam, a chwrdd â rhagor o fyfyrwyr a rhieni hapus, mae'r ysfa i ddianc 'nôl i'r stafell a chau'r drws – a'i gloi – yn gryf. Ond rhaid cyrraedd y maes parcio, a dioddef y mân-ddefodau yn eu trefn arferol: agor drws y car, eistedd yn sêt y gyrrwr, rhoi'r bag ar sêt y pasenjer; agor y ffenest, rhoi'r sbectol ar y trwyn, a'r sigaréts a'r taniwr a'r mints ym mhoced y drws – a'i gau. A chwilio am yr allweddi.

'Ble ma'n nhw, Branwen? Ble roies i nhw?'

Tyrchu yn ei bag ac ym mhoced drws y car. Tyrchu eilwaith yn ei bag – 'A! 'Ma nhw! Yn 'u lle arferol!'

'Siwrne saff, Mami.'

'Ti'n awgrymu pethe 'to?'

''Mond isie iti fod yn ofalus.'

'Fydda i'n iawn – 'mond ca'l llonydd.'

''Na fe 'te, fe af i nawr . . .'

'Ie – at dy ffrindie. On'd wyt ti'n groten lwcus!'

'Mami, dim nawr yw'r amser.'

''Sdim amser 'da ti byth ar gyfer dy fam.'

'Gwranda, ma' pethe'n ddigon anodd . . .'

'Gwranda di 'merch i! I fi ma' pethe'n anodd!'

Yno, ar faes parcio Neuadd Davies Bryan, mae myfyrwyr a'u rhieni'n dyst i'r pendilio creulon ac i'r ymddiheuro dwys.

'Branwen fach, beth sy'n digwydd i fi? Yr hen salwch yw e, cofia hynny. A'r cyffurie 'ma mor gryf.'

'Fe ddoi di drwyddi 'to, fel arfer.'

'Wrth gwrs y gwna' i . . .'

Dyna'r geiriau diwethaf. Cyn y wên ddolurus, cyn tanio'r sigarét a'r enjin, cyn ffidlan yn ddiangen â drych y car . . .

Cyn y camu 'nôl a gwylio'r car yn ymbellhau gan bwyll.

Heb i'r fam na'r ferch godi llaw.

Ar ôl swper, mae'r 'hen griw' wedi stwffio i stafell Wilma – 'Cofiwch, dim hen stŵr a wilia dwl!' – ym mhen draw'r coridor. Maen nhw wrthi'n codi'u mygiau te i ddathlu 'gwireddu'r freuddwyd'.

'I'r Hostel Gymraeg, genod bach!'

Maen nhw hefyd yn ffarwelio'n ffurfiol â Bwrdd y Cymry, ac yn ei ddiddymu am byth. Ac yn dymuno 'twll tin pob Sais' ag arddeliad. Ac yn cyfadde twtsh o hiraeth am 'yr hen hongliad o adeilad hyll wrth droed Consti'.

'A'r eitem ola, pwysica ar yr agenda, genod bach, datgan ein hiraeth am Lynette!'

'Syniad dê!'

'Mi fyddwn yn 'i cholli hi, Branwen fach.'

Mae Terry'n gwenu – 'Fi fydd yn 'i cholli hi fwya!'

Cnoc ar y drws sy'n arbed trafodaeth bellach. Heledd, a chwpan yn ei llaw – 'O'n i'n clywad yr hwyl . . .'

'Wetas i ddicon!'

'Mae'n ddrwg gin i?'

' "Ddeudis i ddigon" yn y Wilmäeg!'

'Dwi'm yn dallt eich jôcs chi – ond oes 'na jans am banad efo chi?'

'Branwen, lle ti'n mynd?'

''Nôl i'n stafell . . .'

'Chei di ddim! Mae gynnon ni fisitor! A be sgin ti yn y gwpan yna, Heledd fach?'

'Te gwyrdd.'

'Posh, ontefe?'

' "Iachus" ti'n 'i feddwl, ia? A ti ydi . . .?'

'Teresa.'

' "Terry" i'w ffrindia.'

' "Teresa" i ti, Heledd.'

'Diolch o waelod calon, Teresa . . .'

'Dowch rŵan, genod bach. Dim hen dyndra ar noson fawr fel hon. Heledd, deuda dipyn o dy hanas.'

Ei hanes fi-fi-fi – 'Doedd dim dewis gynna i ond gadael Bangor, a finna 'di laru – ar y cwrs, y coleg, a'r myfyrwyr. Er imi drio 'ngora – os 'dach chi'n dallt be sgynna i.'

Heledd pwy-yw-pwy a phwy-sy'n-perthyn a Dad yn hyn-a-hyn a Mam yn hyn-a'r-llall a Taid yn hyn-a'r llall-ac-arall a'r teulu i gyd yn rhywun-rywun – 'dach chi'n dallt be sgynna i?

'Mae gen i feddwl mawr ohonyn nhw, Dad-a-Mam, ond weithia, maen nhw'n medru bod yn fwrn. Nhw a'u "hegwyddorion cadarn"! Pam na fedran nhw fod yn Bleidwyr normal?'

'Be ti'n feddwl?'

'Y Blaid, fel mae hi, wedi'u pechu nhw – a 'mhechu inna, hefyd.'

'Pam?'

'Am gefnu ar 'i hegwyddorion – Tryweryn a'r iaith. A ffigwr cwlt di-asgwrn-cefn 'di Gwynfor Evans.'

'Dal sownd!'

'Be neith o ynglŷn â'r Arwisgo?'

'Gawn ni weld!'

'O, cawn. Ni, y cenedlaetholwyr pybyr, fydd yn gweithredu!'

'A phwy'n gwmws yw'r rheini?'

'Wel, mae'n fatar o reddf wleidyddol, decinî . . .'

'A beth yw "decinî"?'

'O lle ti'n dod, Teresa?'

'O lle do's neb yn gweud "decinî"!'

Mae Heledd yn tynnu pecyn o Sobranie a thaniwr arian o'i phoced, yn dewis sigarét borffor, yn ei chynnau, yn sugno'r mwg – ac yn ei chwythu'n gwlwm hir . . .

'A lle do's neb yn smoco'r pethe ffansi 'na – os ti'n deall beth s'da fi!'

Mae 'na dawelwch annifyr. Ond mae Terry a Heledd yn gwenu ar ei gilydd fel hen gyfeillion. A Heledd yn cymryd sip arall o'i the gwyrdd ac yn tynnu eto ar ei Sobranie. A Nel yn gwthio bisged siocled i'w cheg – 'Dowch 'nôl at fusnas y "reddf wleidyddol" yma, genod bach.'

'Ia, Neli?'

' "Nel" yw 'i henw hi, Heledd.'

'Ma'n ddrwg gin i, Teresa – "Neli" glywis i gynna . . .'

''Mond gyda'i ffrindie agos.'

Gwên beryglus arall rhwng y ddwy cyn i Heledd wthio'i gwallt o'i thalcen a phwyso mlaen yn daer . . .

'Wel, lle mae dechra, deudwch?'

'Paid â boddran.'

'Paid â bod mor ddig'wilydd, Terry fach!'

'Dwi 'di arfar, Nel. Pobol ofn – neu'n methu – trafod petha dyrys.'

'Tria fi!'

Gwên arall, cyn i Heledd ledu'i bysedd ac astudio'i hewinedd hir drwy sgrin o fwg . . .

'Wel, mae'n hanfodol bod unrhyw ymdeimlad cenedlaethol wedi'i wreiddio mewn ideoleg reddfol, bur . . .'

'Be ti'n 'i feddwl "pur"?'

'Heb 'i lleddfu na'i llesteirio gan ffactorau megis amgylchiadau economaidd a chymdeithasol.'

'Fel tasa'r rheini ddim yn bwysig!'

'Pwysig, ydan, ond a ddylid cymhwyso ideoleg i ofynion gwleidyddol ymarferol a phragmataidd y dydd? 'Dach chi'n dallt be sgynna i?'

'Nac'dw, Heledd fach. Ond beth am y "cenedlaetholwyr pybyr" 'ma? Pwy'n union ydan nhw?'

Sip arall o'i the gwyrdd, ac mae Heledd yn diffodd ei Sobranie mewn soser – 'Dad-a-Mam, fel deudis i.'

'Pwy arall?'

'Beth am 'y mam a 'nhad inna?'

'Dwi'm yn 'u nabod nhw, Nel. Dwi'n cymryd 'u bod nhw'n Bleidwyr?'

'Pybyr. Erbyn hyn. Os ti'n dallt be sgin i.'

Mae Heledd yn anwybyddu'r gwenu slei o'i chwmpas – neu falle nad yw wedi sylwi arno. Dygnu mlaen a wna Nel – 'Undebwr Llafur pybyr oedd Dad pan oedd o'n gweithio yn y chwaral. Cwffio'n bybyr dros hawlia'r dynion. Person hynod bybyr yn y bôn.'

'Dwi'n siŵr 'i fod o. A dwi'n edmygu pobol fatha fo.'

'Ond fel ti newydd ddeud, dwyt ti ddim yn 'i nabod o. Felly pwy wyt ti'n labelu'n "pobol fatha fo"?'

'Ti soniodd am 'i safiad dros hawlia gweithwyr.'

'Doedd o ddim yn Bleidiwr 'radag honno. Newydd weld y gola mae o, fatha miloedd eraill yn Sir Gaernarfon.'

'A'r cymoedd diwydiannol 'fyd. Boi Llafur mowr o'dd Dad – ond i'r Blaid fôtodd e yn yr is-etholiad llynedd.'

'Ti'n gweld, Heledd fach? Rhieni Terry a finna, de a gogladd, Cymraeg a di-Gymraeg – yn heidio i droi'u cotia!'

'Golwg simplistig iawn ar betha, Nel, os ca' i fentro deud.'

'Gei di fentro deud be lici di. Ac mi fentra inna ddeud bod y llanw'n troi, a miloedd yn gweld y goleuni!'

'Ond tydi "gweld y gola" a "troi cotia" ddim 'run fath â chael eich magu'n genedlaetholwr deallusol o'r crud. Wyt ti'n cytuno, Branwen?'

Mae hithau'n gafael yn ei chwpan – 'Nos da, bawb.'

Wrth gau'r drws, clyw sylw distaw Nel – 'Mae'n anodd arni, druan . . .'

Ar y ffordd 'nôl o'r tŷ bach i'w stafell, clyw sylw hyglyw Nel – 'Heledd fach, pan sonia i am dy syniada wrth 'y nhad, mi boerith dy ffug-ddadleuon uchel-ael di efo'i joi o faco-shag i'r tân! Os ti'n dallt be sgynna i.'

Annwyl Branwen,

Dyma anfon nodyn atat i holi sut mae pethau erbyn hyn – "Shwt mae'n ceibo?", chwedl yr hen athronydd Ianto Llain! Gobeithio dy fod yn dygymod â thymor cyntaf dy ail flwyddyn. (Dim ond gofyn – wyt ti'n bwriadu dod sha thre cyn hir?)

Gobeithio bod y gwaith a'r hostel wrth dy fodd. A dim gormod o brotestio! Er mor falch ydw i ohonot yn glynu at dy egwyddorion. "Un fach dda yw'r groten!" fel y bydde Dad yn ei ddweud. Ond cofia – "Stico nawr a joio wedyn". 'Na ddywediad dy fam-gu. Pam odw i'n dyfynnu pobol eraill?

Mae pawb yn cofio atat. Gyda llaw, sylwa 'mod i'n teipo hwn ar fy Olivetti newydd. Nid ar hen fashîn mawr Dad sy ar ei ffordd i Sain Ffagan! Wel, Olivetti 'fel newydd' yw e, sef hen un Geraint, sy wedi mynnu prynu rhywbeth mwy soffistigedig (a drud!) yn ôl ei arfer y dyddie hyn. Ond stori arall yw honno. A thra 'mod i'n cofio, fe sonia i beth licen ni'n dau ei roi iti'n anrheg Nadolig. Teipiadur. Beth ti'n feddwl? Gallai fod o help gyda'r traethodau? Wn i ddim a ydych yn cael defnyddio teipiaduron yn y llyfrgelloedd y dyddiau hyn – go brin, ond gallai fod yn handi iti sgrifennu dy bethe bach dy hunan, dy "sgribls", fel wyt ti'n eu galw, fel wyt ti wedi bod yn neud ar hyd y blynyddoedd . . .

Nes i fi dy stopo di. A d'orfodi i'w gwaredu. Eu llosgi yn yr ardd. Anghofia i fyth mo'r noson honno. Ond rhaid symud mlaen, fel maen nhw'n dweud wrtha i o hyd.

A maddau . . .

Felly dyma fi'n ymddiheuro am beth wnes i. A gofyn dy faddeuant. Achos do'dd dim hawl 'da fi. Ond o'dd y pethe sgrifennest ti'n brifo. Ac o'n inne'n dost. Ond ti'n gwbod 'mod i'n well nawr. Ac isie iti gario mlaen â dy "sgribls". A'u troi nhw'n fwy na "sgribls", pwy a ŵyr? Ma' 'da ti'r ddawn.

Ble o'n i? O ie, pobol yn cofio atat – af i ddim i'w rhestru.

Blinder nawr.

A digon i'r diwrnod.

Cariad mawr,

    Mami x

Mae'n anodd gweld yn glir wrth bipo drwy'r drws cilagored, ond oherwydd y gorchuddion papur crepe dros y bylbiau, mae 'na wawr gochlyd dros stafell Heledd. A'r sawr, wedyn – mwsg, falle? Ac mae 'na ganhwyllau'n fflicran. A'r gerddoriaeth – Wagner?

'Branwen! Tyd i mewn!'

'Na, wy ar y ffor' i'r bath.'

'Tyd o 'na – a chau'r drws . . .'

A hithau'n ufuddhau.

Diymadferthedd?

Chwilfrydedd?

Cwrteisi?

Ofn?

Camgymeriad.

Camu i stafell lawn o gyffyrddiadau coch: canhwyllau, sgarffiau sidan a rubanau, doliau papur-doili . . .

A lluniau pen-ac-inc, yn amrwd a phlentynnaidd

fel ffigurau ar wal ogof neu ddosbarth meithrin. Ond y gwefusau mawr a llawn sy'n tynnu sylw. Gwawdluniau grotésg o frodorion Affrica . . .

'Croeso i'n stafall i, Branwen – a stedda.'

A hithau'n ufuddhau eto, gan eistedd ar flaen cadair gefnsyth – yn barod i ffoi? Ond yn teimlo rhyw gyffro rhyfedd – cyffro dechrau drama neu ffilm, heb wybod beth i'w ddisgwyl . . .

Mae Heledd wrthi'n diffodd ambell gannwyll, gan adael tair yn fflicran eu patrymau ar y nenfwd. Ac yna'n cynnau lamp y ddesg i greu golau sbot ar y pinfwrdd a'r ddoli groendywyll sy'n crogi'n ddisylw gerfydd darn o lastig.

Estyn am focs bach coch yw'r weithred nesaf, ei agor, ac arllwys rhaeadr o binnau disglair â'u pennau'n goch i gledr ei llaw chwith. Sylla arnyn nhw yng ngolau'r gannwyll ar y ddesg . . .

'Tlws, yn tydan? Pwy feddylia y medra pinna fod mor dlws?'

Mae hi'n dethol pìn â'i llaw dde, yn gafael ynddo'n ddelicet rhwng ei bys a'i bawd, ac yn codi'i llygaid at y ddoli . . .

Un symudiad sydyn – ac mae'r pìn yn suddo i'r perfedd meddal. Prin yw'r amser i dyngu bod y ddoli'n gwingo, gan fod y broses yn dechrau eto: pìn o gledr ei llaw chwith, ei ddal rhwng bys a'i bawd – a'i wthio i'r gwddw. Rhagor o binnau, pìn ar ôl pìn i'r traed a'r coesau a'r breichiau a'r dwylo, nes bod y ddoli'n crogi'n sypyn o binnau â'u pennau'n goch.

Mae'n anodd gweld wyneb Heledd. Oes 'na olwg o fwynhad wrth iddi syllu ar ei hanfadwaith cain? Boddhad ar ôl cyflawni jobyn da o waith?

Na. Y cyfan a wna yw arllwys gweddill y pinnau 'nôl i'r bocs a llyfu'r sbotiau gwaed o'i llaw chwith.

'Pam na ddeudi di rwbath, Branwen? Fatha, "Dyna un o'r petha gwaetha welis i erioed!" Yn hytrach na syllu fatha llo? Ond nei di ddim. Gan dy fod ti'n llywa'th. Yn llywa'th fatha llo.'

Mae hi'n cynnau'r golau mawr ac yn diffodd gweddill y canhwyllau cyn codi'r ddoli oddi ar ei bachyn a thynnu'r pinnau o'i chorff a'u harllwys 'nôl i'r bocs a'i osod ar y silff uwchben y ddesg. Ac yna'n gwthio'r ddoli i ddrôr y ddesg – cyn eistedd ar ei gwely, a gwenu.

'Dial ydw i, Branwen. Am gam teuluol enbyd. 'Motsh, rŵan, be. Ond dallta hyn – dial neu fadda, dyna drefn yr hen fyd creulon 'ma. Ac os ydi hi'n anodd – yn amhosib – madda, mae dial yn gwbl gyfiawn. Yn enwedig hen ddial bach diniwad fatha hwn. Panad?'

'Dim diolch. Fel gwedes i, wy ar y ffor' i'r bath.'

Rhwng cwsg ac effro . . .

Does neb yn sylwi arni. Yn sleifio i mewn i'r stafell dywyll. Yn llechu yn y cysgodion. Yn rhythu ar y cylch o ferched. A'r cylch canhwyllau ar y ford. A'r fflicran ar y nenfwd.

Mae 'na rywbeth yn y cylch canhwyllau.

Lwmpyn. Llonydd.

Mae 'na sisial.

'Llonydd.'   'Marwaidd.'

'Disymud.'   'Difywyd.'

Fel tasgu dŵr dros forder haf.

Fel cawod o law mân dros gae llafur.

Sisial eto, ond yn uwch.

'Gwan.'   'Diymadferth.'

'Ofnus.'   'Petrus.'

Fel ratlan sgerbwd. Sgerbwd ar y cyrion.

Cyrion y cysgodion. Cysgodion y tywyllwch saff.

Symudiad sydyn – rhywbeth coch yn mynd o law i law. Blwch, yn llawn o gyllyll disglair, eu carnau'n goch. A phob merch yn dewis un cyn estyn y blwch i'w chymdoges nesaf yn y cylch.

Mae hithau'n gwasgu fwyfwy i'r cysgodion – ond yn ofer. Lledir y cylch i'w chynnwys. Estynnir croeso mud iddi; cynigir y blwch iddi, mae hithau'n ei dderbyn, yn gafael mewn cyllell, ac mae'r cylch, a hithau'n rhan ohono, yn cau am y lwmpyn ar y ford . . .

Doli Jingl, ei jinglarins yn disgleirio, ei llygaid yn ymbilio arni.

Siga'r gyllell gyntaf ei gwddw, yr ail – ei bol, y drydedd a'r bedwaredd – ei phen a'i hwyneb, nes bod ei chorff yn frith o garnau coch.

Ac mae gwaed ar ddwylo'r merched.

Mae Doli Jingl yn ddianaf wrth ei hochr yn y gwely.

A Tedi Brown yn syllu arni'n swrth o sil y ffenest.

Rhaid eu cwtsho ati'n dynn.

Drwy'r ffenest, gwêl Aberystwyth wedi'i rhewi o dan leuad lawn. Silwéts ei thyrrau a'i thoeon fel teganau plentyn, tre fach Lego, a wincian ei goleuadau'n ddrych o'r sêr yn yr awyr glir.

O'r stafell hon, gallwch ddychmygu – tyngu – eich bod yn aros eich tro am ski-lift a aiff â chi ar wifrau tyn, nid ar ryw chwarae plant o siwrnai o ben Consti i lawr i'r prom, ond y filltir dda rhwng Pen-glais a Phendinas.

Mae eich siwrnai eisoes wedi cychwyn, a chithau wedi agor eich ffenest a chamu ar y sil, a sefyll yno'n llonydd i flasu'r awyr fain, i wrando ar synau'r dre a'r campws newydd a'r ysbyty ac ambell gar neu dacsi neu ambiwlans yn mynd-a-dod. Sefyll yn berffaith lonydd, heb edrych i lawr, rhag i'r pendro unig gael y gorau arnoch. Syllu'n hytrach at y sêr yn eu pellter saff.

Ac yna – magu plwc. Camu dros y dibyn i'r cerbyd hud, a hwnnw'n eich suo fel petaech mewn siol ym mreichiau'ch mam, neu mewn crud, neu hamoc rhwng dwy goeden, neu gadair siglo wrth y tân ar noson stormus. Neu ai'r awel sy'n eich suo? A chithau'n ddiymadferth yn ei gafael?

Mae hi'n siwrnai esmwyth, heb neb na dim i dorri ar sŵn hymian y gwifrau sy'n eich cynnal, a chithau'n hofran yn y gwacter clyd. Dim twrw pobol – gweiddi, dadlau, ymladd; chwerthin, crio, caru. Dim sŵn calonnau'n torri, dim sŵn geni, rhygnu byw na marw. Dim byd ond hymian. Eich hymian hapus chi, er eich bod ar drugaredd gwifrau gwe sy'n dal eich cerbyd hud rhag syrthio lwr' ei ben i'r ddaear.

Os digwydd hynny, byddwch wedi cael hen ddigon.

Gormod, fel Sylvie Carr.

Rhwng cwsg ac effro – cnocio.

'Miss Roberts? Fi sy 'ma – y Warden.'

Y Warden a phlismones.

'Newyddion drwg, mae arna i ofn.'

Nel sy'n gafael yn ei llaw. Cynnig mygiau o de cryf i bawb yw dyletswydd y blismones. Syllu'n drist a wna'r Warden, a sibrwd – 'Â phwy arall, Miss Roberts, yr hoffech i fi gysylltu?'

Mae Nel yn gwasgu'i llaw – 'Lynette, ia, Branwen?'

'Ie. Eith hi â fi i Aberaeron. At Mam-gu.'

Honnir mai'r awr dduaf yw honno cyn y wawr.

Mae ambell wawr yn dywyll fel y fagddu. A dim ond ambell sbloet o goeden sy'n goleuo strydoedd Aberystwyth a Threfechan a'r ffordd drwy Benparcau lawr at Rydyfelin.

Clyw Lynette y sibrwd wrth ei hochr – ''Mond gobitho y cân' nhw Nadolig Llawen.' Does dim yn cael ei ddweud

rhwng Llanfarian a Blaenplwyf. Mae Llanrhystud a Llan-
non fel y bedd.

Ar dop rhiw Aber-arth, mae Lynette yn tynnu i mewn i
lay-by. Ar lain gwastad o'u blaen mae Aberaeron.

'Pam ti'n stopo?'

'I roi cyfle iti feddwl.'

'Shwt ore i dorri'i chalon?'

'Branwen, sa i'n gwbod beth i weud . . .'

Pa angen siarad, a'r gafael tyn rhwng dwy yn dweud y
cyfan?

Pa angen geiriau wrth ateb y drws i'r gnoc blygeiniol?
Gweld eich wyres ar y rhiniog fel rhyw robin goch?
Gweld ei ffrind yn gefen iddi, yn gafael yn ei llaw?
Clywed yr un gair hwnnw – 'Mami'.

ei Mami hi
fy nghroten i

hi'r iselder
y cymhlethdod a'r celwydd
y crefu am ddedwyddwch
    yn ei dyfnder du

fi a'i chroten
fi a'i Branwen
fydd yn 'i hebrwng
â thorch o gelyn o ardd y Nyth
    nid i ddyfnder duach fyth
        ond fry at olau'i sêr.

Tymor y Gwanwyn, 1969

'Shwt Nadolig geloch chi?'
   'Gwarthus o farus!'
   'Drwg iawn, Neli!'
   'Ond mae petha drwg yn neis!'
   'Mae petha drwg yn ddrwg!'
   'Twt lol. A taw pia hi, rŵan, genod bach . . .'
       'Fuo rhywun yn yr angladd?'
       'Na. O'dd e'n gwbwl breifat.'
       'Ma' golwg y diawl arni, druan.'
       'Wel, ma'i mam hi newydd farw!'
       'Rhaid trio bod yn normal.'
       'Trio deud y petha iawn.'

A hithau'n trio dweud y gwir –
       'Ma' pethe wedi bod yn anodd.'
Y celwyddau'n dod yn haws
       'Ma' rhywun yn dygymod.'

Blwyddyn newydd heb hen drics –
       'Ddrwg 'da fi glywed am dy fam.
       O's rhwbeth alla i neud?'
              'Na, dim diolch, Terry.'
          'Mond gadael llonydd i fi.
          Gadwch lonydd i fi. Bawb.

Blwyddyn newydd, hen drics newydd:

    Cyhoeddodd Palas Buckingham y bydd y Tywysog Charles yn treulio cyfnod yng Ngholeg Prifysgol Cymru, Aberystwyth, cyn ei arwisgo'n Dywysog Cymru ym mis Gorffennaf.

Croesawyd y cyhoeddiad gan awdurdodau'r Coleg, gan ychwanegu mai'r bwriad yw cynnig i'r Tywysog gyfnod byr o ddysgu dwys o dan arweiniad Adrannau'r Gymraeg a Hanes Cymru. Gobeithir y bydd hyn yn gyfle iddo ymgydnabod â hanes Cymru ynghyd â'r iaith Gymraeg a'i diwylliant.

Ond mae Cymdeithas yr Iaith Gymraeg a chymdeithas y Geltaidd (cymdeithas myfyrwyr Cymraeg Coleg Aberystwyth) eisoes wedi datgan eu gwrthwynebiad i'r ymweliad, ynghyd â'u bwriad i gynnal cyfnod o brotestiadau yn erbyn yr Arwisgo.

We can disclose that official doubts surround Prince Charles's proposed visit to Aberystwyth.

It is understood that police and undercover activity has already been heightened in the seaside town, especially within known nationalist hotbeds . . .

Yn isfydoedd dirgel, dwfn yr 'hotbeds' – bariau cefn y Llew a'r Angel – mae 'na gynllwynio a chynllunio a thrafod brwd a dadlau a sefydlu strategaethau a threfnu gwrthdystiadau.

'Cyfrwystra a dychymyg – dyna'r blaenoriaethau, ffrindia! A hwythau'n ein gwylio ddydd a nos!'

'Myfyrwyr bach diniwed fatha ni?'

'Ni'r myfyrwyr peryg-bywyd yn ein gwelyau poeth!'

'Ffrindia – dowch â'ch syniada gwych am brotest!'

'Un "Bang" – a dyna ddiwadd ar Dywysog Cymru!'

'Beth am dorri'i ben a'i hongian ar dŵr Llundan?'

'Ffrindia, dim gwamalu! Mae gan y walia glustia!'

'A thylla a chorneli i guddio yndercyfer actifitis!'

'Stanli? Dy syniada?'

'Y flaenoriaeth fydd ailddatgan ein cred mewn polisi di-drais.'

'Mewn polisi diddannadd a diniwad!'

'Naci, moesol, cryf.'
'Chwerthin am ein penna fyddan nhw!'
'A ninna'n gwenu 'nôl. A throi petha ar 'u penna!
A chreu difyrrwch o gamwri mawr!'

Wythnosau o ddifyrrwch. Yr 'undercover activity'n jôc. Yr
'hotbeds' yn ferw o ddrwgdybiaeth; sbeis ac inffiltretors
dychmygol yn frith – dieithriaid wrth y bariau, yng
nghyfarfodydd y Gymdeithas, yn y Geltaidd – unrhyw un
â bathodyn sgleiniog, ei gopi o *Tynged yr Iaith* yn ei boced,
caneuon protest ar ei gof, a 'Brad y Sais!' yn dôn gron. A'r
preim syspects – y rheini â thraed anghyffredin o fawr.

'Graham, ife? Croeso i un o'r gwelye poetha yn Aber!'
'Peryglus, ia?'
'Wa'th na'r SAS!'
'Dwi'n gwbod dim am hwnnw.'
'Nagwyt, glei . . .'

'Pwy wyt ti, pan ti gatre?'
'Brian.'
'A ble ma' gatre?'
'Fan hyn a thraw a thramor.'
'Be sy'n dod â ti i Aber?'
'Ymchwil. Applied Maths.'
'Diddorol.'
'Ie. Ond rhy gymhleth i egluro.'

Cymhleth a top-secret . . .
'Anyways, fi'n gwbod rhywbeth top-secret iawn.'
Roedd Lynette wedi mentro i hotbed Davies Bryan.
'Deuda fwy!'
'Bydd Prince Charles yn byw yn Panty . . .'
'Ma' pawb yn gwbod hynny!'
'Wel – Don fydd official companion fe!'

'Wel! Wel!'

'Obvious, really. Fe yw Students' Rep.'

'Mi fedra fo wrthod!'

'Why should he?'

'Egwyddor!'

'Beth yw hynny?'

'Principle, Lynette.'

'Ond bydd e'n prowd o'r job!'

'Taeog!'

'Beth yw hynny?'

'Serf.'

'Ti'n galw Don yn "serf"?'

'Stopiwch ffraeo, genod bach!'

'Maen nhw'n galw names ar Don!'

'Lynette – hat a chostiwm fydd hi nesa!'

'Offisial ffyncshons!'

'Yr Arwisgo!'

'Hob-nobio efo'r crachach!'

'A bradwrs – Gwynfor a'r Urdd a'r Orsedd!'

'Paid â bod yn wirion, Heledd!'

'Be' 'di dy farn di, Branwen?'

'Mae Branwen yn gwbod barn *fi* – 'na beth sy'n bwysig! A barn teulu fi, a pawb yn Cwm. Ni'n hoffi'r Royals. Always have. Rhan o history a heritage ni!'

'Hanas a threftadaeth Lloegr!'

'Ond ni'n rhan o Lloegr, Heledd!'

'Yn y "cymoedd" wyt ti'n byw, Lynette – neu'r "pits"?'

'Cau ceg ti!'

'Hen atab hawdd! Darllan di "Y Dilyw" . . .'

'Dyna ddicon, Heledd! Gwranda, Lynette . . .'

'Ti'n moyn gweud pennyworth ti, Wilma?'

'Otw, achos wy'n dod o Aberdêr, dros y cwm i ti a Branwen. Ond yn fy marn fêch i, mae roialti'n obscene, a'r Arwisgo'n warth.'

'So stick to your guns, Wilma! Ond paid troi nhw ar fi a pawb sy'n hoffi nhw! A wastad wedi neud! Y Coronation ar TV, y mugs a'r street parties, y births a'r deaths a'r funerals! Jyst cau cegau chi ymbythdu nhw, reit? As for Branwen, roedd teulu hi'n wahanol. Rampant nationalists. End of story! So-long!'

Mae hi'n gafael yn ei chot a'i sgarff.

'Bechod iti golli'r ddadl, Lynette. Ond dos am gysur at Don y bradwr!'

'Ti'n mynd yn rhy bell rŵan, Heledd fach!'

'Diolch, Nel. A Heledd, at least so Don yn fascist!'

Erbyn iddi gyrraedd pen draw'r coridor, mae gan Lynette gwmni. Honno a fu'n pigo'r croen o gwmpas ei hewinedd gydol y ddadl boeth. Honno, nawr, sy'n estyn ei llaw – ond yn cael ei gwrthod.

'Too late, Branwen!'

Maen nhw'n cyrraedd drws y neuadd. Ac yna, yr ochenaid. Yr 'och enaid', fel y dywedodd rhywun, rywbryd, ond does dim ots pwy gan mai beth fydd yn digwydd nesa sy'n bwysig y funud hon.

'Ma'n ddrwg 'da fi, Lynette. Am weud dim. Fel arfer.'

'Ond pam? A nhw mor gas, mor stiwpid?'

'Fel 'na odw i. Ti'n gwbod hynny.'

'Ond ti'n ffaelu bod fel hyn. Pobol yn iwso ti, yn bwlio ti am byth.'

Roedd hi wedi dweud y gair.

'Sort things out yn pen ti. Bod yn gryf. Yn rhywun bydd pawb yn respecto ac admiro – beth yw hynny?'

'Parchu ac edmygu – cyngor da i rywun llyweth.'

'Beth yw "llyweth"?'

'Ti'n cofio Bob Go-fetch?'

Mae Lynette yn gwenu – 'Odw.'

Ac o'r diwedd, maen nhw'n gafael dwylo.

'Dere lawr i Alecs 'da fi, Branwen. Good chat is what we need.'

'Beth am Don?'

'He can wait.'

'Ma' raid i fi fynd i weld Mam-gu.'

'I Aberaeron?'

'Ma' hi yn y Cottage Hospital.'

'O'n i ddim yn gwbod.'

'So ni byth yn siarad.'

'Na – thanks i'r Pen Llŷn fascists. Ody hi'n dost iawn?'

'Bronceitis – ma'n nhw'n cadw golwg arni.'

'Ti'n moyn chauffeuse?'

'Na, ma' car Mami 'da fi, cofio?'

'Wel dere i Alecs heno. I aros gyda fi.'

'Ti'n siŵr?'

'Invitation yw e, Branwen! "Sorry, Don, change of plans." A dere di â change o nicyrs!'

''Sdim golwg dda arni, Branwen. Goffod inni 'i dôso hi'n gryf, iddi ga'l cysgu.'

Iddi gael ratlo cysgu. A dim i'w wneud ond syllu arni, dal ei llaw a mwytho'i gwallt.

A thyrchu am atebion – 'Gwedwch wrtha i'n onest.'

'Ddim yn dda. Ond ma' ffeit ynddi – chi'n gwbod hynny.'

Y Nyth – yn oer a thywyll, ond yn gymen, lân. Y llestri ar y ford – cwpan, soser, plât – ar gyfer swper, neu frecwast, rywbryd, falle? Y post – dim byd pwysig – wedi'i osod ar y dresel, gyda'r *Welsh Gazette* a'r *Cambrian News*. A'r twtsh sy'n torri'i chalon – y tân wedi'i osod, yn barod i'w gynnau.

Mae hi'n agor drws y cefn, yn camu dros y llafn o olau at y clawdd.

Ydyn, maen nhw yno. Yr eirlysiau. Yn eu lle arferol. Yn ddafnau gwyn yn y llafn melyn, a'r glaw mân yn ddiamwntiau disglair drostynt.

Ac fe gân' nhw lonydd. Anlwc ddaw o'u cario mewn i'r tŷ. A siom i groten fach.

'Anrheg i ti, Mami.'

'I'r bin â nhw!'

'Ond Mami, ma'n nhw'n bert.'

'Branwen! Cer â nhw i'r bin!'

Diffodd y golau, cloi drws y ffrynt . . .

'Branwen?'

'Ie, Gwyneth, fi sy 'ma.'

'A shwt o'dd hi heno?'

'Gweddol.'

'Fel'ny o'n i'n deall. Fe alwa i hibo iddi fory 'to.'

'Diolch. Ac am gadw golwg ar y lle 'ma. Popeth yn barod i'w chroesawu 'nôl . . .'

'Branwen fach, paid â llefen. Fe ddaw hi 'nôl. A cer dithe 'nôl i Aberystwyth, at dy ffrindie.'

'It's not the Ritz ond fe neith y tro.'

Sach gysgu ar y llawr, te mewn mygiau, crisps a chnau a jeli bebis mewn soseri, a llais Françoise Hardy yn y cefndir.

'Diolch iti, Lynette.'

'It's what friends do! So paid â dechre llefen!'

'Ma'n ddrwg 'da fi . . .'

'A dim apologies! Heblaw sorry am y lack of space!'

'Stafell sengl, t'wel . . .'

'Ie – room-mate fi wedi bygro bant! Gyda bynsh o nyters!'

'Ma' rhai'n fwy o nyters na ti'n feddwl.'

'Terry the Terrible a Heledd the Hun?'

'Ti'n donic, Lynette!'

'Twt lol! A nefi wen! Ti'n hoffi iaith Pen Llŷn fi?'

Mae hi'n stwffio jeli bebi coch i'w cheg.

'Roedd Don yn grac.'

'Achos bo' fi'n aros 'da ti heno?'

'Ie. A so fe'n ca'l y job 'da'r Prince.'

'Pam?'

'Rhaid cael rhywun "proper Welsh".'

'Ond "Don o Conway" yw e!'

'Scottish roots, kiddo! A worse than death, so fe'n siarad Cymraeg. Ond dyna ni, bydd y Pen Llŷn fascists yn delirious!'

'Dadl ddwl o'dd hi heno . . .'

'Fel pob tro! Ymbythdu Plaid a'r Prince a'r stupid Investiture! Ond heno, roedden nhw'n obnoxious. A pam ti'n gwenu?'

' "Stupid Investiture"?'

'Ie! Compared i pethau eraill! Fel mam ti wedi marw a mam-gu ti'n dost! A hefyd . . .'

Mae hi'n agor ei chwdyn rolers . . .

'Fi wedi bod yn meddwl, ymbythdu'ch principles a pethe?'

'Egwyddorion. Ond paid â dechre 'to . . .'

'Hear me out! A beth sy mor funny eto?'

'Y rolers ffansi, glas 'na – ble ma'r rhai pinc?'

'Fi'n cadw nhw lan yn Panty.'

'Ti'n cysgu ynddyn nhw? Gyda Don?'

' "Get used to them, Don bach." 'Na beth fi'n gweud.'

'Bydd raid iddo fe os priodwch chi!'

Mae hi'n oedi, roler yn un llaw a chrib yn y llall . . .

'Mae e wedi gofyn i fi.'

'Lynette! Gytunest ti?'

' "Un dydd, efallai, Don bach." Dyna oedd fy ateb. Yn Gymraeg, I'll have you know! Pwysig iawn, yr "efallai".

Un dydd dros yr enfys, efallai? Ti'n cofio'r sioe yn Ysgol Tan-y-berth?'

'A ni'n dwy'n adar glas!'

'Clumsy little bluebirds, mind! Ie – un dydd, efallai. Ond efallai ddim. Ti byth yn gwybod pryd bydd change o' plans.Ac anyways, fi'n moyn gweud rhywbeth pwysig. Fi wedi bod yn meddwl lot. A becso, hefyd. Am alw mam ti'n "rampant nationalist". Ond compliment oedd e. Achos dyna oedd hi – genuine, honest nationalist. Good teacher, hefyd. Beth yw "persuasive" yn Gymraeg?'

'Yn llawn perswâd.'

Mae hi'n stwffio'r roler i'w gwallt a'r grib i'r cwdyn, ac yn gafael mewn jar o cold cream – 'Eisiau merched i neud Cymraeg, dim Ffrangeg. "Meryl a Lynette, bydd cael lefel 'O' Cymraeg yn werthfawr." "Gwerthfawr" – I'm not sure. Meryl a fi jyst wedi scrapo drwodd, a mae Cymraeg ni'n crap a ni wedi dewis sciences, a so Meryl erioed wedi bod yn keen. Ond we did it – diolch i mam ti.'

'A diolch i ti am weud . . .'

'I meant it, Branwen – roedd hi'n sbesial. A paid â dêro llefen!'

'Hapus odw i, Lynette! Bo' ti'n sôn amdani mor neis. A ti'n cofio ni'n peder – Mami a ti a Meryl a fi – mewn cornel o'r cloakroom neu'r gym?'

'A Miss Hitt wedi dweud – "I have no room for Welsh, Mrs Roberts!" '

'A Mami'n ateb, "I'll find a room, Miss Hitt!" '

'Roedden ni'n darllen llyfrau anodd. *Cysgod y Cryman*, *Madam Wen* – ti'n cofio? A ti'n cofio'r barddoniaeth am 'glynu'n glòs wrth Gymru'? A geiriau fel 'blynged' a 'rhawd' a phethe? Beth oedd y last two lines?'

' "Deued a ddêl . . ." '

'Reit – codi lan! A cyd-adrodd – un, dau, tri!'

A'r ddeuawd anghymarus yn codi ar ei thraed â'i
dyrnau fry –

> 'Deued a ddêl, rhaid imi mwy
> Sefyll neu syrthio gyda hwy.'

'Lynette! Paid ti â dêro llefen!'

'Ond fi'n cofio rhwbeth arall – mam ti'n dweud,
"Ferched, cofiwch Stori Fawr eich cenedl; cofiwch ddweud
y Stori Fawr . . ." A dyma fi, Branwen, bearing witness . . .
O'n i'n hoffi hi. Roedd hi'n star.'

Mae eu breichiau am ei gilydd . . .

'Ma'n ddrwg 'da fi am lefen, Lynette. Y tro cynta ers
iddi farw . . .'

'Llefen y glaw, kiddo. A cofia di neud popeth – y
protests a pethe – er mwyn hi, okay? Neud hi'n prowd.
Achos ti'n gwbod beth? Mae hi gyda ti all the way! Yn
wafo placards ac ishte ar y pafin! Jawch, fi jyst â joino
chi fy hunan! "Beth ni'n moyn? Statws i'r iaith! Pryd
ni'n moyn e? Nawr! Dim Saìs yn Dywysog Cymru! Dim
croeso i Carlo yn Aber!" Odw i'n paso'r test?'

Jeli bebi arall yn ei cheg, a fflop ar y gwely . . .

'Pam na nei di ymuno â ni, Lynette?'

'That'll be the day! Fi'n becso gormod am gael fy hala
bant o'r coleg. Fi'n becso digon am ti!'

'Cymryd dim sylw fydd 'u tacteg nhw.'

'Ond beth chi'n mynd i neud ymbythdu'r Prince?'

'Fydd 'na sawl protest rhwng nawr a'r haf.'

'Top-secret?'

'Ie.'

'Fi'n gallu cadw secrets – cofio?'

'Addo?'

'Pact an' ope to die.'

'Ympryd.'

'Beth yw hynny?'

'Mynd heb fwyd.'

'Fel Ghandi a pobol fel'na?'

"Mond am 'chydig ddyddie.'

'Sa i'n gwbod beth i weud. Heblaw chi'n hollol nyts. Ti a nyters Pen Llŷn. Ond dim ots beth fi'n meddwl. Cofia di am mam ti a'i neud yn prowd. Ond beth am mam-gu ti, Branwen?'

Annwyl Gofrestrydd,

Anfonaf y cais hwn yn sgil y brofedigaeth a gefais cyn y Nadolig.

Bu farw fy mam yn ddisymwth, ac mae'n rhaid imi bellach wneud sawl penderfyniad ac ailystyried nifer o bethau. Yn eu plith y mae fy mhryder am fy mam-gu, sy dros ei phedwar ugain ac yn gwella'n raddol ar ôl salwch. Mae hi hefyd, fel y gallwch ddychmygu, yn galaru ar ôl ei merch.

Dymunaf wneud cais ffurfiol i symud o Neuadd Davies Bryan i fyw ati yn Aberaeron weddill y tymor hwn a Thymor yr Haf (a fydd yn ysgafnach o ran darlithoedd). Mae gennyf gar, a gallwn deithio yn ôl ac ymlaen yn ddidrafferth i Aberystwyth ar gyfer darlithoedd, seminarau ac arholiadau. A gwn y medrwn weithio'n well yn nhŷ distaw fy mam-gu nag yng nghanol bwrlwm hostel. Byddwn hefyd yn dawelach fy meddwl yn ei chylch ac ar yr un pryd yn derbyn pob gofal ganddi.

Rhagwelaf y byddaf yn dychwelyd i Neuadd Davies Bryan ar gyfer fy mlwyddyn olaf.

Gobeithiaf yr ystyriwch fy nghais ac y derbyniaf eich caniatâd gynted â phosib.

Yr eiddoch yn gywir,
Branwen Dyddgu Roberts

'Dyma fi, Mam-gu! Bag an' baggage!'

'Neis dy weld di, Branwen fach.'

'Gobitho y gwedwch chi 'na bob dydd o hyn mla'n!'

'Garantîd. Fydd hi'n bleser dy ga'l di 'ma. A 'na garedig o'n nhw – yn gadel iti ddod i fyw 'da hen wraig ddidoreth.'

'Chi'n rhy ddidoreth i neud paned?'

'Gad dy ddwli!'

'A fe af i moyn gweddill bagie Martha o'r car!'
'Martha?'
' "Martha comes to stay!" '

'Branwen, mi ddyliat ti ailfeddwl.'
'Dim o gwbl, Ffîbi.'
'Ond mae petha 'di bod mor anodd i ti – colli dy fam, dy nain yn sâl, teithio 'nôl a mlaen bob dydd o Aberaeron.'
''Y newis i yw hynny. A fe fydda i 'da chi'n ymprydio.'

YMPRYD MYFYRWYR ABERYSTWYTH
DIM CROESO I CARLO YN ABER!
DIM SAIS YN DYWYSOG CYMRU!

Mae'r faner yn enfawr, y dyrfa'n brin (mae'n rhy fore i fyfyrwyr, mae'n anodd i ddarlithwyr fitsho o'u darlithoedd). Ond mae'r stalwart Wil Bach Felindre yma – cafodd wahoddiad i 'ddweud gair byr'. Ac o dan ei adain mae dau o'i fyfyrwyr ymchwil, a gafodd ganiatâd ganddo i fynychu'r 'digwyddiad pwysig hwn'.

Mae yma ambell weinidog a phensiynwr, tri phlentyn ysgol – eithafwyr bach sy'n eiddgar i wynebu cosb am fitsho dros egwyddor – a mam ifanc â'i phram, a'i phlant mân yn chwifio'u baneri'n selog. Mae Terry a Nerys yma, a Lynette yn gwenu ar y cyrion. Mae criwiau radio a theledu'n stampio'u traed wrth yfed eu coffi. A thri gohebydd y wasg, un ohonynt mewn siaced groen dafad, yn gwrando'n astud, heb ddeall gair heblaw'r hyn y mae Arthur Owens yn ei gyfieithu'n daer ar ei gyfer. (Caiff ei dalu â chinio a photelaid o Côtes du Rhône yn y Belle Vue.)

Does dim sôn am Iwan Fardd na Gwyn Geltaidd (mae'n annaearol o fore i feirdd, yn enwedig ambell un a fu'n barddoni tan y wawr, neu'n beirniadu cynnyrch rhyw eisteddfod leol, neu'n cwrdd â dedleins *Barn* a'r *Faner*). Ond pan gyhoedda'r ddau eu henglynion i'r achlysur – neu gywydd, neu awdl, pwy a ŵyr! – bydd yn hawdd ffugio'u presenoldeb yma heddiw.

Mae araith hirfaith Wil Bach Felindre newydd ddod i ben ac mae rhywun wedi diffodd Dafydd Iwan yn bloeddio 'Carlo' a 'Croeso Chwedeg Nain!' yn ddi-stop o gorn siarad ar ben mini coch gerllaw. Mae rhywbeth cyffrous ar fin digwydd . . .

A'r dorf mor denau, does dim angen megaffôn na phlatfform ar Nedw Hir, ond gan ei fod yn gredwr mewn paraffernalia protest, saif ar focs (wedi'i fenthyca gan Davies Removals Ltd), ben ac ysgwydd uwchben ei gynulleidfa, ac mae ei eiriau'n atseinio dros syberwyd Laura Place.

'A rŵan, gyfeillion! Y funud fawr! Cyflwyno'r "Magniffisent Saith"!'

Bonllef o gymeradwyth, a'r plant yn chwifio'u baneri a'r babi yn y pram yn sgrechen . . .

'Ie, gyfeillion – dyma nhw'r ymprydwyr glew! Sy'n sefyll dros eu hegwyddorion clodwiw ac yn erbyn gwarth Prifysgol Cymru! Y Brifysgol daeog hon sy'n mynnu estyn croeso i Carlo, ffug "Dywysog Cymru"! Yr "ymhonnwr" a'r "camfeddiannwr", chwedl yr Athro William John, Felindre, yn ei araith gofiadwy gynnau!'

Does neb yn talu sylw i'r ddau lanc sy'n sefyll ar wahân i'w gilydd, y naill yng nghanol y digwydd, y llall wrth reilings yr eglwys. Mae Brian, yn ei got dyffel a'i het wlân lawn bathodynnau addas, yn deall yr hyn a gaiff ei ddweud. Cofnodi wynebau yn ei ben, cofio pwy yw pwy a thynnu ambell lun â'i gamera yw gwaith Jules, yn ei wasgod werdd dros grys brethyn o liw sach. Ac o ffenest un o'r tyrrau uchel, mae Marcus – a allai fod yn frawd i'r

Prisoner – yn sylwebu ar y gweithgareddau islaw ar radio bychan wrth ei geg . . .

A chyrhaedda Nedw ei grescendo – 'Gyfeillion, gofynnaf i'r saith gamu mlaen yn nhrefn yr wyddor! Rhowch gymeradwyaeth i bob un yn ei dro! Branwen! Ffîbi! Heledd! Nel! Wilma! A'u gwarchodwyr cyhyrog – Dwayne a Stanli!'

Cymeradwyaeth frwd, camerâu'n fflachio, bloeddio 'I'r gad!' a 'Da iawn, chi!' – cyn i'r cyffro dynnu at ei derfyn â chanu'r anthem (a dyblu'r gytgan).

Mae'n bryd i'r ymprydwyr afael yn eu rycsacs a'u sachau cysgu a'u gobenyddion a'u poteli pop llawn dŵr a'u posteri a'u baneri – mae eu beichiau'n drwm. Ac mae Branwen Dyddgu Roberts yn troi ei phen at Lynette, sy'n codi'i bawd arni . . .

Ar ôl oedi eto ar gyfer y camerâu, ar ôl i Dwayne a Wilma ddiffodd eu smôcs, i mewn â nhw drwy'r drysau trwm i seiniau 'Dydi'r sgwâr ddim digon mawr i'n hogia ni!'

Mae'r cyntedd yn wag. Na, mae 'na ddau borthor llwydaidd yn llercian yng nghyffiniau drws caeedig swyddfa'r Eryr. Caiff y saith o dan eu pynnau, a Nedw, sy'n eu harwain, rwydd hynt i gyrraedd y grisiau a dechrau dringo at y tŵr . . .

''Sdim lot o groeso 'ma!' yw sylw Dwayne.

'Pawb wedi cael gorchymyn i gadw draw,' yw ymateb parod Stanli.

'O'n i'n dishgwl cêl ein rhwystro a'n taflu mês.'

'Disgwyl gormod, Wilma. Anwybyddu protest yw'r arf cryfa.'

'Os ti'n deud, Stanli.'

Gwên yw ymateb Stanli i sylw dan-ei-gwynt Ffîbi. A dyma gyrraedd y landin cyntaf – a'r drws ac arno'r arwydd 'Ladies'.

Mae Heledd yn troi i annerch ei chyd-ymprydwyr –
'Dwi'n gwbod ein bod ni wedi trafod hyn – bod ein toileda
ni'r genod ymhell i lawr o'r tŵr a'ch toileda cyfleus chitha
– ond dwi isio nodi fy nghwyn ffurfiol! Stanli, beth sgin ti
i'w ddeud?'

'Dim ond ymddiheuro unwaith eto nad oes gynnon ni
ddewis. A chynnig eto i chi rannu'n toiled ni!'

'Ych a fi! Toiled dynion – os 'dach chi'n dallt beth
sgynna i! Ac mi fedra fod yn argyfwng enbyd ganol nos
dywyll bitsh. Dŵad i lawr o'r tŵr i fa'ma!'

'Be prepared, ferched bach!' Mae Dwayne yn tynnu
tortsh sylweddol o'i fag – 'Anrheg wrth scowts Clytach,
shgwlwch!'

Gwêl Stanli ei gyfle yntau i ysgafnhau'r tensiwn – 'Wel,
ferched, rhwng ymprydio a mynd a dod i fyny ac i lawr
y grisia 'ma, mi fyddwch yn denau fatha – be 'di enw'r
gantores droednoeth yna? Twiggy?'

'Sandie Shaw, Stanli bach. A chic i mi 'di honna?'

'Naci, Nel. 'Mond trio codi calon.'

Gwena Dwayne ar ei arwr – 'Whare teg iti, Stanli. Ond
shgwlwch, Branwen yw'n Sandie Shaw fach ni, ontefe?'

Ac mae Ffîbi'n ochneidio – 'Os ti'n deud, Dwayne . . .'
A Stanli'n edrych ar ei watsh. A gresynu, debyg, ynghylch
y duedd wastrafflyd hon i drafod manion allanol bywyd
yn hytrach na chanolbwyntio ar y Pethau Mawr. Yng
nghanol y Darlun Mawr.

O'r diwedd, dyma gyrraedd top y tŵr. Ac mae'n bryd
i Nedw gynnig ei ffarwél ffurfiol – 'Wel, diolch i chi gyd
unwaith eto. A phob hwyl.'

'A joio mês drew – ife, Nedw?'

'Wilma, mi faswn efo chi, 'blaw am y deiabîtis 'ma.'

Ac i ffwrdd â fe, lawr y grisiau, yn ei fyd bach cul ei
hunan.

'Reit ta, ffrindia! Pwyllgor!'

Y pwyllgor cyntaf un o lawer ar y landin.

'Fan hyn fydd ein senedd. Pawb i fynegi barn cyn penderfynu dim. Cytuno, ffrindia?'

' "Rhydd i bawb ei farn ac i bob barn ei llafar" – yntê, Ffîbi?'

'Yn hollol, Stanli. A'r eitem gynta un – dwy stafall, dau ddrws, dau arwydd . . .'

Mae hi'n gafael mewn dau boster a rholyn o selotêp, yn glynu'r un cyntaf – 'Ni!' ar y drws agosaf, a'r ail un – 'Nhw!' – ar y llall.

'Oes 'na fatar arall?'

'Oes.'

'Ia, Stanli?'

'Y datganiadau dyddiol. Mi fydda i'n gyfrifol am eu llunio a'u hanfon at y wasg. Dwi wedi trefnu efo Nedw.'

'Da iawn ti! Ond mi fydd pawb yn cael eu gweld o flaen llaw.'

'Wrth gwrs.'

A daw'r pwyllgor cyntaf hwn i ben. Rhaid gafael yn y rycsacs a'r sachau cysgu, rhaid i Stanli a Dwayne fynd am y 'Nhw' a'r merched am y 'Ni' – stafell gyfyng, ffenestri uchel, bord hir, cadeiriau caled a deckchair sydd wedi gweld dyddiau gwell. A llond wal o silffoedd moel, heblaw am bentwr o bamffledi a chylchgronau llychlyd.

'Woman's Own . . . People's Friend . . .'

' "Healthy Diets" – nefi wen!'

'Do'n i ddim yn cofio mor ddiflas oedd y stafall 'ma!'

'Ti'n cofio'r "Tydi cysur ac ympryd ddim yn gydnaws"?'

'Y "Bwydo'r enaid sy'n bwysig"?'

'Ghandi, druan.'

'Ers pryd 'da'n ni'n 'i alw fo'n "Ghandi"?'

'Rŵan, yr eiliad hon.'

'Y diawl bêch.'

'Ffrindia, cofiwch fod gan walia glustia!'

Mae Wilma'n cwpanu'i cheg – 'Y diawl bêch! Shwt gêth e ganiatêd inni ddod fan hyn?'

'Fasa fiw iddyn nhw wrthod.'

' "Gadael llonydd i'r cnafon fydda ora, Brifathro".'

' "Ia – mi gallian nhw'n ddigon sydyn".'

' "Ac mi fyddan nhw'n ddigon sêff yn y twr".'

' "Diogel" fasa gair y Prifathro, Wilma.'

'Gwed ti, Heledd.'

'Dowch-dowch, genod bach. Chwaeroliaeth amdani!'

'Oes angan cloi'r drws – os 'dach chi'n dallt be sgynna i?'

'Toes 'na'm goriad.'

'Poeni am y deinamic duo drws nesa 'dach chi?'

'Ysbrydion sgin i ofn, nid yr haul a'i gysgod!'

'Taw, nei di?'

Mae gweddill y diwrnod cyntaf yn hedfan. Bwrlwm egni. Sbort a chyffro a newydd-deb. Plastro'r ffenestri â phosteri 'Dim Carlo!' a 'Dim Sais!' a dreigiau coch. Gweiddi ar gefnogwyr a gwrthwynebwyr i lawr ar Laura Place – 'Cofiwch arwyddo'r ddeiseb!'

'Newydd neud – a da iawn, chi!'

'Y ffylied dwl!'

'We're paying for these silly antics!'

'Ffor shêm! Ma'r Prins yn fachgen lyfli!'

A'r diwrnod yn dod i ben ag ail bwyllgor y landin o dan y faner y mae Stanli wedi'i gosod dros y grisiau:

NI YW'R GWYLWYR AR Y TŴR!

A'r eitem gyntaf – datganiad cyntaf Stanli, sy'n datgan bod yr ympryd ar waith, ei fod yn mynd o nerth i nerth gan ennyn cefnogaeth eang drwy Gymru a thu hwnt.

'Gorliwio, Stanli?'

Gwên yw ei ymateb, cyn sgrwnsho'r darn papur yn

belen, arwain ei gyd-ymprydwyr drwy ddrws y 'Nhw', drwy wynt stêl sigaréts a rhwng dwy rycsac a dwy sach gysgu – at y ffenest agored, a gweiddi, 'Nedw! Y datganiad cyntaf i Lais y Sais a Dail y Pôst!'

A'r belen
        fach
   yn
     hedfan
  igam-ogam
 ar yr awel
lawr
 a lawr
  i ddwylo
   diogel . . .

Yr unig eitem arall yw dweud 'Nos da' a dychwelyd i'w priod stafelloedd.

Mae Nel, yn ei phyjamas, ei bag ymolch a'i photel-dŵr-poeth o dan ei chesail, yn dychwelyd o'r toiledau'n fyr ei gwynt.

'Mae hi fatha'r North Pôl yn y jeriboams! Dim gwres a dim dŵr poeth. A dwi newydd bi-pi fatha dŵr y môr – yfad yr holl ddŵr 'ma 'di'r broblam. Ond ar wahân i hynny, mae'r busnas ympryd yn haws nag o'n i'n ofni!'

'Yn bishyn o dishen, ife, Nel?'

'Ia, Wilma fach! Ond rhaid peidio siarad yn rhy gynnar!'

Mae hi'n suddo ar ei sach gysgu ac yn sbreio'i thraed – 'Stwff ffwt-rot – debyg i be mae Dad yn 'i roi ar draed y defaid!'

'Braidd yn anghynnas, Nel . . .'

'Be rŵan, Heledd?'

'Gneud hynna, o'n blaen ni, fan hyn!'

'Pawb at y peth y bo. A sticia di at dy Sobranies.'

'Dwi'm yn bwriadu smygu tra bydda i fan hyn. Rhag eich mygu chi i farwolaeth. A dwi'm yn bwriadu ymuno efo Dwayne drws nesa, chwaith! Be amdanat ti, Wilma?'

'Fe dria i bido, rhag neud fy hun yn sêl.'

Mae Nel wedi gwisgo sanau trwchus ac wrthi'n dringo i'w sach ac yn cau'r zip nes bod dim i'w weld ond ei thrwyn. Ac mae Wilma'n brysur wrth y calendr ar y wal – 'Wel, dyna heddi wedi'i groesi mês!'

'Wilma, be 'di'r pwynt?'

'Cadw trac ar bethe, Heledd. Cyfri'r dyddie.'

'Llusgo fyddan nhw, gewch chi weld.'

'Hei, codwn ein calonna, ffrindia!'

'Yn hollol, Ffîbi! Be 'di dy farn di, Branwen?'

Does dim ymateb. Mae ei chefn atyn nhw, fel petai'n cysgu. Ond syllu mae hi, ar y craciau yn y wal a'r llwch dros y sgyrtin. Ac ar y corryn du sy'n saff – dros dro – yn ei gornel tywyll.

'Gadwch lonydd iddi gysgu, druan.'

'Ond so hi 'di gweud fawr ddim dw'r dydd.'

'Dyna'i ffodd hi o gôpio, Wilma fach. Diffodd y gola – a nos da, genod bach.'

'Nos da, ffrindia.'

Oriau mân y bore . . .

'Pwy ddiawl sy'n chwyrnu?'

'A phwy sy'n rhechu'i hochor hi?'

'Dim fi!'

'Y nhw drws nesa, falle!'

'Byddwch ddistaw! Dwi'm 'di cysgu winc!'

'Na fi!'

'Dyna ddigon, ffrindia – rhaid inni gael cwsg neu diodda fyddwn ni.'

Drannoeth, yn blygeiniol, pelydrau gwan yn byseddu'r ffenestri . . .

'Mae'n fora braf, ffrindia!'

'Ac oer! A dwi am swatio yma yn fy sach drwy'r dydd.'

'Chei di ddim, Nel! Rhaid cadw at amserlen.'

'Ond dwi isio cysgu . . .'

'A thitha 'di chwyrnu drw'r nos? A chadw pawb yn effro?'

'Naddo fi, Heledd!'

'Rejîm amdani, ffrindia. Reit o'r cychwyn. Codi, lle chwech, yfad dŵr, gneud ymarferiada. Tyd, Nel! Ar dy draed!'

'Gad lonydd imi, Ffîbi fach. Ac i zip y sach 'ma!'

'Pawb i godi, gwisgo, pi-pi, pw-pw – ac mi fyddwn ni fel newydd! Titha hefyd, Branwen!'

'Na . . .'

'Call iawn, Branwen. Pam ddylian ni gael ein trin fel plant? Dwi'n ddigon hen a chall i fynd i'r lle chwech ar fy mhen fy hun. Chi'n dallt be sgynna i?'

'Ma'r clawstroffobia 'ma'n fy llêdd i. Chi'n deall beth s'da fi?'

Ac mae Wilma'n diflannu drwy'r drws . . .

'Tyd 'nôl reit handi, Wilma, ar gyfar y sbort!'

'Pa "sbort" sgin ti rŵan, Ffîbi fach?'

'Physical jerks!'

Ymhen deng munud, mae pedair merch yn neidio yn eu hunfan, yn chwifio'u breichiau fel melinau gwynt, yn hopian fel cwningod ac yn dawnsio fel tylwyth teg – ambell dylwythen yn go drymlwythog – yn y stafell gyfyng.

Mae'r bumed yn cael llonydd yn ei chornel.

Ymhen awr, mae tair o'r pump yn eistedd wrth y ford sy'n drwch o bapurau a llyfrau a photeli pop llawn dŵr.

'Sut ddiawl mae sgwennu traethawd yn ddi-frecwast?'

Sibrwd yn y cornel a wna'r ddwy arall . . .

'Nel, diolch iti, ond wy'n berffeth iawn.'

'Nagwyt, Branwen. A dwi'n poeni. Pam ti'n mynnu aros 'ma?'

'Achos bo' fi wedi addo.'

'A da iawn ti – am fod mor ddewr, am brofi rhwbath i ti dy hun. Ac mi fasa dy fam yn falch . . .'

Mae Heledd yn gwciddi draw – 'Panad ddeg efo bisged siocled fasa'n dda – ia, Nel?' Mae Nel yn ei hanwybyddu, yn parhau i sibrwd – 'Ond mi fasa hi'n poeni amdanat ti. Yn dy wthio dy hun fel hyn.'

Mae Wilma'n cau ei llyfr â chlep – ''Sdim pwynt. 'Sdim byd yn stico yn y clopa. O'i gyfieithu ar eich cyfer chi'r Gogs . . .'

'Paid â thrafferthu, Wilma.'

'Paid ti â wilia â fi fel'na, Heledd!'

'Ffrindia, mae'r stafall 'ma'n rhy gyfyng i hen ffraeo gwirion.'

Ac mae Nel yn dyfalbarhau – 'Dwi'n d'edmygu di, Branwen. Am fod mor gryf, er gwaetha dy golledion . . . Branwen fach, paid â chrio . . .'

Mae Heledd newydd gau ei llyfrau hithau – 'Dwi'n bôrd. Beth arall sy 'na i neud?'

'Sbio ar yr hen gylchgrona 'ma?'

'Ar y resáits a llunia bwyd? A genod tena, hardd!'

'Wel, ffrindia, beth am ffeirio gwaith coleg am waith corfforol!'

'Dim rhagor o d'ymarfar corff di, Ffîbi!'

'Naci – gwaith llaw! Tyd, Nel! Branwen – titha hefyd!'

'Tyd, Branwen fach. Cwyd, a gwisga. Plis?'

A'r therapi'n llesol – i'r pump. Llond bord o bapur, beiros a phensiliau lliw, siswrn 'winedd, pinnau bawd o'r hysbysfwrdd – ac orig o sbort wrth greu arwydd ac arno lythrennau coch a sêr amryliw a phenglog du, bygythiol:

PREIFAT!
DIM MYNEDIAD!

A'i osod ar y drws, a'i edmygu . . .

'Gwych. Mi gadwith bobol draw!'

'Y dwsina o fisitors!'

'Y nhw drws nesa!'

'A dyma nhw, ar y gair!'

'Ffîbi, ferch, ma' Stanli isie galw pwyllgor.'

''Dan ni newydd 'i ailfedyddio fo.'

Mae Stanli'n gwenu – 'A be 'di'n enw newydd i?'

'Ghandi.'

'Diolch. Anrhydedd fawr.'

Mae e'n sylwi ar yr offer celfyddydol ar y ford – ''Dach chi'n cadw''n brysur.'

'Branwen, ferch! Shwt wyt ti erbyn hyn? Fi'n becso . . .'

'Iawn diolch, Dwayne! Beth am bwyllgor landin?'

A hi yw'r gyntaf i eistedd ar y gris top, nesa at Nel, sy'n gwasgu'i llaw – 'Da'r hogan.'

'Sgin ti ddatganiad arall, Ghandi?'

'Tri. Mae angan bombardio'r wasg.'

'Efo beth?'

'Cynllunia. Tactega. Ac emosiwn.'

'Emosiwn?'

'Ia – ein hundod a'n cyfeillgarwch mawr ni'n saith.'

'A rhagrith ambell un?'

Yn sydyn, mae Branwen Dyddgu Roberts yn cael digon. Ar gynllun a thacteg ac emosiwn. Ar ragrith a chwarae plant. Ar berswâd a chydymdeimlad. Mae hi'n mwmblian ymddiheuriad, yn dychwelyd i'r stafell, yn cau'r drws, yn cuddio yn ei sach, yn ei chornel – ac yn troi ei chefn er mwyn chwilio am ei chorryn du.

Ac yno y bydd y ddau weddill y dydd. Y corryn yn ei hollt ar ei sgyrtin, hithau'n anwybyddu'r cwis dan ofal Nel, y canu dan ofal Heledd, y gêm dyfynnu cerddi, yr eisteddfod, y charades. A'r pwyllgor hwyr-y-nos ar y landin a seremoni croesi'r ail ddiwrnod o'r calendr. Ond fe glyw Nel yn sibrwd – 'Dwi'n poeni'n fawr amdani.' Ac ateb Phîbi – 'A finna. Ddylia hi ddim bod fan hyn.'

O ddyfnder ei sach gysgu, gwêl fasged sbwriel. Gorlawn o flodau wedi gwywo. A hen dorchau. A phapur lapio plastig. A pharsel llwyd.

Gwêl blentyn, merch, mewn dyngarîs, yn sgipio rhwng rhesi o feddau – gall glywed ei rhigwm ar yr awel . . .

'One, two, three a lera,
Four, five, six a lera,
Seven, eight, nine a lera,
Ten a lera – catch the ball.'

Rhigwm chwarae pêl. Ond does ganddi ddim pêl. Mae hi'n waglaw. Yn sgipio rhwng y beddau'n waglaw. Gan oedi wrth y fasged. A thyrchu ynddi. Nes codi rhywbeth yn ei llaw. Parsel llwyd. Mae hi'n ei daflu 'nôl i'r fasged.

Daw lorri ludw heibio. Daw dyn, â menig coch am ei ddwylo, i afael yn y fasged, ac i arllwys y blodau a'r torchau a'r papur lapio a'r parsel llwyd i'r lorri, sy'n newid ei lliw ac yn dringo'r rhiw yn lorri goch, lawn potiau a sosbanau.

Mae'r ferch yn sgipio tua'r machlud pinc.

Heb sylwi ar y bedd agored ar ei llwybr.

Chwech y bore. Chwys dros ei chorff. Ei thraed a'i thrwyn a'i dwylo'n oer. Yn nhywyllwch stafell gyfyng. Ei hwyneb at y wal. Yn syllu, fel drwy chwyddwydr, ar gorryn du ar sgyrtin.

Corryn mawr mewn hollt bach. Yn disgwyl am

ei bryfyn. Yn lladd amser, wrth wylio croten lwglyd, chwyslyd, oer yn ei chocŵn.

Ydi corryn yn gallu clywed? A glyw hwn y synau cwsg? Y chwyrnu, y grwgnach, y peswch? Y troi a'r trosi? Yr ochneidio?

A glyw e zip yn agor? Sŵn straffaglu at y drws a rhuthro drwyddo? A glyw e'r sibrwd – 'Pwy oedd honna?'

'Heledd, druan.'

'Dial y Sobranies.'

'O, chwara teg!'

'Mae gin inna boen bol y diawl.'

'A finne – er 'i fod e'n wêg.'

'*Am* 'i fod o'n wag!'

'Dy gorff yn chwara tricia budr.'

'Ffrindia – dwi ar farw.'

'Nagwyt, Ffîbi fach! Dychmygu wyt ti!'

Mae'n anodd dychmygu marw. Y sut a'r ble a'r pryd. Y boen? Yr unigrwydd? Yr ystrydebau hawdd? Claddu i mewn i'ch sach gysgu saff yw'r ateb, a'i thynnu dros eich pen. Neu beth am syllu ar eich corryn? Tyngu clywed 'Berenice' yn eich pen?

'What is life, for me, without you?'

Caiff hen ddigon ar feddylu a chwestiynu. Mae hi'n ymryddhau o'i sach, yn gafael mewn set o ddillad glân a thywel a bag ymolch, yn mynd at y drws – a'i agor. Y cyfan hyn yn ddistaw a gofalus, rhag tynnu sylw neb.

Mae hi'n cwrdd â Heledd ar y grisiau – 'Dyna welliant! Os ti'n dallt beth sgynna i!' – ac yn mynd i lawr, yn ddistaw bach, i'r toiledau.

Ac yn dychwelyd yn fenyw newydd, ei gwallt yn wlyb a'i phen yn glir. Ac yn falch o weld Nel ar y landin.

'Branwen fach! Ti'n edrach dipyn gwell!'

'Wy'n teimlo'n well.'

'Da'r hogan . . .'

Sgwrs a chysur, 'mond nhw'u dwy ar y gris top, yn sipian dŵr gan gadw golwg ar ddrws agored y stafell bella.

'Ghandi bach sy'n mynnu'i gadw ar agor. A'r ffenast, hefyd, led y pen. Oherwydd smocio Dwayne. Gwirion, 'te. Ond dyna ni, un o obsesiynau Stanli. Bod smocio'n beryg bywyd. I'r smociwr ac i bawb o gwmpas. Mae o wedi darllan am y peth. Ond dyna broblam Stanli, ymhlith nifer – darllan gormod. Meddwl gormod.'

Mae hi'n pwyso 'nôl, yn lled-orwedd ar y gris – 'Croeso iti bwyso arna i, Branwen, defnyddio 'nghorpws mawr i fatha clustog . . .'

A dyna a wna, a theimlo cysur, sicrwydd.

'Dwi'n licio'r adag yma 'sti.'

'Ti 'di arfer, codi'n fore ar y ffarm.'

'Ydw, gan fod gwaith yn galw. Pawb yn tynnu'i bwysa. Ond distawrwydd a llonyddwch ydi hyn.'

'Dim cloch brecwast Alecs!'

'Na Terry'r-cloc-larwm!'

A dyma'r cyfle mawr – 'Allen i roi gwa'th enw arni, Nel.'

'Gallet, debyg iawn . . .'

Un edrychiad sydyn ar ei gilydd – 'Cês 'di Terry, Branwen.'

' "Cas", yn nhafodieth Wilma.'

'Nac'di'n tad.'

'Bwli yw hi, Nel. 'Na fi wedi'i weud e.'

Mae Nel yn byseddu botwm ei gŵn wisgo – 'Licio sbort mae hi.'

'A brifo pobol. Fel ti a fi.'

'Paid â difetha petha, Branwen, rhyngddi hi a fi. Rhag difetha petha rhyngot ti a fi.'

'Sgiwsiwch fi, Doctor White yn galw!' – Heledd, yn camu drostynt.

Ac mae Nel yn codi, ond yn oedi, fel petai am drafod

rhagor, nes daw Dwayne o Clytach, yn ei bants, a'i grys-T clustiau Carlo, a'i frwsh dannedd yn ei law, o'r stafell bella – 'Bore da, chi'ch dwy!'

Ac mae Nel yn dychwelyd yn benisel i'r stafell gyfyng.

'Oty hi'n dost? A Branwen, ferch, shwt wyt *ti*?'

'Lot gwell – wir.'

'Gwd. Fi'n becso lot amdanat ti.'

'Dere i ishte 'da fi, Dwayne.'

'Gyta chroeso!'

Mae hi'n falch o'i gwmni, yno ar y landin oer. Mae hi'n pwyso'i phen ar ei ysgwydd, yn gwynto'r nicotin ar ei grys a'i ana'l. Ac yn cau ei llygaid rhag hunlle'r tridiau sy'n weddill iddi yn y tŵr.

Fore trannoeth, a llwydrew'n gorchuddio'r ffenest, a phawb yn eu dillad trwchus yn eu sachau, a'r rheini wedi'u gorchuddio â'u cotiau mawr – yn sydyn, mae sŵn traed ar y grisiau cerrig, a chnoc gadarn ar y drws.

'Pwy sy 'na?'

'Fi – Lynette!'

A dyma hi, yn brasgamu i'r stafell yn ei chot ledr a'i bŵts, ei chap-pig lledr dros ei thalcen. Ac yn oedi'n syfrdan – 'Good grief!' – cyn camu dros y cyrff gorweddiog – 'Ble wyt ti, Branwen?'

'Fan hyn, yn y cornel – o's rhwbeth yn bod?'

'Na – 'mond dod ar visit.'

'Lynette, sgin ti ddim hawl! A be 'di'r wisg Gestapo 'na?'

'I'm a follower of fashion, Ffibi! Fel ti! A Heledd, byddai'r dillad hyn yn siwto chi'r Pen Llŷn fascists!'

'Dos o 'ma, Lynette!'

Mae Lynette yn ei hanwybyddu, yn cwtsho lawr, ac yn sibrwd – 'Branwen, weles i mam-gu ti neithiwr. Paid â becso, mae hi fel y boi. Ethon ni am sbin, hi a fi a Don.'

'Beth!'

'Cael dishgled yn Cei Newydd, a lot o sbort. Mae hi'n hoffi Don.'

''Sdim lot o Susneg 'da hi!'

'Da iawn, Nain!'

'Excuse me, Ffibi, "Mam-gu" Branwen yw hi! Anyways, fe roies i gwtsh mawr iddi – a mae hi'n cofio atat ti. A paid â dêro llefen!'

Mae hi'n tynnu amlen o'i bag – 'Good-luck card. I chi gyd.' Ac yn llygadu'r annibendod, a sniffian yn ddramatig – 'Chi'n moyn mwy na lwc! Let us spray, more like it!'

'Lynette fach, 'dan ni wedi'n pacio fel sardîns mewn tun.'

'Nel, mae'r smell yn disgusting!'

'Lynette, dos o 'ma – ti a dy feirniadu a d'ymadroddion Saesneg!'

'Yr un hen Heledd pompous!'

'Cer mês, Lynette. Ympryd strict yw hwn.'

'Ia! Ac mi fydd pobol yn ama . . .'

'Bo' fi wedi smyglo bwyd i chi? Fish a chips o'r pier?'

'Dos o 'ma, Lynette fach.'

'Ar ôl i fi jeco ymbythdu Branwen.'

''Dan ni i gyd yn 'i gwarchod hi. Cheith hi ddim cam.'

'Diolch, Nel. Fi'n hapus nawr. A sorri am barjo miwn.'

Mae hi'n camu at y drws, yn troi – 'A by the way, fi gyda chi gyd! To the hilt, bois bach! Fel y bydde Owain Glyndŵr yn gweud!'

Ar y landin, a drws y stafell wedi'i gau – 'Lynette, wy'n falch dy weld di.'

'Fi'n falch gweld ti, kiddo. Especially yn y duffle coat 'na, dros pyjamas a slipers pom-pom!'

'O leia 'sdim rolers yn 'y ngwallt i!'

'Edrych fel ti angen nhw!'

Mae hi'n gwenu – 'Fi wedi cawlo pethe big time i ti?'

'Wyt.'

'O'dd rhaid ifi jeco . . . Gweld bo' pethe'n iawn.'

'Ma' pethe'n berffeth iawn.'

'Rîli?'

'Rîli . . . Yn rîli shit, Lynette.'

'Wel dere o 'ma – nawr!'

'Na. Plis cer o 'ma.'

'Glywest ti hi, Lynette.'

'A! Bore da, Stanli-rwy'n-eich-caru-chi-Branwen!'

Mae e'n sefyll yn nrws agored y stafell bella. Daw Dwayne ato, yn ôl ei arfer, gan wthio'i sbectol 'nôl o'i drwyn.

'Morecambe an' Wise, myn yffach i! Climbed any good drainpipes lately, Dwayne? Rhai ideal ar y twr 'ma! Ond, watsha fe, Branwen! Fi'n cretu bo' fe'n caru ti hefyd! Ti'n spoilt for choice!'

Roedd y merched wedi ymgasglu ar y landin erbyn hyn, fel corws mewn drama Roegaidd. Mae Dwayne yn clirio'i lwnc – 'Ti 'di bratu'r ympryd 'ma, Lynette.'

Ac mae Stanli'n gwenu'n od – 'A phaid â deud gair yn rhagor.'

Gwenu'n siriol a wna Lynette – 'Stanli, cariad, gallen i weud lot mwy! Am ti a Dwayne o Clytach, a gyd o Casanovas sad y coleg 'ma! Ond job Branwen fydd hynny – un dydd, falle, draw dros yr enfys – ontefe, Branwen?'

'Dos! Rŵan!'

Mae Lynette yn chwythu swsys at y ddau . . .

'Branwen – gweld ti fory. Tu fas i'r jail 'ma. A beth ti'n moyn i fyta? Any special treat?'

'Heinz Tomato Soup.'

'Your wish is my command.'

Ddau ris i lawr, mae'r ddwy'n cofleidio – 'Lynette, ti'n werth y byd.'

'It's what friends do – ti'n cofio?'

Ddegawdau'n ddiweddarach, bydd b. d. roberts yn cofio'r wên a'r codi llaw, a thap-tap-tap y traed wrth ddawnsio i lawr y grisie.

A'r consýrn ar wyneb Stanli.

A'r olwg wael ar wyneb Dwayne.

Bore'r pumed dydd – 'Haleliwia!' – mae Wilma'n rhwygo'r calendr ag arddeliad.

'Mi fedrat fod wedi'i fframio fo.'

'I beth, Heledd?'

'Ar gyfar dy blant a dy wyrion. 'I roi o ar ocsiwn yn dy henaint. "Memorabilia'r Arwisgo" – a'r elw i'r Gymdeithas.'

'Genod bach, fydd honno ddim yn bod. Bydd y Gymraeg wedi'i hachub.'

'Ti'n wir yn cretu hynny, Nel?'

'Nac'dw.'

'Reit, i'r tên, i'r tên â fe!'

'Wilma fach, ti'n colli arnat?'

'Otw, yn dŵ-lali. Ond mi gallia i pan af i mês o'r jêl 'ma!'

'Yn bersonol, dwi'm yn dallt pam oedd angan cadw calendr.'

'Paid â bod mor bigog, Heledd.'

'Pawb pigog miwn i'r tên!'

Pigog. Yr amynedd yn fyr. Y cyfog yn pwyso.

'Stwff afiach ych a fi o stumog wêg.'

'Gormod o fanylion!'

'Dowch, ffrindia. Beth am sbio mlaen?'

'At yr ympryd nesa!'

'At gael bwyd!'

'A bath.'

'A chinio dy' Sul Mam. Cig oen mewn môr o refi.

Tatws stwnsh a rhost. Moron, swej a sbrowts, sôs mint – a phwdin reis i orffan.'

'Nel fêch, paid â ngneud i'n fwy sêl a dŵ-lali nag otw i!'

Y pwyllgor olaf ar y landin – 'Wel, ffrindia! 'Mond pedair awr a phum munud i fynd!'

'Tan ginio, Ffîbi fach! Cig moch, dau wy a bara saim.'

'Gan bwyll, Nel!'

'A choffi llefrith a Mars Bar wedyn.'

'A chwydu wedyn!'

'Gwranda, Nel . . .'

'Ia, Stanli'r aur?'

'Mi ei di'n sâl.'

'Jôcian o'n i, Stanli bach! Ti'n gwbod be 'di "jôc"?'

'Llêth sgim yw'r ateb. Dyna gyngor "Healthy Diets". "A period of abstinence requires gentle recuperation." '

'Am be mae o'n sôn – sex? Ond dyna fo, be wn i am hwnnw?'

'Nel – gawn ni symud mlaen?'

Ac mae llygaid pawb yn troi at Stanli, sy'n eistedd yn amyneddgar, ei lyfr nodiadau ar ei lin.

'Rŵan ta, Stanli, sgin ti'r datganiad ympryd-yn-dod-i-ben?'

'Mae gen i ddatganiad – oes.'

Ymhen blynyddoedd, fe gofia pawb ei wên y foment honno.

'Yn datgan be?'

'Dwi am aros mlaen. Am ddeuddydd arall.'

Mae'r wynebau'n dweud y cyfan – syndod, dicter, siom.

Mae Ffîbi'n troi at Dwayne – 'Titha hefyd?'

'Na.'

Ymhen blynyddoedd, bydd pawb yn cofio am Dwayne yn troi i ffwrdd, yn rhuthro i lawr y grisiau i'r tŷ bach. Ac fe gofian nhw am Stanli'n syllu arnyn nhw, yn ddi-wên. A'r eiliadau'n llusgo heibio.

Nel yw'r gyntaf i ymateb – 'Llongyfarchiada, Stanli bach. Ti a dy ego mawr.'

'Sinigiaeth ydi hynny.'

'Sinigiaeth ydi newid y trefniada.'

'Na – strategaeth.'

'Pum diwrnod – ddaru ni gytuno!'

'Dwi'n parchu hynny, Nel.'

'Ti'm yn parchu neb na dim!'

'Mae angen cadw'r brotest ar y berw. Mae'r wasg yn ein dwylo.'

'Sgin y wasg na neb ddim affliw o ddiddordab!'

'Wyt ti'n afresymol.'

'Wyt titha'n hunanol! Ac yn boncyrs! Robot boncyrs a hunanol!'

Mae 'na ddistawrydd llethol. Nes i Dwayne ymlwybro 'nôl yn welw, a diflannu i mewn i'r stafell bella, a chau'r drws.

Distawrwydd eto, nes i Nel fynd i eistedd ar y grisiau gyda Stanli.

'Reit, dwi isio iti wrando. Ti wedi penderfynu aros yma ar dy ben dy hun.'

'Ydw.'

'Nid hunanol wyt ti, felly. Ond cwdyn bach didostur.'

Bonllef sydyn o 'Clywch! Clywch!' A Stanli'n codi'i law – 'Os 'dach chi'n fodlon gwrando, mae gin i reswm da dros wneud.'

'Deuda.'

'Adennill hygrededd, ar ôl ymweliad Lynette.'

'Cyfleus, yntê? Wel gwranda di, y cwdyn – a fydda i ddim yn hir, achos tydw inna, fwy na Dwayne a'r genod 'ma, ddim yn teimlo'n dda. A waeth cyfadda, do'n i ddim 'di sylweddoli pa mor wael fydda petha.'

Mae'r 'Clywch! Clywch!' yn dawelach y tro hwn.

'Gwendid, poen bol, isio chwydu, methu chwydu.'

'Tasach chi wedi paratoi, a mae smocio'n broblam . . .'

'Bydd ddistaw! Dwi 'di blino. Wedi blino arnat titha. Y cyfan dwi isio'i neud ydi cropian mewn i'n sach, 'i thynnu dros 'y mhen, a chysgu tan un o'r gloch – pan fydda i'n cael mynd o 'ma.'

'Dy ddewis di fydd hynny. Pawb yn ôl ei gydwybod.'

'Ma' 'nghydwybod i – a phawb arall – yn glir.'

'Da iawn.'

'A dallta hyn. I mi'n bersonol, mae'r dyddia diwetha 'ma wedi bod yn artaith ac yn fendith. Yn brofiad bythgofiadwy. Bod yma efo nhw, a theimlo – 'mod i'n un o griw arbennig iawn.'

Mae hi'n chwythu'i thrwyn i hances bapur . . .

'Gwneud safiad gwleidyddol – dyna oedd y bwriad, a dyna ddaru ni. A sylfaen y safiad hwnnw? Cynnal ein gilydd, bod yn gysur ac yn gefn. Chwerthin, canu – chwydu, cachu – popeth, efo'n gilydd. Wyt ti'n dallt?'

'Ydw, wrth gwrs.'

'Beth arall ddaru ni efo'n gilydd, Stanli?'

'Deuda di.'

'Crio . . . Ond dyna fo, fasat ti ddim yn dallt. Fwy nag wyt ti'n dallt mai'r unig beth sy'n ein cadw'n gall y funud yma – rhag mynd yn boncyrs fatha ti – 'di mynd o 'ma efo'n gilydd, yn ôl y trefniant.'

Does dim i'w glywed ond y gwynt yn ratlan y ffenestri uchel.

'Un peth arall, Stanli. Gwendid fydda gwahanu, a bychanu safiad pawb – ond dy safiad di. "Dyma'r newyddion diweddara o Goleg Aberystwyth: mae Stanli Saltni'n bwriadu ymprydio am ddeuddydd arall – er i'w chwe chyd-fyfyriwr roi'r gorau i'w protest hwythau . . ." '

Mae Nel yn gafael yn ei law.

'Deuda dy fod ti'n dallt.'

Gwena Stanli arni – cyn tynnu'i law yn rhydd.

'A dyma nhw ar y gair!'

Nedw Hir, ar ei focs, ei fegaffôn wrth ei geg.

'Rhowch gymeradwyaeth i'r "Magniffisent Chwech", gyfeillion!'

Mae'r croeso'n ddigon teilwng. Mac hwythau'n gwenu wrth gamu dros drothwy'r Hen Goleg i heulwen gwantan Laura Place.

'Chwarae teg i'r chwech! Er i'r seithfed – Stanli Saltni – benderfynu aros mlaen am ddeuddydd arall.'

Chwarae teg i'r chwech am guddio'u siom a'u dicter. Am wynebu'r camerâu, cynnal cyfweliadau, diolch am y gasgen ddŵr a'r hamper bwyd ym mŵt agored Wil Bach Felindre. Am gyd-ganu 'Hogia Ni' a'r anthem heb unwaith godi'u golygon at y tŵr, rhag ofn gweld gwên yr un dyn bach sy ar ôl. Y dyn bach hwnnw sydd o ddiddordeb mawr i'r newyddiadurwyr prin.

Wrth beidio â chodi eu golygon, maen nhw'n colli'r cyfle i weld y trisais – Jules a Brian a Marcus – yn ffenest yr ail dŵr, yn nodi popeth, gan gynnwys ambell beth diddorol fel prinder y cefnogwyr a'r cyfryngau, a phenderfyniad Odd-ball Stanli i barhau â'i ympryd. Crac yn y solidariti, falle? A fydd modd ecsploitio'r gwendid hwn? Ond – 'Confound the little bastard!' – fe ddrysodd Odd-ball y cynlluniau. Rhaid parhau â'u shifftiau 'tower watch' am ddeuddydd arall, gan roi diwedd ar obaith am amser sbâr – y golff yn Bôth a'r trip i gartre'r Lord Lieutenant.

'Damn you, Odd-ball! Two more days of playing draughts in a draughty tower!'

A gwyddbwyll a poker a snap. A'u 'war games' – anelu dartiau ac awyrennau papur at gartŵn o Odd-ball ar y wal, y ddraig goch ar ei frest yn darged perffaith. Mynd drwy fosiwns taflu hand grenades at ffenest yr ail dŵr; lledu'u breichiau, gneud synau awyrennau bomio, chwyrlïo rhwng waliau'r stafell gyfyng.

Ac yn ei stafell gyfyng yntau, bydd Odd-ball wrthi'n paratoi ei ddatganiadau, a'r araith y bydd yn ei thraddodi ar derfyn y deuddydd ychwanegol a dreulia dros ei achos.

Mae Lynette newydd barcio'i char ym mhen ucha Laura Place. Mae hi'n eistedd fel delw am rai munudau, yn gwylio'r gweithgareddau, nes i Branwen sylwi arni a mynd ati.

    'Haia, Lynette! Diolch am hyn . . .'

    'Dere miwn i'r car.'

    'Gest ti'r Tomato Soup?'

    'Dere miwn i'r car!'

    'Beth sy'n bod?'

    'Jyst dere. Plis.'

Haul y gwanwyn uwchben llethrau Clogfryn. Ei lafnau'n treiddio rhwng canghennau moel yr ywen. Canghennau musgrell dan drwch o gen. Bu hi yno ers cyn cof. Bydd yno am ddegawdau eto, oni ddaw 'na storm i sigo'i gwreiddiau neu fellten i rwygo'i bôn. Rheini sy'n rheoli'i thynged.

Mae'r fynwent yn galonnog liwgar. Daffodils a thiwlips ar feddau. Y ddraenen ddu'n glogyn gwyn dros y cloddiau. Mae'r eirlysiau wedi hen ddiflannu.

A dyma hi, ar lan y bedd teuluol. Bedd i bump, hyd yn hyn. Mae'r chweched – ei mam-gu – newydd gyrraedd, newydd gael ei gostwng i lawr i'r pridd. Rhaid trefnu ychwanegu'r enw at y lleill. Aileuro'r enwau a'r dyddiadau. A'r 'Hedd, Perffaith Hedd'.

Maen nhw'n llusgo canu 'Ar lan Iorddonen ddofn' – 'Rhaid ca'l hwnnw ym mhob angladd teidi, Branwen fach!'

'Ond pan y gwelwyf draw
Ar Fynydd Seion,
Yn iach heb boen na braw,
Fy hen gyfeillion . . .'

Mae hithau'n gwasgu llaw Lynette.

Tymor y Pasg, 1969

A dyma fe, Charles Philip Arthur George, wedi cyrraedd Aberystwyth. Gwelwyd ei hofrenydd yn glanio ar gaeau chwarae Llanbadarn, neu ei limosîn yn parcio wrth ddrws yr Hen Goleg, neu ei sbortscar glas yn troi i libart Pantycelyn – mae'r manylion yn amrywio rhwng gwahanol lygad-dystion.

Felly hefyd yr adroddiadau am ei fynd a'i ddod yn ystod dyddiau cyntaf ei arhosiad, bob amser wedi'i frechdanu rhwng dau fodi-gard, Jules a Marcus, yn eu sbectols tywyll a'u lifrai khaki – crysau brethyn, gwasgodau a throwsusau'n llawn pocedi. 'Khaki' – gair sy'n debyg i hwnnw a ddefnyddiodd 'that awful Arthur chap', a benodwyd yn 'companion' i'r tywysog, a sodrwyd mewn stafell nid nepell o'r royal suite, ac a gafodd y fraint o groesawu'r 'royal party' mewn parti preifet.

'Croeso i Bantycelyn! Welcome to Pantycelyn – named after the home of one our greatest hymnwriters, but known, colloquially, as "Panty".' Oedi nes i'r chwerthin ddistewi, cyn cynnig gair o gyngor i'r tywysog: 'Charles – may I call you that, seeing as I share my Christian name with one of yours? The protesters – think of them as "nutters", and don't suffer any shit – or as we say in Welsh, "Dim cachu!" – loosely pronounced "khaki".'

Mae'r 'royal party' yn gytûn bod 'na rywbeth anffodus yn ei gylch: y blazer ddu, falle, neu'r cylch lliw gwin rownd ei geg, neu ei ddull o gyfathrebu – y pwyso mlaen, y pen ar dro, a'r sibrwd drwy wefusau tyn, fel petai'n rhannu cyfrinach rhwng mêts. Ond mae ganddo'r ddawn i hobnobio, dawn a fydd yn siŵr o'i arwain yn ei flaen at bethau mawr.

Bu'r tridiau'n syndod o ddidramgwydd – dim nyter a dim cachu. Gwelwyd y drindod frenhinol yn seiclo ym Mhlas Crug ac ar y prom, yn llyfu hufen iâ ar y pier, yn dringo Consti ac yn crwydro'r castell. Cofnodwyd lluniau mewn papurau newydd, a sawl stori ffrwyth dychymyg. A'r cyw bach brenin yn cydymffurfio ac ufuddhau yn ôl y gofyn, fel petai'n byped mewn ciosc ar y pier. Dyma'r fraint – a'r baich – a drosglwyddwyd iddo drwy ras Duw, a rhaid plygu i'r drefn, yn union fel y bydd ei ddeiliaid yn plygu glin o'i flaen.

Ie, braint a baich, a'r ddeubeth yn pwyso'n affwysol o drwm. Ac weithiau, dim ond weithiau – na, rhaid peidio ildio. Peidio chwilio am atebion i'r cwestiynau mawr sy'n llercian rhwng ei glustiau.

'Just do it, Sir!' yw cyngor Jules. 'A stiff upper lip, and smile!'

Tipyn o gomedian, Jules. Henshmon cadarn. A ffrind da.

'My dear Jules, how can one smile with a stiff upper lip?'

'By tickling it with one's silver spoon – Sir!'

Gwir a ddywedodd yr hen gyfaill. Mae llwy arian yn y geg yn lleddfu poen y wialen ar y cefn rhwng crud a bedd brenhinol. Gwenu, gwneud ei job ac actio'i ran yw'r unig ateb.

Mae pethau'n poethi'n feunosol yn y Llew . . .

'Pam na adewch chi lonydd i'r cr'adur bach?'

'A beth yw'r pwynt dadle 'da roialist fel ti?'

'Fedrwn i byth â bod yn egstrîmist fatha ti!'

'Chi'ch dau cynddrwg â'ch gilydd!'

'A titha'n ista ar y ffens fel pob Rhyddfrydwr!'

'Mae hynny'n well na bildo baricêds!'

'Ym Melffast a Derry mae hynny'n digwydd!'

'Cymru fydd nesa, gewch chi weld!'

'Ti'n credu propaganda fel'na?'

'Propaganda 'di'r Arwisgo hefyd – meddech chi!'

'Gwaeth na hynny – cynllwyn dieflig.'

'Gin bwy'n union?'

'Y Cwîn, Mountbatten, y sefydliad Seisnig.'

'Nonsens!'

'A'r Swyddfa Gymreig a Jorji Porji Tomos. A'i fam!'

''Dach chi i gyd off eich penna!'

'Reit ta, ffrindia, aelodau'r Gymdeithas i'r stafall gefn.'

'Ie, cerwch i'ch geto bach.'

'Dowch ffrindia! Ond cofiwch be 'di'r mantra!'

'Cofiwch fod gan walia glustia! Er dim cystal rhai â Carlo!'

Er gwaetha'i ymddangosiad llywaeth, mae 'na hen ben ar ysgwyddau ifanc y tywysog. A chyn hir fe glyw – a dysgu ynganu, diolch i'w diwtoriaid glew – y dyfyniad o'r 'Gododdin', 'Greddf gŵr, oed gwas'. A'i gymhwyso at ei sefyllfa ei hunan, gan mai tynnu ar reddf tu-hwnt-i'w-oed a'i cadwodd – hyd yn hyn – rhag colli'i bwyll.

Greddf goroesi – dyna yw hi. Mor ddibynadwy ym mhob cyfyngder â tharian a chleddyf, neu fidog, neu grenêd. Y reddf gynhenid hon a'i cynhaliodd drwy fagwraeth lem, uffern rhes o governesses, gwaeth uffern ysgolion bonedd Cheam a Timbertop a Gordonstoun. A hi fydd ei gynhaliaeth yn y diriogaeth estron hon y'i gyrrwyd iddi gan ei fam ac Uncle Dickie – 'And that unfortunate George Thomas man – Sir.'

Ie, 'per ardua ad astra' yw hi i dywysog a meidrolyn. Ymdrechu ymdrech deg. Ysgwyddo'i ddyletswyddau, er mor ddiflas, ddibwynt – fel yr artaith ddiweddaraf o gwrdd â chynffon hir o'i ddeiliaid mewn derbyniad yn Neuadd y Dre. Y byddigions yn eu crandrwydd rhemp

– yr Arglwydd Raglaw, Maer y Dre a'i entourage. A gwragedd pawb. A heno, yn nhŷ'r Prifathro a'i wraig, bydd penaethiaid Adrannau'r Gymraeg a Hanes Cymru, ynghyd â'r tiwtoriaid a benodwyd i'w arwain ar hyd llwybr dysg, yn plygu ger ei fron. A'r gwragedd oll yn cyrtsi. A bydd yntau'n gwenu drwy ei ddannedd – 'Just do it, Sir!'

Ond yn hwyr y nos, caiff ymlacio yn Panty – 'An unfortunate name, Sir, for an all-male hall of residence, but superbly apt, considering the volume of comings and goings of female visitors!' Caiff gyfle i lacio'i fwgwd (rhaid peidio byth â'i dynnu), a mwynhau cwmni Jules a Marcus (ar ôl llwyddo i osgoi'r 'awful Arthur chap!'). A daw diwrnod hir i ben â gêm o poker dros shot o anaesthetic – yr hen Gordon dibynadwy, hoff ffrind Grandma – a chan rannu stôr o jôcs masweddus ('Keep your voice down – Sir!').

Mae'r cynllwynio'n dwysáu yn y Llew . . .
    'Sabotaj! 'Na'r unig ateb!'
    'Sabotajo beth?'
    'Popeth! Heijaco'r holl gabwdl!'
    'Unrhyw welliant ar y cynnig yna, ffrindia?'
    'Oes – anghofiwch o.'
    'Clywch, clywch! Ennill calon y werin yw'r nod.'
    'S'da'r gnawes fach ddim calon.'
    'Mae hi'n fodlon gwrando, yn disgwyl am arweiniad.'
    'Cytuno. A pheidiwn â'i chynddeiriogi.'
    'Dewch 'nôl at yr heijaco . . .'
    'Gawn ni symud mlaen?'
    'Ond meddyliwch am y cyfle – a ninne yn llyged y byd!'
    'Creu helynt o flaen y camerâu, ti'n feddwl?'
    'Yn gwmws. Fuodd e'n crwydro'r castell . . .'
    'Ddysgodd o rwbath am Glyndŵr?'
    'Nefi wen! 'Dan ni'n troi mewn cylchoedd!'

'Esgusodwch fi, dwi isio gneud cynnig ffurfiol.'

'Ia, Stanli?'

'Heijacio, sabotajio, protestio – beth bynnag ydi'r semanteg – mi gychwynnwn ni bora fory. Ar y cwad.'

Drannoeth, ar y cwad, daw'r arwydd gan Nedw, wrth y drws pella, a'i eilio gan Ffîbi, ar y grisiau. Mae'r triawd ar eu ffordd!

A dyma fe'r tywysog, yn byseddu hances felen ym mhoced frest ei siaced wrth gamu'n sionc rhwng Jules a Marcus, sy'n byseddu plygion eu gwasgodau. Mae Brian yn llercian ar y balconi. Gwena'r tywysog ei 'Good morning! Or rather – Bow-re Dah!' – i gyfeiriad ei gyd-fyfyrwyr – y sbardun i droi cefn yn swta yn un rhes . . .

Y cyfan a wna Jules a Marcus yw nodio ar ei gilydd a lledu'u breichiau a hysio'r tywysog fel rhyw ddafad golledig heibio i Nedw, drwy'r drws pella ac i'r cyntedd – lle mae'r Prifathro'n barod i'w groesawu i'w stafell am goffi gyda thiwtor y Gymraeg, sy'n bictiwr o anesmwythyd ar flaen ei gadair esmwyth.

'Problem?' yw cwestiwn hwnnw wrth godi ar ei draed.

'Just some cheeky back-turning,' yw ateb Marcus.

'An over-excited little welcoming party,' yw ymateb Jules.

'My ancestors would have sent them to the Tower and beheaded them!' yw ymateb ffraeth y tywysog. Wrth weld y tiwtor a'r Prifathro'n gwingo, sylweddola, falle, iddo fentro'n rhy bell.

Marcus sy'n camu i'r adwy: 'What's the Welsh for "joke"?'

' 'Jôc," ' yw ymateb diflas y tiwtor. Ac mae pawb yn eistedd. Torrir ar y tawedogrwydd gan Mrs Lloyd a'i throli coffi – a'i chyrtsi wrth ymadael. Mae'r Prifathro'n cynnig Ginger Nuts i'w westeion, ond yr unig un sy'n derbyn yw'r

tywysog – 'But no dunking, Sir! We're in posh company!'
Ac mae pawb ond y Prifathro a'r tiwtor yn chwerthin.
Gwenu'n anghysurus a wna'r tiwtor; plethu'i fysedd a syllu
ar ei westeion fesul un a wna'r Eryr.

Gŵyr Stanli – sy'n loetran yng nghysgod y grisiau at y
twr – fod Brian yn cadw golwg hirbell arno o ben draw'r
coridor. A'r egwyl goffi drosodd, gwêl y ddau'r drws yn
agor a'r byddigion yn ymddangos. Gwena Marcus a Jules
ar Oddball Stanli – ''Morning, Mr Stanli! Care to join us
on the climb upstairs?'
    Gwên radlon yw ymateb Stanli yntau. Braint yw bod ei
enw ar gof a chadw gan yr henshmyn – ac mae 'na eiliad o
ddeall);wriaeth rhyngddynt, cyn i Stanli droi a dychwelyd
at ei gymrodyr ar y cwad.
    Pwyll pia hi. Fe ddaw ei ddydd . . .
    Y tiwtor sy'n arwain y fintai – y frechdan o dywysog
rhwng ei henshmyn – i fyny'r grisiau. Ac er mwyn
lleddfu rhywfaint ar ei annifyrrwch ei hunan, dechreua'r
tiwtor bregethu am yr hyn y bu'n ei loffa ynglŷn â hanes
a phensaernïaeth yr Hen Goleg: syniadaeth arloesol
John Ruskin a William Morris a'u dylanwad ar John
Seddon. Ond wrth oedi i gyfeirio'r tri at y 'freshen-up
room', cofia am ei ymchwil lai dyrchafol i'r cyfleusterau
hyn a weddnewidiwyd o'r tlodaidd i'r tywysogaidd er
cysur a glanweithdra Ei Uchelder. Bwriadai ddefnyddio'r
ymadrodd 'Yr Orsedd Dywysogaidd', a'i gyfieithu a'i
egluro'n llawn hiwmor. Ond yn sydyn, does ganddo ddim
amynedd, a'r cyfan a wna yw tynnu sylw at liw Avocado
Green, hynod ffasiynol, y cyfleusterau, a'u gwahodd i'w
defnyddio.
    Heb yn wybod iddo, druan, wrth ddrws y ciwbicl
tywysogaidd mae Jules yn llawn jôcs am 'the royal flush,
Sir!' a 'the chain of office, Sir!' Ond wrth eistedd yno'n

unig, 'the little boys' room' a'r atgofion diflas am doiledau ei blentyndod a'i lencyndod sy'n taflu'u cysgod dros weithgaredd angenrheidiol y tywysog.

Erbyn i'r tri ailymddangos yn lanwedd ar y grisiau, cawsai'r tiwtor fflach o weledigaeth, sef dysgu'r dywediad 'tŷ bach' i aer coron Lloegr.

'In English – "little house".'

Mae Jules a Marcus yn llygadu'i gilydd, y naill yn herio'r llall i chwerthin. Ond mae'r tywysog yn cymryd arno fod ganddo ddiddordeb mawr, ac yn sôn yn eiddgar am y 'Boo-thin Baack' a gyflwynwyd i Mummy ac Aunt Margaret gan genedl ddiolchgar y Cymry flynyddoedd yn ôl.

'Quite,' yw ateb y tiwtor, gan benderfynu dychwelyd at bethau mwy aruchel na cheudyllau, sef y cerfiadau a'r ffenestri lliw uwchben. Ond mae'r Jules ymarferol yn tynnu sylw at y stribedi rwber newydd ar bob gris carreg dan eu traed. Bu'n dyst i'w gosod yno rai wythnosau 'nôl a'u pwrpas yw atal y traed tywysogaidd rhag llithro – gan achosi damwain enbyd. Gŵyr y tiwtor fod 'na fwy i'r stori: y gorfodwyd awdurdodau'r coleg i gydymffurfio â sawl amod diogelwch lem. Un o'r rheini oedd gosod y tipyn stribedi rwber. Un arall, fwy dadleuol, oedd cytuno – yn anfoddog – i ganiatáu i ofalwyr y tywysog gario dryll.

Ond mae'r tywysog wrthi'n doethinebu: 'The Prince of Wales breaking his princely neck! What a disaster!'

Mae Marcus newydd ddeall mai'r gair Cymraeg am 'joke' yw 'jôc'. Ond 'disaster'? Beth yw hynny yn y 'so-called language of heaven'?

'Cyflafan,' yw ateb y tiwtor, druan.

'Cuv-lahvun?' yw ymateb parotaidd y tywysog.

'Da iawn – very good.'

Wrth i'w galon suddo'n is fesul pob gris stribedog i

dop y tŵr, cofia'r tiwtor yr hen, hen eiriau, 'mor vawr mor orvawr y gyvlavan'.

Dridiau'n ddiweddarach, ar anterth y drefn foreol o droi cefn, mae Stanli'n penderfynu'i thanseilio – a chreu hanes. Cyn i neb sylweddoli beth sy'n digwydd, cefna ar ei gymrodyr gan droi i wynebu'r triawd tywysogaidd a'u dilyn ar draws y cwad.

Mae'r triawd yn oedi. Mae Stanli'n oedi. Mae'r henshmyn yn gwthio'u bysedd i blygion eu gwasgodau. Mae'r tywysog yn byseddu'r hances goch ym mhoced ei siaced. Clywir cracl radio, daw Brian ar ruthr o'r balconi ac mae pawb – Stanli, y tywysog, yr henshmyn, y myfyrwyr, ynghyd ag ambell borthor a darlithydd ar y cyrion – yn sefyll yn stond i ddisgwyl y symudiad nesa. Mae peryg i bethau droi'n chwithig . . .

'Stanli! Tyd yn d'ôl!' – Nedw, ei ddwylo fel megaffôn wrth ei geg.

'Troi'n cefna, Stanli! Cadw urddas! Dyna gytunwyd!' – Ffîbi, ei dicter yn amlwg yn ei hwyneb onglog.

Cyfieithu popeth ar gyfer Jules a Marcus yw swyddogaeth Brian. Tacteg Stanli yw sefyll ei dir ryw lathen oddi wrth y tywysog, sy'n dal i fyseddu'r hances goch. Tacteg yr henshmyn yw stwffio'u dwylo'n ddyfnach i'w gwasgodau. Rhagor o graclo dros y radio – a dyma benderfynu: llywio'r tywysog yn ddiseremoni at ben pella'r cwad . . .

Ond yn sydyn, mae Stanli'n datod llinynnau'i fag dyffel – ac wrth i'r henshmyn ruthro amdano, dyma fe'n llwyddo i dynnu megaffôn o'r bag a'i chwifio â chryn hiwmor. Mae Marcus yn codi'i fraich – yr arwydd i Jules a Brian oedi – ac mae Stanli'n bachu ar ei gyfle i annerch ei gynulleidfa fach:

'Gyfeillion! Mae heddiw'n ddiwrnod hanesyddol. Yn

gyfle i ninnau fod yn rhan o hanes Cymru! Drwy atal y tywysog hwn o Sais rhag cyrraedd ei ddarlithfan! Cyfleu neges glir nad oes groeso iddo yma yng Ngholeg Prifysgol Cymru! Ymunwch â ni! Byddwch yn rhan o hanes!'

Arwydd sydyn gan Marcus ac mae Brian yn gafael ym mraich Stanli a'i arwain, yn ddigon cwrtais, i'r naill ochor. Mae yntau'n oedi yno – fel petai'n cyfri at ddeg – cyn torri'n rhydd a mynd i eistedd ar y llawr, ar lwybr arfaethedig y tywysog. Daw un o'r gynulleidfa i eistedd wrth ei benelin, ac ar ôl pwyllgor sydyn, daw Ffibi a Nedw atynt – nes creu wal o bedwar rhwng y tywysog gwelw a'i ddihangfa.

A dyma ddechrau siantio – 'Duw gadwo'r tywysog yn Lloegr!'

'No welcome in the hillsides, Charlie!'

Mae'r gynulleidfa ehangach yn ymuno yn y siantio, a'r tywysog a'i henshmyn yn ddirym yn wyneb y sen gwatwarus sy'n atseinio dros y cwad.

Ond pwy sy'n ymddangos yn ei holl ogoniant o gyfeiriad y cyntedd ond yr Eryr yn ei ŵn du. Sefyll yn dalsyth, urddasol yw ei dacteg yntau; asesu'r sefyllfa, llygadu'i gywion wrth ei draed. Yn ei gysgod mae ei henshmon yntau – y tiwtor anesmwyth, druan.

'Bradwyr!'

Stanli sy'n arwain ail rownd o siantio. Ac mae hen waliau'r cwad yn atseinio â 'Cwislings!', 'Cynffonwyr!' a 'Taeogion!'

Mae'r Eryr yn camu mlaen, a'r tiwtor, druan, ddau gam ar ei ôl.

Ac mae'r twrw'n tewi ar unwaith, a phawb yn disgwyl am y symudiad nesaf.

Daw hwnnw o gyfeiriad yr Eryr. Cwyd ei ddwylo i afael yn nau ymyl glas ei ŵn gan ledu'i beneliniau fel dwy adain, a lled-foesymgrymu gerbron y tywysog – 'Bore da, Dywysog . . .' Mae ei lais cyfoethog yn atseinio dros y cwad.

Mae'r tywysog yn mwmblian ei ymateb annelwig dan ei wynt a thry'r Eryr ei sylw'n bwyllog at ei gywion – 'Bore da, fyfyrwyr . . .'

'Bore da, Brifathro,' yw'r ymateb cyffredinol, er styfnigrwydd ambell un i ddweud na gwneud dim ond syllu'n heriol arno fe a'i gysgod o diwtor, druan.

Un wg enbyd, ac mae'r Eryr yn dechrau ar ei neges bwyllog . . .

'A chroeso ichi yma i gwad yr Hen Goleg, man a fu'n gefndir i sawl cyfarfod hanesyddol, sawl ymryson rhwng gwŷr tra phwysig, byth er sefydlu'r coleg hwn, bron i ganrif yn ôl . . .'

Mae'r llygaid eryr yn gwibio'n ddidrugaredd . . .

'Esgusodwch fi am funud, a chaniatewch imi ddweud gair byr wrth un o'ch cyd-fyfyrwyr, y gwron ifanc moesgar, amyneddgar hwn . . . Your Royal Highness – I give you my word. You may now proceed unhindered.'

Heb oedi eiliad, mae'r henshmyn yn cau am y tywysog a'r tiwtor – y ddau mor welw â'r cerfluniau y naill ben a'r llall i'r cwad. A chyn pen dim cânt eu corlannu yn niogelwch cymharol y cyntedd, wrth droed y grisiau cerrig at y tŵr.

'Nôl yn nhyndra'r cwad mae Stanli'n dechrau siantio 'Gwarth Prifysgol Cymru!' gan daro'i ddwrn yn yr awyr. Ond mae taran o lais yn torri ar ei draws – 'Dyna ddigon, Mistar Saltni!'

A bu tawelwch . . .

'Diolch am eich cwrteisi, bawb ohonoch. A dowch inni geisio deall ein gilydd . . . Mi glywsoch chi fi'n rhoi fy ngair i'r tywysog. Mae'n bwysig nad yw dyn yn torri'i air – a gytunwch chi â hynny, Mistar Saltni?'

'Rois i mo' ngair i neb – Brifathro.'

Hoelia'r Eryr ei lygaid ar Nedw a Ffîbi, sy'n gwingo dan ei drem.

'Ond mi ges i air eich cymrodyr – Miss Ffelows a Mistar Hir. Mi ges i sicrwydd ganddynt mai gwrthdystiad symbolaidd fyddai'n digwydd yma'n ddyddiol. Troi cefn tawel ac urddasol, a dim mwy. Ar yr amod honno y cawsoch ganiatâd. Miss Ffelows, Mistar Hir – fedrwch chi gadarnhau hynny?'

Mae'r ddau'n rhyw fwmblian, 'Medrwn . . .'

'Diolch. A dwi'n mawr obeithio – na, dwi'n disgwyl – y byddwch, un ac oll, yn cadw at eich gair o hyn ymlaen. Dyna'r cyfan sydd gen i i'w ddweud – ar hyn o bryd. Diolch yn fawr. A bore da.'

Mae'r ŵn ddu'n diflannu i gyfeiriad y cyntedd.

'I'w drafod!' yw sylw Stanli wrth godi oddi ar ei ben-ôl a stwffio'i fegaffôn i'w fag.

'Cytuno!' yw ymateb ffrom Ffîbi a Nedw Hir.

Yn ddiogel yn noddfa gyfyng y tŵr, mae'r tywysog yn rhannu Kit-Kat â'i diwtor a'i ddau henshmon, cyn dipian yr unig ddarn sy'n weddill yn ei goffi.

Y ffrwgwd ar y cwad yw'r testun siarad. 'Close shave!' yw sylw Marcus. Mae Jules yn bytheirio am 'that Oddball bastard!' cyn ymddiheuro i 'Sir' a 'Professor' am ei 'French'.

Gwna'r tiwtor ei orau i lyncu'i ddarn o Kit-Kat heb gyfogi. Rhaid iddo gymryd sip o'i goffi – ond mae'r diawl peth yn glynu'n stwmp yn ei geg. Pwl o dagu, ac mae'r coffi a gweddill y Kit-Kat yn saethu'n slwj ar y ford o'i flaen. Ac mae gwaeth i ddod. Llwydda i daro'i gwpan nes bod coffi'n tasgu dros y ford, boerad yn unig o ddwy gyfrol gain – un fawr, werdd ac un lai, a chanddi siaced lwch felen.

Daw'r gair 'cyflafan' i'w feddwl eto. Ond, diolch byth,

arbedwyd y ddwy gyfrol, ac mae'r tywysog, chwarae teg, yn cynnig ei hances goch iddo i sychu'r gwaetha o'r slwj a'r slops.

Mae hyn oll – gan gynnwys y seremoni o daflu'r hances goch i'r fasged sbwriel – yn peri cryn ddifyrrwch i Jules a Marcus. Ond rhaid i bob difyrrwch ddod i ben. A rhaid i'r tiwtor geisio adfer yr hyn sy'n weddill o'i urddas a'i awdurdod a dychwelyd at ei briod waith, sef gwthio dysg i glopa'r llanc sy'n eistedd wrth ei benelin.

A dyma estyn am y gyfrol werdd . . .

'Ah! My favourite poet! Eh, Marcus?'

'Yes, Sir! The one you read in bed every night!'

'Pity the book is so cumbersome!'

'We can always get that Arthur chap to hold it up for you – Sir!'

Jôc hilariws, yn ôl y chwerthin harti . . .

'But, seriously, what a creep.'

'And a ladies' man, apparently!'

'Just like Dee ap Gee, eh Professor?'

Mae'r tri'n chwerthin eto. Gwenu'n boléit a wna'r tiwtor, druan. Yn benisel o boléit. Mae'r job yma'n waeth na'r disgwyl. Yn ddiddiolch, ar y gorau; yn frad, ar y gwaethaf. Ac mae yntau'n 'fradwr'. Dyna'r cyhuddiad. Fe'i clywodd gynnau ar y cwad. Fe'i clyw'n ddyddiol, yn ei gefn ac yn ei wyneb, gan ei gyd-genedlaetholwyr, ei gyd-aelodau yn y Blaid a'r Gymdeithas. Ai hwn, tybed, fydd cyhuddiad haneswyr y dyfodol, hefyd, heb ystyried ei obaith mawr o fod yn gyfrwng pontio rhwng carfannau? O geisio cyfaddawdu â'r digyfaddawd rai? A'u darbwyllo y dylai Tywysog Cymru ddysgu rhywfaint o Gymraeg ac ymgydnabod â hanes a diwylliant Cymru?

A gaiff ei gyhuddo o hunan-dwyll? O gefnu ar ei egwyddorion – er mwyn osgoi rhagor o rwygiadau mewn cenedl ranedig? O fradychu'r genedl honno drwy daflu'i het i blith roialists a Sais-garwyr? A fydd 'na drafod ar y pwnc wedi'r syrcas yng Nghaernarfon ymhen wythnosau? Ymhen blwyddyn? Ymhen hanner canrif? Na, go brin.

Ar ben y cyfan, mae'r araith ar ei feddwl. Yr araith fawr. Araith ennill calonnau. Araith corddi'r dyfroedd. Ac, o'r diwedd, mae ganddo hedyn bach o syniad sut orau i fynd ati. Dyfyniad o gân. A rhywbeth a ddywedodd Marcus gynnau . . .

Yn sydyn, mae 'na siantio 'Brad! Brad! Bradwr!' islaw'r ffenest. 'Brad! Brad! Bradwr!' yn dôn gron.

'They never give up, do they!'

'What's the chant, Professor?'

'Just the usual, Jules.'

Yr hen wawd clwyfus arferol . . .

Mae'r tywysog yn ochneidio, yn esgus astudio'r braslun o'r cwrs y disgwylir iddo'i ddilyn, yn byseddu'r gyfrol werdd. Gwna ymdrech i beidio â dylyfu gên . . .

Cymer Jules a Marcus gip drwy'r ffenest – 'Good, only half a dozen!'

' "A chyda'r cwmni dethol a'u câr drwy storm a stŵr . . ." '

'What's that, Professor?'

'Just a little joke . . .'

Damo Prosser Rhys.

Mae'n bryd agor y gyfrol 'cumbersome' . . .

Damo'r tywysog gynnau. Ond dylai yntau fod wedi'i daclo. Egluro mai yn y gyfrol 'cumbersome' hon y mae rhai o drysorau mwya cenedl y Cymry. Ei bod hi'n gyfrol a olygwyd, fel y gyfrol felen, gan athrylith, sef Prifathro'r coleg hwn! Damo di, dywysog, am ei byseddu â dy fysedd Kit-Kat! Ac am dy ddylyfu gên!

'Early night tonight, Sir! And no reading juicy things in bed!'

Damo chithau, Jules a Marcus. Damo chi i gyd.

'Please turn to the poem "To Morfudd's hair".'

Mae wyneb y tywysog yn bictiwr o ddiflastod. Tafla gip draw at ei henshmyn; mae hwythau'n ymateb ag ystum sy'n cyfleu 'Sorry, Sir, can't help!' A phenderfyna awgrymu rhywbeth – 'This "Trouble in a Tavern" poem sounds a tad mor exciting.'

'Trust you to go for the bawdy stuff, Sir!' yw sylw Jules. Ac yn sydyn, caiff y tiwtor chwa o ysbrydoliaeth yng nghanol ei ddiflastod. Ie, dyma'r union ddos o chwerthin all leddfu brath y 'Brad! Brad!'

' "Trafferth mewn Tafarn" it is! A satirical poem. The poet mocks himself – and three unfortunate Englishmen . . .'

Ac mae'r tri Sais yn chwerthin. A gwena'r tiwtor – "Deuthum i ddinas dethol . . ." '

Ymhen tair munud, mae'r tywysog yn mygu dylyfiad gên arall. Fe'i siomwyd gan y gerdd fwyaf addawol ar ei restr. Ei fai ei hun, falle, mae'n ddigon gwylaidd i gyfadde hynny. Ond fel popeth arall a orfodir arno'r dyddiau hyn, sef iaith a llenyddiaeth a hanes Cymru, mae hi'n annirnadwy. Ac yn sŵn y siantio islaw'r ffenest a grŵn soporiffig ei diwtor yn adrodd am ryw 'Hickyn and Shenkyn and Shack', a rhyw nonsens am fercheta a syrthio dros badell, caniatâ iddo'i hunan y cyfle prin i ymdrybaeddu mewn hunandosturi . . .

Dyma fe, wedi'i sodro yn un o barthau anhygyrch yr United Kingdom. 'Unedig'? Nonsens, yn ei farn fach yntau, petai rhywun, rywbryd yn trafferthu gofyn iddo. Ond does neb byth yn gwneud, felly – hei-ho – rhaid cario mlaen i wneud yr hyn a wna orau, sef gwneud ei orau i gario mlaen. Conundrum mawr ei fywyd. A'r unig ateb iddo ar hyn o bryd yw gwenu'i ffordd drwy'r 'egwyl' orfodol hon yng Nghymru ac ildio i'r ffawd a roddwyd iddo drwy ordinhad Duw, Mummy, Pater, Uncle Dickie, y Duke of Norfolk a'r 'Thomas chap'.

A'r tiwtor yn dal i faldorddi – 'It gets even funnier!' – cofia am artaith milwyr Rhufain ar Wal Hadrian, ar drugaredd yr heidiau milain o'r Alban. Ond doedd dim rhaid i'r rheini esgus dysgu iaith anynganadwy (na fydden nhw'n cofio gair ohoni ymhen deufis), nac esgus gwerthfawrogi llenyddiaeth ddiflas (na fydden nhw'n cofio llinell ohoni ymhen wythnos).

Mae yntau, hefyd, â'i gefn at wal. Mewn carchar ar dop twr. A chofia'n sydyn am ei gyndeidiau – y ddau frawd bach – a'u tynged enbyd hwythau.

Ond, diolch byth, daeth y siantio islaw'r twr i ben.

Mae'r tiwtor newydd ei ganmol am gofio'r gair Cymraeg am 'strict metre', a'r ganmoliaeth wedi'i heilio gan ei henshmyn – 'You swot, Sir!' Ac mae yntau wedi bowio'n ffug-ddiymhongar. Ac mae pawb wedi chwerthin.

Yr actio cyson hwn yw'r baich tryma. Actio mwynhau a gwerthfawrogi popeth a ddaw i'w ran. Actio peidio â theimlo i'r byw yn wyneb gwrthwynebiad a chasineb. Fel heddiw, a'r Odd-ball yn meiddio eistedd ar draws ei lwybr. Doedd dim syndod bod bysedd Jules a Marcus yn twitsho. A bod ei goesau yntau'n crynu a'i fod yn teimlo awydd mawr i chwydu. A chwydu a wnaeth i'r sinc Avocado . . .

Ie, actio wrth benelin actor arall – un nad yw ei galon yn ei waith – dyna'r gamp. Bydd y ddau wrthi eto yn ystod y prynhawn, yng ngharchar y labordy iaith. Ond yna – 'Hooray!' – caiff dynnu'r clustffonau a chamu i'w MG glas. Therapi gwych yw mynd am sbin yng nghwmni Jules (a Marcus yn eu dilyn mewn car arall). Bu'r triawd eisoes yn swpera gyda'r Arglwydd Raglaw yn Llanllŷr ('Jules, just say "Lear's Church" '), ac yn chwilio'n ofer am fwyty o safon ('Rather optimistic, Sir!'). Ond mae unrhyw beth – siop jips Lampeter neu Aberayron, pryd Indian yn Cardigan – yn well na'r arlwy anfwytadwy ym medlam swnllyd Panty.

A sôn am actio, gŵyr y bydd gofyn iddo esgus mwynhau peint o'r Felinfoel ('Just pronounce it "Feelin' Foul"!') â ffroth ar ei swch mewn photo-shoots 'galw heibio' yn y Belle Vue neu ('Oh, joyous irony, Sir!) wrth gael ei blannu'n bwrpasol yn y Prince of Wales yn Aberayron. Ond bydd hyn yn llai o artaith na'r 'Welsh tea' ar lestri gorau mewn parlwr yn Tallybont neu Landrey. Sipian te ar soffa, esgus cynnal sgwrs, esgus cymryd diddordeb mewn plant a babis a hen bobol, esgus gwenu.

Sylwa'n sydyn ar esgus gwên ei diwtor. Beth yw ei gynlluniau yntau ar gyfer heno? Llosgi'r gannwyll tan yr oriau mân yn sgrifennu'r araith? ('This speech he's writing, Sir – must be crucial.')

Gwir a ddywedodd Marcus. Ac mae'n amlwg bod y tiwtor o dan straen, rhwng yr araith a'r protestio dwys a chyson. Ond ni fu trafod rhyngddo a'i ddisgybl. Mater o brotocol, debyg iawn, a dim hawl nac awydd gan y naill na'r llall i groesi unrhyw ffin. Ac mae bywyd yn ddigon cymhleth fel y mae. A'r gorchwyl arfaethedig – traddodi'r araith mewn rhyw eisteddfod ('A Welsh festival – keep up, Jules!') ymhen rhai wythnosau, a hynny yn Gymraeg ('In the vernacular? You poor sod, Sir!') – yn ddigon i ddiflasu'r enaid cadarnaf.

Mae'r tiwtor newydd ofyn cwestiwn arall – a'i ateb yr eiliad nesa. Pwy olygodd y ddwy gyfrol swmpus – yr un werdd a'r un felen? Wel, stone the crows – The Great Hawk-eye mawr ei hun! Y cawr mwyn a phigog sy'n llwyddo i beri i fyfyriwr a thywysog blygu'n wylaidd ger ei fron.

Mae'r sesiwn yn tynnu at ei therfyn. O! am derfyn dydd, a'r diferyn o Gordon's yn ei wely caled yn Panty. Y diferyn hwnnw sy â'r gallu i ysgogi breuddwydion seicadelig sy'n ei gario dros diriogaeth cwsg yn union fel petai'n marchogaeth un o geirw gwyllt Balmoral . . .

Yn anffodus, trodd y freuddwyd hon yn hunllef. Fe ei hunan, bellach, yw'r carw, yn cael ei hela'n ddidrugaredd gan gotiau coch. Yn waeth byth, ers iddo dod i Gymru, gan grysau rygbi coch. Ac fe'i gorfodir i redeg rhwng rhesi o fyfyrwyr sy'n siantio 'Twll tin pob Sais' (gŵyr ystyr hynny) wrth droi eu cefnau arno ...

Sylweddola'n sydyn bod y sesiwn wedi dod i ben.

Annwyl Gofrestydd,

Rai wythnosau 'nôl, cefais eich caniatâd caredig i derfynu, dros dro, f'arhosiad yn Neuadd Davies Bryan. Dychwelais yno'n ddiweddar, gyda'r bwriad o sefyll fy arholiadau ddiwedd blwyddyn, yn ogystal â dychwelyd ym mis Hydref, ar gyfer fy mlwyddyn gradd.

Ofnaf na fydd hyn yn bosib.

Bu digwyddiadau'r misoedd diwethaf yma'n dra anodd imi. Cawsant effaith ar fy iechyd corfforol a meddyliol. Does dim pwrpas manylu nac ymhelaethu. Mae'r llythyr amgaeedig gan fy meddyg yn egluro'r cyfan.

Dymunaf eich hysbysu na fyddaf yn dychwelyd i'r coleg y tymor hwn na'r tymor nesaf. Nid oes gen i fwriad i gwblhau fy ngradd.

A fyddech mor garedig â nodi fy nymuniad i ymadael â'r Coleg rhag blaen, ac i'm hysbysu o'r camau angenrheidiol y dylwn eu cymryd i'r perwyl hwnnw?

Yr eiddoch yn gywir,

Branwen Dyddgu Roberts

O.N. Bu marwolaeth fy mam, ac yna fy mam–gu, a'r trawma a brofais yn eu sgil yn fodd i'm hargyhoeddi bod yna broblemau amgenach i boeni amdanynt na chenedl ac iaith (a thywysog estron).

Ar yr un trywydd, sylweddolais fod yna gwestiynau mwy perthnasol i'w hateb na'r rheini sydd ynghlwm â dilyn cwrs gradd yn y Gymraeg ym Mhrifysgol Cymru, a bod mwy i fywyd nag ailbobi nodiadau darlithwyr er mwyn llwyddo mewn arholiad.

Does gen i ddim i'w golli wrth fynegi'r teimladau negyddol hyn. I'r gwrthwyneb, teimlaf elfen gref o ryddhad o wneud hynny.

B. D. R.

Copi: Yr Athro Edward James, Adran y Gymraeg

Tymor yr Haf, 1969

BRAD 1282
BRAD 1969 URDD GOBAITH CYMRU!

Mae'r protestwyr, eu placardiau uwch eu pennau, newydd godi ar eu traed mewn bloc o seti sy'n agos at y llwyfan. Dim siantio, dim cynnwrf, dim ond sefyll yno'n urddasol. Syllu'n syn arnyn nhw a wna gweddill y gynulleidfa; felly hefyd y rhai sydd ar y llwyfan – swyddogion yr Urdd, cynrychiolwyr y canghennau, cynghorwyr tre, yr arweinydd wrth y meic. A'r tywysog. Does dim sôn am Jules a Marcus, na Brian, chwaith. Ond maen nhw yno, ar y cyrion, yn disgwyl y symudiad nesa. ('Here we go again, eh Jules?')

'Caton pawb! Beth sy'n digwydd, Branwen fach?'

Mae Gwyneth yn gosod bocs llawn ornaments ar y llawr ac yn craffu ar y sgrin.

'Yr hen bethe protesto 'na 'to! Yn yr Urdd, o bobman! Ffor shêm, y cnafon drwg!'

Craffu eto – 'Branwen, ti'n nabod rhai ohonyn nhw?'

'Odw . . .'

Yn eu plith mae Stanli, mewn lle amlwg. A Ffîbi, Nedw, Wilma, Dwayne a Nel. Y gweddill ffyddlon. Mae 'na rai o Fangor a Chaerdydd, a stalwarts y Gymdeithas . . .

'Mae'n adeg exams! Ddylen nhw fod yn studio!'

Mae'r gynulleidfa'n anniddigo, ambell un yn dechrau gweiddi, 'Cerwch gatre!'

'Crac fyddwn i, hefyd, Branwen! Sbwylo pethe fel'na! A drycha ar y prins – yn welw reit! A phwy ryfedd, a'r rapscaliwns 'na'n 'i fygwth e! Ble mae'i fodigards e? A'r polîs? A drycha beth sy'n digwydd nawr! Ma'n nhw'n cerdded mas! A gwranda ar y crowd yn gweiddi!'

Nyrs Beti Gilbert, reit o flaen y camera, sy ucha ei llais – ' "Adre, adre, blant afradlon!" Ma'r Prins yn well na chi i gyd!'

'Cweit reit, 'fyd! Ond Branwen – edrych!'

'Beth?'

'Dy ffrind – y groten fach Lynette! Yn cered mas! 'Co hi – wel cefen 'i phen hi, erbyn hyn . . .'

'Na, chi 'di camgymryd.'

'Falle bo' fi . . . Ond hisht, beth wedodd y dyn ar y stêj?'

'Bo' 'na fwy wedi aros miwn nag sy wedi cerdded mas.'

'Da iawn! Nawr tro fe bant. S'da fi gynnig i hen amharch fel'na. A 'mond diolch i'r drefen i tithe weld sens o'r diwedd, neu fyddet ti 'da nhw, garantîd! Nawrte, beth am daclo'r bocsed ornaments 'ma o'r parlwr?'

'Gwyneth, cymerwch ta beth licwch chi.'

'Twt, so hynny'n iawn! Cadwa di bopeth, er cof am dy fam-gu.'

'Na, wir. Fydd dim lle 'da fi.'

'Wel, gwertha bopeth. I neud 'bach o arian. Bydd isie pob cinog arnat ti o hyn mla'n.'

'Nes ifi ga'l job.'

'Ond pwy job gei di, Branwen fach?'

'A finne heb radd?'

'Dim 'na beth o'dd 'da fi. Fyddi di'n olréit. Ti'n groten alluog. Digonedd o ruddin. Nawr beth am gwpaned o de, cyn taclo cwpwrdde'r gegin? Cofia, 'mond heno s'da ni.'

'Mond heno cyn cloi drws Y Nyth.

Cyn agor drws Gwynfa fory.

Cyn y clirio caleta oll.

A'r cloi terfynol.

211

Gorffennaf 2013

'Y Babi Brenhinol – ai'r "Tywysog George" fydd ei enw?'

Ddeng munud ar ôl gadael y fferi, a'r Range Rover yn dringo'r rhiw o harbwr Abergwaun, mae Meirwen yn bytheirio – 'Ffyc!' – ac yn diffodd y nonsens ymgreiniol ar y radio. Dyfalu enwau, os gwelwch yn dda! A hynny ar ôl syrffed y disgwyl hir am yr enedigaeth a'r dathlu 'It's a Boy!' Ac ar ben y cyfan – 'One's pleased to be a grandfather.'

'Digon yw digon!' – yntê Miss Roberts?'

'Jyst gad lonydd iddyn nhw, Meirwen. Nhw a'u syrcas.'

Yr ymateb stoc. Difaterwch rhemp. Digon i wylltio sant.

Gan bwyll, Meirwen. 'Don't rock the boat, me darlin' Myra!' Ymateb stoc Barry. Pan fydd blinder, tymer wael neu'r amser o'r mis yn ei llethu. A rhwystredigaeth – na, paid â mynd yno, Meirwen. Gyrra yn dy flaen . . .

Yn y drych, gwylia'r drefn obsesiynol arferol: twrio yn y bag, heb ddod o hyd i ddim; sicrhau, am yr eildro, bod y mints a'r dŵr pefriog o fewn gafael; gwisgo'r sbectol dywyll a suddo o dan y garthen cashmere. Taith ddi-sgwrs fydd hon i Aberystwyth, fel pob taith arall.

Ond bydd yn gyfle iddi hithau, hefyd, chwarae meddyliau – rhywbeth y gwna'n aml y dyddiau hyn. Yn enwedig y gêm 'Beth nesa' . . .

Beth nesa iddi hi? Iddi hi a Barry, y mae sawl neges ganddo heb ei hagor ar ei ffôn. A sawl neges wedi'i hagor, a heb ei dileu.

Gyrra yn dy flaen, Meirwen . . .

Beth nesa i b. d. roberts? Nofel arall, debyg? Mae 'na un ar y gweill ers misoedd. 'Ar stop yn llwyr ar hyn o bryd.' Sy'n rhyfedd. Caiff Meirwen gip ar deipysgrif cyn hir, mae'n siŵr. Dyna'r drefn arferol. 'Meirwen, ti'n olygydd craff.' A fydd y daith hon yn sbardun ar gyfer nofel arall? Gorau oll, o ran y cyfri banc. Ac mae 'na sôn am ffilm – addasiad o'r nofel ddiweddaraf. Os na phecha'r bòs y cynhyrchydd hawdd ei bechu. A rhaid i hwnnw ei pherswadio mai rhywun heblaw hi ddylai lunio'r sgript. Sawl 'os' bach diflas . . . Ond ffilm fyddai'n ychwanegu celc sylweddol at y cyfri banc. At y sawl cyfri banc.

Beth bynnag am fwriadau a chynlluniau, mae 'na gwestiynau dyrys heb eu hateb. Pwy yw'r enigma'r tu ôl i'r sbectol dywyll? Y feudwyes sy'n ei thwyllo'i hun a phawb arall ei bod wrth ei bodd mewn clamp o dŷ mawr crand yng nghanol cors yn nhwll-tin-byd Iwerddon? Heb ffrind na pherthynas, heb neb agosach ati na'i chynorthwyydd / ymchwilydd a phob '-ydd' arall yn y pecyn swydd ddisgrifiad? Y forwyn fach ar gyflog mawr. Sy'n byw ar friwsion bywyd bras – manteision bod yn ddogsbodi.

A'r fantais fwya – 'Bod yn rhydd' . . .

Dan fawd y bòs. Dan fawd Barry . . .

Gwasgu botwm – 'Fingal's Cave' amdani. A môr tymhestlog Mendelssohn. Hwnnw fydd ei chwmni ar hyd arfordir Penfro a Cheredigion. Fel ar eu teithiau yng Nghonamara, y teithiau hirach i Gorc a Dulyn a Ros Láir. O Abergwaun i Gaerdydd a Llundain, a draw i wledydd Ewrop. Teithiau gwallgo yng nghwmni dynas wallgo sy'n gwrthod hedfan, sy'n ddibynnol ar ei chauffeuse, sy'n ymwrthod, ar egwyddor, â thechnoleg y we fyd-eang – 'Adar bach sy'n trydar!', 'Mwgwd y Brawd Mawr yw Facebook!' – ond sy'n fodlon manteisio ar gymorth ei chyd-deithiwr yn y byd technolegol hwn. (Gan barhau'r un pryd i edrych drwy ei sbectol dywyll i lawr rhyw dwnnel cyfyng o'i gwneuthuriad hi ei hun.)

Ond – 'Tyd, Meirwen!' Y mantra dyddiol angenrheidiol. Sy'n adleisio'r gorchymyn cyson – 'Dere, Meirwen!' A hithau'n ufuddhau'n ddigwestiwn iddo, heb dynnu'n groes na chynnig gwelliant i'w chynlluniau gwallgo.

Trefn wallgo fydd i'r tridiau nesaf. Abergwaun, Aberystwyth, Foel Ddu, Abergwaun. Ac adre i'r gors. At Barry.

Ond digon i'r diwrnod – cyrraedd Aberystwyth yw'r nod heddiw. A bod yn llawn egni i ymuno yng nghrwsâd y bòs – 'Ymchwil, Meirwen. Casglu ffeithiau am fy nghyfnod yn y coleg.'

'Casglu ffeithiau', nid 'hel atgofion'. A 'fy nghyfnod yn y coleg' – nid 'fy nghyfnod i a Nel'. Pam? Er meiddio'i holi a'i phrocio, ers eu cyfarfyddiad cyntaf – 'Oeddach chi'n nabod Mam, Miss Roberts? Nel Rhosgadfan?' A chael yr un ymateb troi-i-ffwrdd bob tro.

Hen gyndynrwydd od. Ai dyna'r eglurhad? A bod twrio i'w bag yn haws na thwrio i'r gorffennol, i'w phlentyndod, i gyfnod Aber, ei blynyddoedd cynnar fel awdures – 'y cyfnod-anodd-cyn-enwogrwydd', chwedl ambell holwr gobeithiol, cyn blino holi a gadael llonydd iddi yn ei dirgelwch.

'Un elfen o'ch gwaith, Meirwen, fydd gweithredu fel Swyddog y Wasg. A'ch swyddogaeth? Eu cadw draw.'

Gwena Meirwen wrth godi'i llygaid at y drych. A gweld dim ond carthen cashmere lonydd . . .

Cofia'n sydyn fod angen iddi lunio pwt ar gyfer y derbyniad yn y Mansion House drennydd. Y paragraff arwynebol arferol – gall addasu'r hand-owt diweddaraf. Dim byd newydd na chyffrous.

Wrth yrru drwy bentre Dinas, cofia am rywbeth arall. Yr angladd. Yn y glaw. Yng nghysgod Mynydd Eliffant. A'r syndod o'i gweld – 'Fydda i byth yn mynd i angladde, Meirwen.' A'r syndod mwy – y cyffwrdd llaw.

'Ymchwil' oedd dod i'r angladd, hefyd? A beth am absenoldeb gweddill 'yr hen griw'? Cwestiynau na chaiff fyth ateb iddyn nhw. A beth bynnag, dyma arwydd 'Cwm yr Eglwys' – na, paid, Meirwen. Fel Cwm Berllan, Waldo, gwell peidio mynd yno, rhag ofn. Peidio mentro cofio – am 'Siarabáng Lôn Wen' wedi'i pharcio ar y llecyn gwyrdd, am y picnic, a hi a'i mam yn chwarae criced . . .

Peidio cofio am y teithiau hir, o steddfod i steddfod, o brotest i brotest, y pererindodau i Gilmeri a'r Wybrnant ac argae Tryweryn ac Abaty Cwm-hir, 'mond hi a'i mam . . .

Peidio cofio'u hymchwil am y 'traetha gwyn fan draw . . .'

'Tyd, Meirwen Jones! Meddwl mlaen, wir Dduw! Heddiw – ymchwil Aber; fory – gwireddu Prosiect Gwynfa. "Think positive, me darlin' Myra!" '

A'r 'meddwl mlaen' yn codi'i chalon. A'i diflasu'r un pryd. Fel y dargyfeiriad dwl i Ddulyn drennydd, a hithau'n edrych mlaen at ddwy noson yn y Shellbourne, y siopa yn Brown Thomas, yr hobnobio yn y Mansion House. Ond yn ofni'r daith ddiflas 'nôl i ddyfnder cors a breichiau llipa Barry.

Mae hi'n cryfhau sain tonnau Mendelssohn.

Filltir o Aberaeron, mae 'na stwyrian o'r sedd gefn – 'Arafa, Meirwen' – a'r codi llaw arferol wrth fynd heibio i gatiau pren yr hen fynwent. A'r eildro, wedyn, y tu allan i'r tŷ pinc yng nghanol tai amryliw'r dre, cyn y 'Dere, Meirwen!' arferol . . .

Ac er y dadebru, a thynnu'r sbectols a chymoni'r garthen a chribo'r gwallt a rhoi trwch o lipstic coch a mascara, di-sgwrs yw gweddill y daith, heblaw am ddau orchymyn arall – i arafu wrth lay-by Aber-arth a'r arwydd 'Cofiwch Dryweryn'.

Ac yna – Penparcau a phont Trefechan a'r Llew Du a

Pier Street a Laura Place – a pharcio wrth droed yr adeilad sy'n codi uwch eu pennau fel Lefiathan rhewedig, ei gybolfa bensaernïol yn ymylu ar fod yn hardd.

Sylla Meirwen ar y tyrrau uchel – 'Fatha dau dŵr Pisa. Un trwchus, ac un main, yn sownd i'w gilydd, fatha efeilliaid Siamese.'

A phenderfyna herio – 'Fyny fan'na oedd yr ympryd. Yntê, Miss Roberts?'

'Dere, Meirwen!' yw'r ateb swta.

A dyma nhw eu dwy – y naill yn llawn chwilfrydedd, y llall yn profi'r hen, hen ias o annifyrrwch – yn camu dros y trothwy i gyntedd tywyll yr Hen Goleg.

Mae John, y porthor rhadlon, a Huw'r darlithydd eiddgar, yn barod â'u hallweddi i agor drysau'r cof. Gan gychwyn wrth eu traed, a'r grisiau dirgel, serth a chul at landin gwag, a choridor sy'n arwain at ddrysfa o goridorau a drysau caeedig. Ond mae un drws ar agor led y pen – hwnnw i stiwdio artist y lliwiau llachar a'r huodledd heintus a'r dyngarîs llawn paent – 'Dewch miwn, gyfeillion, am baned – a phregeth, yn y fargen!'

Y bregeth ysbrydoledig am Brosiect yr Hen Goleg – 'Glywsoch chi amdano fe?'

'Do – ar wefan yr Alumni, a sawl man arall. Dwi 'di sôn, on' do, Miss Roberts?'

'Do.'

'Chi'n gyn-fyfyriwr, Meirwen?'

'Na, Caergrawnt. Ond yma roedd Mam – yr un adag â Miss Roberts.'

'Wel, ma'r prosiect ar y gweill o'r diwedd. A'r bwriad – addasu ac adnewyddu, ond â gofal mowr. Cadw ysbryd yr hen adeilad – un o drysore'r genedl – wrth roi bywyd newydd iddo fe.'

Mae hi'n gwenu – 'Gethoch chi rybudd am y bregeth!

Ond o ddifri, o'n ni ar fin colli cofgolofn i'n hunanieth ni. Ac i weledigeth bois y ceinioge prin.'

A'r sinig o Rosgadfan yn porthi – 'Clywch! Clywch!'

'Heb sôn am weledigeth sawl pensaer yn 'i dro. Bois fel J. P. Seddon, druan, a'i syniade ffansi, drud.'

'A'r cyfan yn lobsgóws yn diwadd – dwi 'di darllan geiria fatha "quirky" a "mish-mash" . . .'

' "Vibrant diversity" ſydde 'nisgrifiad i. A'r cwbwl wedi goroesi, drw' ddŵr a thân! A ma'r cynllunie'n gyffrous – oriel gelf, stiwdios i arlunwyr, gofod perfformio. Heb angohofio'r caffi, ontefe, John? A'r gofod ar gyfer busnese bach y dre. Ma'r cwbwl yn mynd â 'ngwynt i!'

'Cofiwch am y ganolfan ôl-raddedig.'

'Diolch, Huw!'

'A'r llety ar gyfer academyddion ac awduron sy'n ymweld – mi gewch chi groeso cynnes, Miss Roberts!'

'Diolch.'

'Ma'r potensial yn aruthrol, gyſeillion! 'Mond inni gael yr ugain miliwn angenrheidiol!'

'Ceinioga prin y werin?'

'Nage, Meirwen – miliyne'r bancwyr!'

Mae John yn gwenu'n rhadlon – 'Beth sy'n bwysig yw bod pobol y dre a'r ardal 'ma ar 'u helw.'

'Fe fyddan nhw – yn faterol ac yn ysbrydol! Perffeth, ontefe, John?'

'Nôl ar y landin, rhaid dringo'n uwch, gan anelu at stafell uchaf un o'r ddau dŵr. A John yn datgloi'r drws, a Huw'n gwenu – 'Dyma stafell ddirgel i'ch cenhedlaeth chi, Miss Roberts. Y ddihangfa i'r Tywysog Charles. Ei arteithfa, hefyd, lle y câi ei orfodi i "ymdrochi" mewn iaith a hanes a diwylliant cwbwl estron iddo, druan.'

' "Druan", wir!'

'Crwtyn ifanc a diniwed, Meirwen! Yn gaeth i system, fel pawb ohonon ni.'

Fe siaradodd y bòs! A dweud ei barn! Ac mae Meirwen ar fin ei herio, dannod iddi nad dyna oedd barn yr hen Nel am 'yr ymhonnwr bach'. Ond mae Huw'n siarad eto – 'Wel? Be sy'n arbennig am y stafell 'ma?'

Cwtsh o stafell, y to'n gwyro'n isel, drws yn arwain at gwtsh arall, ac un arall eto . . .

'Coridor o stafelloedd y medrai'r gwarchodwyr ei reoli. A sbïwch ar yr olygfa eang drw'r ffenast.'

'Dros holl "hotbeds" y protestwyr, chadal Mam.'

Cip sydyn ar y bòs, ond does dim ymateb. Rhaid dyfalbarhau – 'Mi oeddan nhw'n rhydd i siantio petha'r tu allan i'r ffenast 'ma, medda Mam.'

A Huw'n gwenu – 'Caniatáu'r briwsion, cadw'r dorth yn saff.'

Mae Meirwen yn dal i astudio'r olygfa – 'Miss Roberts, mae modd sbio drosodd i'r tŵr drws nesa. Oeddan nhw'n eich gwylio chi'r ymprydwyr hefyd, wythnosa cyn i Carlo gyrradd?'

'Dim syniad, Meirwen.'

Dyna ni, sgwrs unochrog arall wedi dod i ben, meddylia Meirwen, heb amgyffred – a rhyfedd hynny – y cynnwrf ym mhen ei bòs wrth iddi droi o'r ffenest a syllu o gwmpas stafell na wyddai am ei bodolaeth. Ar ford lawn olion inc a chylchoedd mygiau. Cafwyd sawl egwyl te a choffi yma, debyg; egwyl oddi wrth yr hambygio ar y cwad ac o gyfeiriad Laura Place islaw?

Mae ôl cylch go fawr ar un o'r waliau – fyddai gêm o dddartiau'n byrhau'r oriau iddyn nhw i gyd? Ond beth ddiawl yw'r ots? Dyma stafell na wyddai Branwen Dyddgu Roberts ddim amdani. Yr un na falia b. d. roberts ddim amdani nawr.

'Dewch – gawn ni symud mla'n?'

At stafell oedd yn hen gyfarwydd iddi: stafell y meinciau hir sy'n goleddfu o'r cefn i'r blaen. Stafell 'surexit tutbulc' a'r ras i osgoi'r fainc flaen a chawod boer ysbrydoledig y darlithydd; stafell suo-ganu soporiffig Canu Heledd a Chynddylan, a'r 'beddau a'u gwlych y glaw'; stafell theorïau a fformiwlâu llenyddol a lyffetheiriai greadigrwydd; a stafell 'Clöir y drws hwn ar ddechrau darlith!' Ac mae chwerthin afieithus Dafydd ap Gwilym yn ystod profion 'nabod y cynganeddion' ac 'adrodd-cywyddau-ar-y-cof' yn atseinio'n bersain yn ei phen . . .

'Miss Roberts – dwi'n gwbod 'mod i'n wirion, ond . . . Dwi'n synhwyro presenoldeb Mam.'

Huw sy'n ymateb, yn ymwybodol, erbyn hyn, o dawedogrwydd od yr awdur enwog – 'Ma' cenedlaethe o ysbrydion wedi mynd a dod drw'r stafell 'ma!'

'Ma' "bwganod" yn gryfach gair.'

Er mor swta, fe gafwyd ymateb. A bacha Meirwen ar ei chyfle – 'Ble, tybad, y bydda Mam yn eistedd?'

'Do'n i ddim yr un flwyddyn â hi.'

Y cofio-dim-a'r-malio-dim arferol. A dim i'w wneud ond gadael llonydd iddi hel ei meddyliau cudd – a sur? – ei hun.

Ychydig a ŵyr Meirwen, wrth ei gwylio'n troi ei chefn a mynd i eistedd rhwng bwrdd gwyn gwag a ffenest lychlyd, pa mor gudd – a sur – yw'r meddyliau hynny.

Bwrdd gwag, ffenest lychlyd – mor anysbrydoledig â dulliau dysgu'r chwedegau, a'u pwyslais ar gyflwyno pwnc, nid ar agor drysau i ddatgelu trysor. Darlithwyr yn traddodi ar eu heistedd, yn llafarganu o'u nodiadau, yn disgwyl darllen yr hyn a lafarganwyd air am air ar bapur arholiad. Y rheini a bwysai'n ddioglyd ar y lectern gan gyd-ddylyfu gên â'u myfyrwyr wrth jecio watsh ac ymladd cwsg ar brynhawn dydd Gwener hir . . .

Plant eu cyfnod un ac oll, heblaw am ambell eithriad

– y poerwr ysbrydoledig, y cawr o ddyneiddiwr breu-
ddwydiol, a'r Athro Jâms a duthiai fel march gwyn
Rhiannon 'nôl a mlaen rhwng drws a ffenest.

A hithau'r groten hollwybodus-gwybod-dim yn ei
thwpdra a'i thawedogrwydd. A Stanli'n syllu arni. A
hithau'n ei anwybyddu, yn ddwfn yn ei chymhlethdodau,
yn dyheu am weld pelydrau'r haul drwy lwch y ffenest . . .

Yn sydyn, mae hi'n ymwybodol bod y tri, Meirwen,
John a Huw, yn ei llygadu. Rhaid ymysgwyd, codi,
mynd i grwydro rhwng y meinciau, craffu ar graffiti'r
cenedlaethau swrth . . .

Mae'r ddarlith hon mor sych â phidlen camel

call neu wallgo – beth yw'r gwahaniaeth?

a beth yw'r ots?

RWP am byth! Biti bod e wedi marw

'Miss Roberts, sbïwch ar hyn! 'N.J.'! Nel Jones, ella!'
Nel. Y gariad o groten. A gâi ei bwlio. A neb yn dweud
dim, yn gwneud dim, i'w harbed rhag yr artaith. Neb
heblaw Lynette.
'Mae'n bosib, tydi?'
'Falle, Meirwen.' – a symud mlaen.

Daeth Manon Medi Morgan yma!

OEDD D ap G YN HOYWFARDD?

Who cares?

RWY'N CARU MARI
NID YW HI'N FY NGHARU I

Gerra life!

B. D. R.

Llythrennau dychryn.

A hithau'n stond. Heb ddymuno rhannu'i syndod.

Hi, neb arall, pia'r rhain, y tair llythyren goch.

Ei llofnod, ei chofnod anghofiedig ar ei mainc.

Y fainc â'i chefn yn solet at wal gefn y stafell.

Y stafell hon lle mae dafnau llwch yn hofran.

Lle roedd dafnau glaw ar ffenest, amser maith yn ôl.

Pan oedd Pwyll Pendefig Dyfed yn arglwydd ar saith gantref Dyfed.

Proff Jâms, yn oedi o'i frasgamu 'nôl a mlaen –

'Popeth yn iawn, Miss Roberts? O'n i'n nabod eich tad. Cofiwch fi at eich mam.'

A hithau'n dianc drwy'r drysau mawr, heibio i'r eglwys a'r crazy golf at y castell a'i ymgeledd.

A chysgodi yno, ei chefn yn erbyn wal, a'i deimlo'n solet, yn saff.

'Ar fôr tymhestlog teithio 'rwyf
    I fyd sydd well i fyw;
Gan wenu ar ei stormydd oll –
    Fy Nhad sy wrth y llyw.'

Glaw ac ewyn yn tasgu dros wydrau'r ciosg.

'Shwt wyt ti, Branwen fach?'

'Grêt!'

'Yng nghanol storom, weden i!'

'Wy'n caru ti, Mami.'

'A finne'n dy garu dithe . . .'

Dewis anghofio.

Penderfynu peidio cofio.

Dyna'r drefn ar anterth anhrefn, adeg annibendod yn y pen.

'Dere, Meirwen!'

O hir brofiad, gŵyr Meirwen fod y bòs yn dechrau blino, gorff a meddwl. Enaid, hefyd, falle? Wŷr Meirwen ddim am hynny. Ond cafodd brofiad, yn ddiweddar, o effaith y 'bwganod yn y pen'.

Mae Huw'n eu harwain dros rhagor o risiau – 'Sylwch ar y stribedi rwber. Beth oedd 'u pwrpas, dybiech chi?'

'Dim syniad!' swta gan y bòs.

'Wel, gwrandewch ar hyn – i arbed y tywysog rhag cael codwm!'

'Nefi wen! Stribedi rwber a chenedl lywath! Mi oedd Carlo bach yn berffaith saff!'

'Chwara teg, rŵan, Meirwen. Mi fu Cymdeithas yr Iaith yn selog. A myfyrwyr, debyg iawn – a chitha yn 'u plith, Miss Roberts. Wyddoch chi, Meirwen, am yr ympryd? Gan Branwen Dyddgu Roberts a'i chyd-fyfyrwyr?'

'Wyddoch chitha, Huw, fod Nel Jones, fy mam, hefyd yn un ohonyn nhw?'

'Na wyddwn . . .'

A John yn dod i'r adwy – '"Hen egstrîmists" o'dd barn Wncwl Tom, y plymer. Ac os dewch chi 'da fi, fe welwch waith 'i ddwylo!'

Yr 'Orsedd Dywysogaidd', Avocado Green.

'Lliw poblogedd y chwechdege! "His Highness's Convenience" o'n nhw'n 'i alw fe. O'dd y prins yn jengid 'ma bob cyfle.'

'Dere, Meirwen. Nawr!'

'Jengid' oedd y gair ysgogol, meddylia Meirwen.

A'r anniddigrwydd yn cynyddu, camgymeriad yw peidio cefnu ar fwganod yr Hen Goleg y funud honno. Camgymeriad yw mynd heibio i'r llyfrgell gwag o lyfrau – 'Drycha, Meirwen! Dim un llyfr, heb sôn am wal o lyfre fel wal caer! Wal lyfre o'ch bla'n, wal go-iawn tu cefen i chi, ac o'ch chi'n berffeth saff! Ond nawr – dim byd ond ambell gyfrifiadur! Ffarwél i oes y llyfr! Hir oes i'r cyfrifiadur!'

Gwenu'n boléit a wna Huw a John. A Meirwen yn trio cofio a lyncwyd y tabledi adeg brecwast. Ac yn llywio'r bòs i lawr y grisiau at y cwad, heibio i ddrws agored hen neuadd yr arholiadau. Camgymeriad arall, er na sylweddola Meirwen hynny.

Dim ond b. d. roberts a glyw atsain lleisiau bwganod:
'Mae ôl diffyg paratoi ar gyfer yr arholiad hwn.'
'Dyw'r papur hwn ddim yn adlewyrchu'ch gwir
botensial.'
'Branwen fach – ffaelu'r cwbwl! Croten alluog fel ti!'
A'r 'Beth wede Dad?' yn atsain
atsain
dros y cwad.

Rhaid pwyso ar fraich Meirwen. Ymdrechu i ddiolch i John am roi o'i amser cyn iddo ddychwelyd, ei allweddi'n janglo, 'nôl i'w loches. Rhaid gwenu ar Huw a'i griw myfyrwyr – 'Miss Roberts – dewch draw am sgwrs!'

'Mae Miss Roberts wedi blino . . .'

''Mond am funud – fyfyrwyr yr ail flwyddyn, dyma b. d. roberts. Enw mawr, wrth gwrs . . .'

A'u hosgo di-ddweud yn dweud y cyfan.

'Hoffech chi ofyn cwestiwn iddi?'

Mae'n sefyllfa annifyr – 'Wel, gan eich bod i gyd mor swil, dyma 'chydig bach o gefndir. Roedd Miss Roberts yn fyfyriwr yn y coleg hwn, ddiwadd y chwedega – cyfnod o brotestio mawr, wrth gwrs. Ac mi oedd hi'n radical danbaid, os ga' i ddefnyddio'r disgrifiad hwnnw, Miss Roberts? Ac roedd y cwad 'ma'n ganolbwynt i sawl protest, adeg ymweliad y Tywysog Charles . . .'

Dengys dwy fyfyrwraig ronyn bach o ddiddordeb. Sylla dwy arall arni'n swrth. Gwena'r llall arni'n gyfrwys o dan ei ffrinj pinc – 'Beth yn union o'ch chi'n neud?'

Huw sy'n ateb drosti eto – 'Troi cefn, yntê, Miss Roberts?'

'A beth arall?'

Meirwen sy'n ei hateb y tro hwn – 'Doedd dim angan gneud dim arall. Protest symbolaidd oedd hi, yn ôl fy mam, a oedd, dwi'n falch o ddeud, yn protestio efo'r gora. Ac mi fuon nhw'n ymprydio, hefyd – yn y tŵr!'

Tawelwch – nes i b. d. roberts droi ei chefn yn sydyn a brasgamu am y cyntedd. Mae Huw'n ei dilyn – 'Mae'n ddrwg gin i am hynna. Mae Academia'n dalcen caled y dwthwn hwn.'

' "Dwthwn." '

'Dwi'n licio defnyddio'r hen eiria . . .'

' "Ac ni fu dwthwn fel y dwthwn hwn." '

'Ie, yr hen Williams Parry . . .'

'Wn i hynny. Dere Meirwen!'

'Iawn – awn ni am y car.'

'Na, ma' 'na un stafell arall ar ôl . . .'

Hen stafell ysblennydd y Prifathro.

Ond mae'n rhy hwyr i ofyn am yr allwedd. A beth bynnag, does dim pwrpas, meddai Huw, a dim i'w weld ond gwacter. Mae sefyll yn y cyntedd tywyll, clustfeinio wrth y drws caeedig, yn hen ddigon iddi.

Dychmygu'r ysblander sy wedi pylu ers degawdau. Dychmygu clywed tic-toc araf, trwm y cloc. Cofio'r carped tyllog ar y llawr – 'A pheidiwch â phoeni eich bod "ar y carped"!'

Cofio'r llais – 'Dwi'n mawr obeithio y cofiwch am y cyfarfyddiad hwn ymhen blynyddoedd, pan fyddwch chitha mewn gwth o oedran, fel finna, rŵan . . .'

Tyngu iddi glywed ei ochneidio –
   'Oed yr addewid ar y gorwel . . .'
     'Dilema cyfaddawdu . . .'
      'A phan fyddwch f'oed i –
byddwch chithau'n gorfod ildio
         ildio
            ildio . . .'
Cofio'r groten ddeunaw oed a'i 'Byth, Brifathro!'
A'r llygaid eryr yn twinclo
      twinclo . . .
   'Ydi, Miss Roberts, mae hi bellach yn hwyr
         brynhawn . . .
a chithau â chenedl ac iaith i'w hachub –
      neu'n chwarter i chwech,
ac yn bryd i chi ddychwelyd i'ch hostel?'

'Dere, Meirwen! Mae'n bryd mynd am Westy Cymru!'
Wrth i Meirwen droi i'w dilyn, mae Huw'n sibrwd –
'Ydi popeth yn iawn, Meirwen?'
Ac mae Meirwen yn ateb – 'Yndi'n tad.'

Sylwa Meirwen arni'n oedi wrth ddrws y gwesty – blinder
lond ei hwyneb a rhywbeth ar ei meddwl. Falle y caiff
wybod rhagor ganddi cyn i'r diwrnod rhyfedd yma ddod
i ben. Diwrnod rhyfedd, anodd. Iddyn nhw ill dwy. Yn
enwedig iddi hi, y bòs. A hynny'n amlwg erbyn diwedd y
prynhawn.

Ond dyna ni, mae'r pyliau od 'ma'n digwydd – yn
amlach, yn anffodus, yn ddiweddar – a rhaid eu derbyn. A
rhoi'r bai ar gynnwrf, diffyg cwsg a diffyg trefn, y tabledi
wedi cael eu drysu. A bu heddiw'n ddiwrnod mawr.

Bydd fory'n ddiwrnod mwy. Yn rhyfeddach fyth na
heddiw . . .

Er gwaetha pawb a phopeth, wrth gau drws y bŵt â

chlep, a chario'r bagiau at y drws, cyfrif ei bendithion a wna Meirwen. Bydd y bòs fel deryn ar ôl ei bath a'i hanner awr o gwsg. Mae hwn yn westy da, ac mae hithau'n dyheu am gawod a swper a gwydraid o Pinot Grigio. A'r cyfan ar gost y bòs.

Mae hi'n penderfynu mynd am dro byr ar hyd y prom. Cael sgwrs â Barry ar y ffôn, swper, gwely cynnar a noson dda o gwsg. Rhaid cychwyn ar daith bell drannoeth, eto – am Foel Ddu a'i syndod mawr.

Hanner awr yn ddiweddarach, mae b. d. roberts – 'Braint eich cael chi 'ma!' – yn camu o'r gawod, yn mwytho tywelion gwyn am ei chorff a'i gwallt. Mae hi'n mynd i sefyll wrth y ffenest, ac yn gweld Meirwen ar unwaith, yn cerdded yn araf yn ôl ac ymlaen, gan siarad ar ei ffôn. Maen nhw'n codi llaw ar ei gilydd, ac fel y gwna'n feunyddiol ar derfyn dydd, mae hi'n diolch yn daer amdani. Am ei gofal. Ei chymorth. A'i chwmnïaeth.

Dyma derfyn diwrnod mawr. Bydd un mwy'n gwawrio fory. Llawer mwy nag a dybia Meirwen. Ond mae hyn yn ddigon heno: gwesty da, noson braf o haf, machlud haul dros Fôr Iwerddon. A drudwns yn troelli – wel, dim ond iddi droi a syllu ar y llun mawr ar y wal, yn union fel petai'n syllu drwy'r ffenest hon. A dyna a wna; mynd i eistedd ar y soffa a syllu ar y cwmwl du yn erbyn awyr binc, a silwét y pier yn erbyn glas y môr fel hwlc hen long.

'Ystrydeb', 'dyfais gyfleus i dynnu Branwen yr ail gainc i'r stori', 'i gyfleu'r elfen o "negeseuon" a "llythyron"'. Ai hwnnw fyddai'r sylw petai hi'n llwyddo, ryw ddiwrnod, i roi trefn ar y cyfan hyn a'i gyhoeddi'n nofel? Ei nofel gyntaf yn Gymraeg? Na, gwell glynu at ei chuddliw Saesneg a pharhau ym myd y gwerthiant eang a'r enwogrwydd a'r arian mawr. A'i throsi'n ffilm lwyddiannus arall.

Gan bwyll – byddai'n amhosib sgrifennu'r stori hon yn Saesneg. Ac 'anyways', mae ei diweddglo yn y fantol. Tan fory. Prynhawn fory, yn nhyb Meirwen. Diweddglo'r Foel Ddu sydd ar ei meddwl. Y cwlwm ar ei gwaith ers blwyddyn. Ŵyr hi ddim byd am y diweddglo arall, a fydd yn digwydd yn y Llyfrgell Genedlaethol bore fory . . .

Mae hi'n troi i fyseddu'r cwdyn Dunnes ar y cwpwrdd wrth ei gwely. Rhwng ei ffôn a'i bocs tabledi. Ydi, mae'r Bwthyn Bach To Gwellt yn saff. Ac mae hi'n gwenu – hen dun bisgedi rhydlyd fydd ei llatai bore fory. Ond y funud hon, mae heno'n ddigon.

Am y tro.

Ddwyawr yn ddiweddarach, ar ôl rhannu potel o Pinot Grigio dros swper gyda Meirwen, a chlywed ganddi am y poster yn hysbysebu 'Parti Cicio'r Bar' Alumni Aberystwyth y noson honno – 'Chi'n ffansi "sbort a sbri", Miss Roberts?' / 'Na, dim diolch, Meirwen!' – caiff ei themtio i ddatgelu'r trefniant drannoeth yn y Llyfrgell. A phenderfynu peidio. A dymuno 'nos da' sydyn, a dringo'r grisiau serth a chloi drws ei stafell a thynnu'r llenni a glanhau'r colur o'i hwyneb a gwisgo'i gŵn-nos wen. A mynd i orwedd ar y gwely brenin a syllu ar y styllod criscroes praff sy'n cynnal y to.

Gall glywed sŵn y tonnau a phitran-patran cawod law. Oes 'na storm yn cyniwair?

Ping ei ffôn sy'n ei deffro o'i phendwmpian.

Mae'r neges yn bigog, ond yn gadarnhaol.

Hanner nos, a phopeth yn dda.

Drannoeth, ar ôl troi a throsi gydol y nos hir, a brecwast pigau'r-drain rhyngddi hi a Meirwen – bu'n agos, eto, at ddatgelu'i chyfarfod arfaethedig – dyma hi, yn eistedd wrth draed John Williams, ym mhen draw'r stafell ddarllen, yn syllu ar y soser ofod sy'n hongian ar linynnau tyn. Clyw sibrwd, siffrwd papurau a chlician byseddellau. Gall dyngu bod y gwynt yn chwibanu drwy'r ffenestri, gan ratlan y tawelwch syber. Ond ei dychymyg byw yw hynny, debyg.

Ar y dde iddi, llances droednoeth â'i thraed ar arffed llencyn sy'n esgus syllu ar ei sgrin. Ar y chwith, slipen o groten o Siapan – clip yn sbeics ei gwallt a phanda ar ei ffrog – yn tyrchu drwy'i dogfennau. Dyma globyn o foi trwm yn ploncio'i focs ar y ford gyferbyn iddi, a shyfflian, sniffian, sychu'i drwyn â'i law.

A dyna'r Athro Emeritus, Wil Bach Felindre slawer dydd, yn hofran dan y soser ofod fel alien gwargam, cyn hercian at y ford agosaf, ei lygaid gwybedyn yn gwibio dros ei gyd-ddarllenwyr.

A dyma hithau, ar drothwy'r diwrnod mawr.

Diwrnod y ddau gyfarfyddiad.

Diwrnod cau'r cylch.

Gobeithio . . .

Cip sydyn ar ei watsh; mae ganddi hanner awr i'w ladd a chynnwrf i'w reoli. Rhaid codi, crwydro'r silffoedd, esgus pori mewn ambell gyfrol a chylchgrawn, gofalu cadw'n ddigon pell oddi wrth yr hen Felindre, esgus peidio â'i nabod, rhag iddo yntau ei nabod hithau a busnesu yn ôl ei arfer. Ond nid yw'n sylwi arni. Ac aiff hithau heibio i'r cownter a'r soser ofod a chasgliad hael John Williams yn y coridor, ac i fyny'r grisiau at yr oriel:

dwyn i gof –
  protestiadau'r chwedegau

A pha le gwell i ymdawelu nag mewn oriel orlawn o gynnwrf?

Degawd o newid byd. O newid Cymru. A Threfechan

'63, Tryweryn '65 a Chaernarfon '69 yn pontio'r cyffro. A hithau wedi bod yn rhan ohono. A dyma hi'n ei ail-fyw – yr ymgyrchoedd, y bobol, ei chydnabod.

Oeda wrth y wal bella pan wêl Branwen Dyddgu Roberts yn syllu'n heriol arni o dudalen blaen y *Western Mail* . . .

'Gweld eich cyfle, falle?
I ddilyn ôl traed Buddug a Gwenllïan?
Cyflawni gwrhydri arwrol dros eich achos . . .
    haneswyr y dyfodol . . .
        eich plant a'ch wyrion . . .'
           A'r llygaid eryr yn tywyllu'n sydyn.

Symud draw i'r chwith, at y magniffisent saith, balch, ar eu ffordd i'r ympryd, a'r magniffisent chwech, balch, newydd ddod ohono. Mae hithau a Nel a Heledd a Phîbi a Wilma a Dwayne yn gwenu arni. A Wil Bach Felindre'n arddangos ei hamper bwyd ym mŵt ei gar. Mae Stanli'n gwenu arni ar derfyn ei ddeuddydd ychwanegol, hunanol. Mae Stanli ym mhobman – yn eistedd ar bafin, yn peintio slogan a thynnu arwydd, yn annerch drwy gorn siarad, yn cael ei halio gan blismyn a'i hebrwng mewn ac allan o sawl carchar ac yn cerdded yn droednoeth. Stanli ar ei grwsâd unplyg. Yn cymryd ei gamau cyntaf dros ei achos. Yr achos y bu'n driw iddo weddill ei oes. Yr achos y cefnodd hithau arno'n sydyn. Ar ôl cael digon.

Caiff hen ddigon y funud hon. Ar hen gyffro. Rhaid cefnu arno, fel y cefnodd arno amser maith yn ôl. Rhaid dychwelyd at heddiw'r stafell ddarllen, dod o hyd i gilfan, ceisio ymdawelu cyn y cyffro nesa.

Yno, yn ei chornel, ei chefn at silff lyfrau, rhaid penderfynu. Codi, cerdded allan i'r maes parcio, dweud 'Dere, Meirwen!' a chychwyn am gynnwrf y Foel Ddu. Neu

aros yma, disgwyl, ailadrodd mantra Doctor Nina Keyes –
'Negate the negatives!'

Anadlu'n ddwfn, gwrando, gwylio – beth ddiawch
sy'n digwydd ar y balconi? Yr halio bocsys o stac i stac
a'u gosod ar y silffoedd? Ac ambell focs yn disgyn, yn
bownsio fel creigiau cardbord mewn hen ffilm. A hithau'n
gwerthfawrogi'r twtsh o dwyll a chelwydd.

Cwyd ei llygaid at John Williams . . .

Dy farn am dwyll a chelwydd, John? Ti'r meddyg da,
fry ar dy bedestal, yn syllu'n dadol ar y sioe? Am ba hyd y
pery, John? Hi a'i hechelydd chwil? Dy farn am glwyfau,
John? Hen glwyfau llidus rhwng llinellau?

Dy farn am fentro'u hagor
   byseddu'r pydredd
     trio'u cau drachefn?
Dy farn am fynd i groth hen stori?
  Ei datgymalu? Ei rhwygo'n rhacs?
    A hithau'n llifo'n slwj i gwter?
Dy farn am ladd babanod cyn eu geni?
  Am drio lladd bwganod?
    Am waed yn pwmpo'n goch?
Dy farn am redeg bant a chelu'r gwir?

A thithe, Wil Bach Felindre'r llygaid gwybedyn –
dy farn am sioe'r echelydd chwil? Am wacter creigiau
cardbord sy'n bownsio dros y balconi? Am y Pry Bach Tew
a dynghedwyd i guddio'r tu ôl i gloc y pentan? A neb yn
gwybod dim?

Gŵyr b. d. roberts fod peryg iddi ildio i orffwylltra, fel
ei mam.

Gŵyr ei bod yn hen, hen bryd iddi wneud oed â
Doctor Nina.

Pwyllo. Cymryd stoc. Cip arall ar ei watsh, a chodi. A sleifio heibio i John Williams at y soffa'r tu cefn iddo. A suddo i'r lledr meddal. A phwyso 'nôl. Cau ei llygaid . . .

A'u cadw ynghau, er iddi (oherwydd iddi?) synhwyro presenoldeb aflonydd wrth ei hysgwydd . . .

'Branwen.'

Mae hi'n gwenu, ei llygaid ynghau o hyd.

'Branwen – ateb fi.'

'Beth yw'r cwestiwn?'

'Beth yw dy "neges bwysig" di?'

'Ti'n hwyr.'

'Ti'n lwcus 'mod i 'ma o gwbwl.'

Mae hi'n agor ei llygaid – 'Ma' 'da fi anrheg i ti, Phil.'

Mainc ar y llwybr llechi. b. d. roberts, y cwdyn Dunnes ar ei harffed, yn eistedd arni. Yr Athro Meades yn sefyllian. Y Llyfrgell lwyd yn gefnlen, y dref islaw a thrymder y môr a'r awyr yn gorgyffwrdd.

'Golygfa ryfeddol. Ddydd a nos, ym mhob tywydd.'

'Gwed dy neges, Branwen.'

'A'r hira ma' rhywun bant, mwya'r rhyfeddod . . .'

'Ma'n amser i'n brin.'

' "Petawn i'n artist, fe dynnwn lun . . ." '

'Gwed dy neges!'

' "Astudiaeth Mewn Llwyd / Study In Grey – Phil Meades Rhwng Môr ac Awyr / Rat Between Sea and Sky".'

'Shwt dda'th hi i hyn, Branwen? Y casineb 'ma? A ninne wedi bod mor agos?'

'I ti, ystyr "bod yn agos" o'dd rhyw. Rhyw dideimlad, hunanol, cinci ar y jawl.'

Mae hi'n caniatáu iddo droi a chymryd tri cham bras oddi wrthi cyn galw arno – 'Difaru nei di.' Mae yntau'n oedi, yn troi, yn sibrwd – 'Gwed dy ffycin neges!' Cwyd hithau'i haeliau a gwenu ar y ferch o Siapan a welsai gynnau yn y stafell ddarllen. Ac yn troi ei llygaid i gyfeiriad y maes parcio – 'Ma' 'ngyrrwr i'n disgwl amdana i. Stop nesa – y Foel Ddu. Ac Abergwaun cyn nos. A wedyn – Ros Láir, Dulyn, ac adre i Gonamara. A weli di mohona i byth 'to.'

Mae hi'n codi'i llygaid at yr awyr – 'Dyw "Codi cefn o'm gwlad" byth yn hawdd, Phil bach.'

'Ti 'di bygro bant ers ache! A gadel y "glynu'n glòs" i bobol erill!'

'Cywir.'

'Enwogrwydd ac ariangarwch yn dy fyta!'

'Cywir.'

'Shwt beth yw bod yn enwog?'

'Yn fyd-enwog? Hyfryd.'

'Yn gyfoethog?'

'Gwych. A gwefr yw rhoi'n arian bant.'

'Ffilanthropi – rhyw nonsens lleddfu cydwybod, ife?'

'Ie.'

Mae hi'n cynnig y cwdyn Dunnes iddo – 'A ma' 'da fi rwbeth bach i ti fan hyn . . .'

'Beth yw e, Branwen?'

'Gwdi bag, Phil.'

Mae Meirwen yn lled-orwedd ar sêt y gyrrwr gan ddileu negeseuon Barry fesul un o'i ffôn bob yn ail â sipian o'i photel ddŵr. Mae'n fore mwll ac er bod y ffenestri'n agored led y pen, does 'na fawr ddim awel yn y car.

Ar ôl noson o droi a throsi, napyn fyddai'n braf. Ond rhaid peidio ag ildio ar y job, sef cadw tabs ar y bòs. A nodi'r pegynu rhwng y llesg a'r llon, y suddo i'r gwaelodion cyn codi i'r uchelfannau. Yr arwyddion bod yr hen ferlen mynydd dan ei phwn. A pha syndod? A chyfarfyddiad y Foel Ddu – penllanw'i chynlluniau gwallgo, gwych – ar fin digwydd? Y diweddglo i flwyddyn drom. A bu'n dridiau trwm, rhwng y teithio, y trepsio, yr holi a'r ymchwilio. Wrth gwrs ei bod hi'n llesg. Ond beth am y cynnwrf gwyllt y funud nesa? Byddai'n dda cael barn Doctor Nina – jyst rhag ofn.

Ac ar ben y cyfan, mae 'na fater arall – rhywun arall – ar feddwl Meirwen. Barry Kelly. Ei dyweddi – er bod y fodrwy wedi'i thaflu mewn stremp o rwystredigaeth o gwch rhwyfo i ddŵr mawn Loch Coirib. 'You've really rocked the boat this time, me darlin' Myra!'

Ar y gair, mae 'na neges arall ar ei ffôn – Barry'n ymddiheuro'n ddagreuol eto fyth am ei rant sbectaciwlar neithiwr. Ac yn ymbil, eto fyth, am faddeuant. A bod 'na 'starry diamond' yn ei haros pan ddychwel 'to my open arms'.

'Bastard!' fu ei hymateb cyson iddo gydol oriau'r nos, ond erbyn iddi wawrio, ac yn sicr ar ôl y neges hon – na, rhaid peidio ildio. Peidio caniatáu iddo'i thynnu 'nôl i'r gors. Ei thynnu i lawr. Mae hi'n cau ei ffôn.

Roedd y bòs wedi sylwi ar ei thawedogrwydd dros frecwast – 'Ma' rhwbeth yn dy fecso, Meirwen. Croeso iti 'i rannu fe.' Y peth agosa eto at anwyldeb mamol. Heb i'r naill na'r llall fentro estyn llaw dros y bwrdd. Ond beth bynnag am y bòs, rhyngddi hi a Barry fydd unrhyw benderfyniad. Cywiriad – ei phenderfyniad hi fydd hwn – neb arall.

Damia, byddai'n dda cael cychwyn, cadw'i meddwl ar y job, cadw at yr amserlen dynn a chyrraedd y Foel Ddu mewn da bryd. Rhag drysu'r cyfan . . .

'Un cynnig arall, Phil. Agor e – neu difaru nei di.'
    'Blacmeil, Branwen?'
    'Ie.'
'Ultimatum.' Dyna air mawr y Llwynog Coch o Wyddel. 'Now or never, me darlin' Myra.' Ond mae Meirwen yr un

mor ddryslyd ag erioed. Ac yn cyfadde rhywbeth pwysig – iddi hi ei hunan – gymaint y mae hi'n colli'i mam. Beth ddwedai'r hen Nel ddoeth y funud hon? Ond does dim pwynt gofyn. Mae hi wedi marw, a dyna ddiwedd arni.

Mae'r ferch o Siapan yn haul o wên wrth ddiolch am lofnod b. d. roberts a'i roi'n saff yn ei ffeil cyn cerdded ar ei ffordd yn llawen.

Ac mae dwylo'r Athro Philip Meades yn crynu wrth dynnu'r tun o'r cwdyn Dunnes. Hen dun rhydlyd ac arno lun bwthyn bach to gwellt. Ac allwedd wedi'i glynu â selotêp ar ben y liwpins a'r coed leilac yn yr ardd.

''Y mocs trysore i, Phil. Ers o'n i'n groten fach. Yn llawn storïe. A meddylie. A thrincets a sîcrets. Sîcrets diniwed Jonathan a finne. Ond goffod i fi 'u difa nhw, 'u llosgi mewn twba sinc. A wedyn, ymhen blynydde, o'dd e'n llawn unweth 'to – o sîcrets cariadus Dai a finne. Ac erbyn hyn . . .'

Mae hi'n plygu tuag ato, yn sibrwd yn ei glust – 'Ma fe'n llawn o'n sîcrets ni. Ti a fi. Proffesor Phil bach Meades, a'r awdur mawr, b. d. roberts. Trincets a sîcrets – a sex. Trysore'r blynydde maith. O'r nosweth gynta – y "cysur" roiest ti i fi, ar ôl i Dai ac Ingrid Grant, a phawb o'r criw, adel Mario's am y Cow – i'r nosweth ola 'na yng Nghorc. Sawl blwyddyn 'nôl? Sawl blwyddyn fuon ni wrthi?'

'Gormod.'

'Cywir. Gan dy fod ti'n briod. Yn "hapus" 'da dy wraig. Yn cenhedlu fel cwningod . . .'

'Stopa hyn.'

'Yn uchel dy barch, dy fryd ar gyrredd y sêr.'

'Stopa hyn!'

'Ti'n cofio'r jôc am "college lechers" – yr idiot 'na yn Harvard? Ti'n cofio Rhydychen? A Rhufain? Fe deithion ni 'mhell 'da'n gilydd. "Trafaelu'r byd, ei led a'i hyd." Ond,

"Pan ddelwyf i Gymru 'nôl, fy ffrind" – ma'r cachu'n taro'n ffan.'

'Ti off dy ben!'

'Ninne'n dou. Am neud beth nelon ni. Gyhyd. Am gofnodi'r cwbwl. Mor graffig. Mor bornograffig . . .'

'Pam ddiawl na 'nest ti'u difa nhw?'

Ac o'r diwedd mae hi'n chwerthin. Cyn sobri'n sydyn a syllu i fyw ei lygaid.

'Deinameit. 'Na beth sy'n y tun 'ma, Phil. Alle frifo lot o bobol. Ond fe frifest ti dy wraig. Sawl gwaith. 'Da menywod galôr. Gan 'y nghynnwys i. A thorri sawl addewid, gweud sawl celwydd . . .'

'Dial – 'na dy gêm di. Dy gêm fach chwerw di.'

'Dial neu fadde, 'na'r dewis. Ac os yw hi'n amhosib madde, ma' dial yn gwbwl gyfiawn.'

'Ti'n fwy gwallgo nag o'n i'n 'i feddwl.'

Mae hi'n gwenu eto, yn tynnu'r allwedd fach o'r selotêp ac yn agor y caead i ddatgelu swrn o lythyron. Gwên arall, cyn eu rhaeadru o'r tun i'r cwdyn Dunnes. A chloi'r tun drachefn. A'i fagu.

A sefyll – 'Rhyngot ti a'r cwdyn yw hi nawr.'

Blinodd Meirwen ar yr aros. A ffôn y bòs wedi'i ddiffodd, penderfyna fynd i chwilio amdani, heibio i ferch o Siapan sy'n ei hannog i frysio i fachu llofnod b. d. roberts.

A dyma hi, ar ei thraed o flaen mainc, yn annerch rhyw foi barfog, brith. Ar y naill ochor iddo mae'r Bwthyn Bach To Gwellt, ar y llall, y cwdyn Dunnes. Montage go ryfedd – be ddiawl sy'n digwydd? Ond y cyfan a wna Meirwen yw pwyntio'i bys at ei watsh. Ac mae'r bòs yn codi'i bawd, a Meirwen yn dychwelyd at y car, yn rhoi ysgytwad i'r garthen ac yn tynnu Brecon Carreg pefriog o'r oergell fach a'i gosod ar y silff bwrpasol.

Mae hi'n sipian ei dŵr wrth feddwl rhagor am y montage.

235

Mae'r Athro Meades, y cwdyn Dunnes yn ei law, yn dechrau cerdded tuag y maes parcio.

'Cyn iti fynd, Phil bach . . .'

Oeda, ei gefn tuag ati.

'Cyn iti ddechre pyslan beth i neud â'r sîcrets 'na . . .'

Mae hithau'n oedi i sawru'r foment – ''Da fi ma'r gwreiddiol. Gatre'n saff ym mawn Conamara. Cer dithe sha thre nawr.'

Be ddiawl nesa? Mae'r boi barfog, y cwdyn Dunnes yn ei law, yn torri llwybr tarw at ei people carrier mwdlyd ac arno'r arwydd 'Tacsi Mam-gu a Tad-cu'. Mae Meirwen yn ei wylio'n agor y drws cefn, yn taflu'r cwdyn rhwng dwy sêt plentyn cyn slamio'r drws ynghau. Ac yn syllu ar yr awyr lwyd. Gan atgoffa Meirwen . . . Ie, o'r ddelw efydd ar ddesg y bòs.

A dyma hi ar y gair, yn wên olaus wrth gerdded at y Range Rover, y Bwthyn Bach To Gwellt o dan ei chesail. Oes 'na gynnwrf yn y cerdded hamddenol? Yn y wên? Y cip sydyn at y people carrier?

'Ma'n ddrwg 'da fi dy gadw di, Meirwen. Gest ti unrhyw negeseuon?'

'Do, sawl un.'

'Ond dim problem?'

'Na.'

Mae'r people carrier yn sgrialu heibio, gan frecio'n sydyn ac yn swnllyd, rhag taro'r ferch o Siapan.

'Idiot!' yw sylw Meirwen.

'Ie,' yw ymateb y bòs, cyn mynd i eistedd ar y sêt gefn, cymryd sip o'i dŵr, taenu'r garthen dros ei choesau – a gosod y Bwthyn Bach To Gwellt ar ei glin.

'Dere, Meirwen!'

Awr yn ddiweddarach, ar ffordd osgoi Llandysul, cwyd Meirwen ei llygaid at y bòs – sy'n dal i fagu'r tun. Ac mae'r dirgelwch yn parhau.

Ni ddywedwyd gair ers iddynt adael y Llyfrgell. Ac ni chysgwyd winc – sy'n od. Ond diolcha Meirwen fod ganddi rywbeth od i dynnu'i sylw oddi ar ei meddyliau od ei hunan. Am odrwydd ei pherthynas â'r Llwynog Coch. Y berthynas syrffedus. Pob ping ar ei ffôn, pob neges, yn syrffedus. Bydd eu dileu'n syrffedus. Neu gall wasgu'r botwm delete all. A dyna a wna – pan ddaw cyfle ...

Ond, am y tro, y Bwthyn Bach To Gwellt sy'n mynd â'i bryd. Un o'r dirgelion mawr o'r cychwyn cyntaf. Hen dun hyll. Rhydlyd. Llawn crafiadau a hen selotêp. Ar ddesg mewn stydi foethus. Gorlawn o eiddo chwaethus. Drudfawr. Gŵyr Meirwen i'r geiniog pa mor ddrudfawr. Yn ei gofal hi mae pob derbynneb, manylion pob yswiriant. Gŵyr am bob trefniant ariannol: biliau'r siop a'r garej leol; y cardiau credyd, yr archebion banc, y cyfraniadau hael at sawl elusen ddyngarol, sawl mudiad gwleidyddol – Plaid Cymru, Dyfodol, Cymdeithas yr Iaith – dan ffugenwau un ac oll.

Gŵyr hefyd y manylion personol: y cyfarfodydd a'r cyfweliadau; yr apwyntiadau â therapyddion iechyd a harddwch, a Fergus y boi gwallt; a'r sesiynau cyson â Dr Nina Keyes ...

Ond ŵyr hi ddim un peth syml: cynnwys y tun. Ni feddyliodd holi. Dim awydd na diddordeb. A dim hawl. A heb holi, ni chynigwyd ateb. A dyna ni.

Wrth yrru drwy Bencader, mae'r cyfan hyn yn bwdin ym mhen Meirwen. Heb sôn am y bererindod ryfedd i Aberystwyth, yr ymweliad â'r Hen Goleg a'r 'ymchwil' emosiynol i gyfnod y chwedegau. A'r wfftio at bob ymdrech i sôn am Nel Rhosgadfan.

Rhag creu mwy o bwdin, ceisia restru cwestiynau yn ei phen.

Yn gyntaf, pam dod â'r Bwthyn Bach To Gwellt draw i Gymru fel rhyw Greal Santaidd mewn cwdyn Dunnes? Gofalu ei fod ynghlo ym mŵt y car, ei gario i mewn i'r gwesty neithiwr ac i'r Llyfrgell y bore 'ma? Beth, heblaw am un o'r mympwyon od sy'n gafael ynddi weithiau, sy'n peri iddi ei fagu'r funud hon fel plentyn ar ei glin?

Yn ail, ai cwdyn Dunnes gwag a daflwyd i gar anniben y boi shiffti ar faes parcio'r Llyfrgell? Pam gwaredu cwdyn gwag â chymaint o dymer a chasineb?

Wrth ymuno â'r M4 daw Meirwen i benderfyniad sydyn: digon i'r diwrnod . . .

Ie, ei ddrwg neu'i dda fydd hi heddiw, gan mai hwn yw diwrnod mawr gwireddu Prosiect Gwynfa.

Awr arall – a chaiff Meirwen ysfa i weiddi 'Haleliwia!' wrth anelu at ucheldir y Foel Ddu. Ac wrth droi i mewn i'r maes parcio ar y brig, i ganol y faniau snacs a hufen iâ, y defaid ewn a'r sbwriel, dyna a wna – rhoi 'Haleliwia!' fawr, a pharcio, diffodd yr enjin a chodi'i llygaid at y drych . . .

Ac mae'r bòs yn gwenu arni – 'Ie, "Haleliwia!", Meirwen. A diolch am ddod â fi'n saff. A diolch byth ein bod ni ar y topie 'ma, nid lawr yng nghlawstroffobia'r cwm.'

Yr hen dric. Yr ymateb ffwr'-â-hi sy'n cuddio'r gwir emosiwn. Ond fe ddysgodd hithau ymateb yr un mor ysgafn – 'New York sy'n cael y wobr am glawstroffobia!' A'r ddwy'n deall ei gilydd nad eu trip diweddaraf i'r Afal Mawr sydd ar feddwl y naill na'r llall y funud hon.

Mae'r bòs yn rhoi'r Bwthyn Bach To Gwellt ar y sêt, yn dechrau twrio yn ei bag, yn tynnu drych ohono, yn taenu'i lipstic coch a'i mascara, yn brwsio lliw dros ei bochau a rhoi dab o Opium ar ei gwddf. A gŵyr Meirwen beth fydd y geiriau nesaf – 'Mae'n bwysig gwynto'n ffein.'

Gwisgo sgidiau cerdded a chap pig coch, gafael yn y

parasol, rhoi'r binociwlars yn y bag – 'I fi ga'l gweld "y pell yn agos", fel Ellis Wynne.' Boncyrs neu beidio, mae hi'n gês. Ond, o'r diwedd, mae'r rigmarôl bron yn gyflawn. Yr hyn sy'n weddill o ddyletswyddau Meirwen yw croesi'i bysedd ynglŷn â'r cyfarfyddiad sydd ar fin digwydd . . .

'Ti'n barod, Meirwen?'

'Ydw'n tad – a chitha?'

'Ti'n siŵr y dôn nhw?'

'Maen nhw wedi addo . . .'

''Mond gobitho'r gore. Dere, awn ni am wâc . . .'

Mae hi'n agor ei pharasol, mae Meirwen yn gafael yn ei braich wrth gamu dros sbwriel, baw defaid a chŵn – ' "Wâc" go heriol, Miss Roberts!' – nes cyrraedd y map o banorama ôl-ddiwydiannol pen y cwm a'r hen luniau o Bwll y Waun a'r tipiau a'r ffatrïoedd a ddisodlwyd gan ddiwydiant glanach ac ysgafnach, a chan lesni newydd. Oedi wrth y model o olwyn weindo, fel blodyn yn tyfu o'r graig, ac oddi tani, eiriau dyrchafedig:

Gogoniant yr Arglwydd fydd yn dragywydd;
yr Arglwydd a lawenycha yn ei weithredoedd.

Yng nghysgod yr olwyn fach mae 'na ragor o luniau mewn ffrâm wydr: yr olygfa wledig cyn suddo Pwll y Waun yn 1885; y pwll a'i fwrlwm a'i fwg ar eu hanterth; torcalon y damweiniau, y tlodi a'r streics; yr ildio anochel, y cau terfynol. A'r orymdaith enwog – dynion a menywod a phlant a babis a chŵn; baneri a bandiau a blodau. A llygaid y byd ar ddathliad urddasol y gymuned ar ddiwrnod yr hoelen olaf, union ganrif wedi'r suddo cyntaf. Dyma luniau i gyffwrdd calon Meirwen Jones, y sinig pennaf.

'Gwynt teg ar 'i hôl hi! Y gnawas o haearn ddiawl!'

Winc fach ar ei bòs – 'Merch fy mam ydw i, yntê! Ac

mi fydda hitha'n rantio hefyd, wrth ddawnsio ar fedd y bitsh!'

Does dim ymateb. A does dim ots, gan fod Meirwen yn ddwfn yn ei dychymyg, yn gweld ei mam yn dawnsio'n ysgafndroed ar fedd Thatcher, o dan lygaid llym y roials a'r milwyr a'r gwladweinwyr. Ond fe'i synnir yn sydyn wrth i'r bòs afael yn ei llaw. Y tro diwethaf – yr unig dro? – i hynny ddigwydd oedd yn yr angladd yn Rhosgadfan, dros flwyddyn ynghynt . . .

Cyn iddi feddwl rhagor, caiff ei harwain gerfydd ei llaw at y wal isel ym mhen draw'r maes parcio. Cwyd y bòs y binociwlars a'u hanelu ar draws y cwm – gan ddilyn y stribedi o dai teras, codi at y tyrbeins a murddun Tyddyn Bowen, lawr i bletiad yn y dirwedd at lain o dir uwchben yr afon – ' "Petaech yn edrych lawr o ben Foel Ddu, gwelech Gwynfa fel enjin trên, a'r rhesaid tai'n gerbydau yn ei sgil . . ." '

Mae hi'n troi at Meirwen – ' "Enjin trên"? Na, palas tylwyth teg! A hudlath sy wedi'i greu e!'

'Hudlath, myn diain i!' yw ymateb Meirwen – yn ei phen. Prosiect Gwynfa, a'i flwyddyn o drafod caled a chydgynllunio â phenseiri ac adeiladwyr a'i thrampio hithau 'nôl a mlaen o Iwerddon – hynny oll, nid hudlath, a fu'n gyfrifol am weddnewid y tŷ tywyll a bygythiol yn balas golau!

'Palas sy'n cofleidio'r haul' yw geiriau'r bòs wrth afael eto yn ei llaw – yr eildro mewn pum munud. 'Llongyfarchiade, Meirwen.'

''Mond un o'r tîm o'n i.'

'Ti o'dd y bòs.'

Gwenu a wna Meirwen, yn hytrach na chael ei themtio i ateb mai un 'bòs' sy'n bosib yn eu byd bach cyfyng nhw eu dwy.

'A ti wyddost, Meirwen, beth ddywed fy nghalon.'

Hi, o bawb, yn sentimental! Mae hwn yn wir yn ddiwrnod mawr!

'Dowch rŵan, Miss Roberts, inni gael clywad be ddeudith y ddau sy ar fin cyrraedd.'

'Ie . . .' Ac mae hi'n tynnu'r amlen o'i bag.

A dyma nhw, y ddau. Y tad mewn crys du a throwsus rib, y mab mewn siwt go fflash, yn cerdded i gyfeiriad y Range Rover. Mae 'na gyfarch ac ysgwyd llaw, a'r bòs yn diodde'r cofleidio a'r 'Ma'n dda dy weld di, Branwen. Ar ôl blwyddyn . . .'

Twtsh o densiwn rhyngddi hi a Dai, meddylia Meirwen.

'A ma'n dda'ch gweld chithe, Meirwen – ar ôl pythefnos!'

A'r bòs yn taro 'nôl fel shot – 'Pythefnos o wylie haeddiannol, Dai!'

A Meirwen, â'i dawn gymodi – 'Mae'n braf bod 'nôl. A Phrosiect Gwynfa wedi'i orffan. A sut 'dach chitha, Dominic?'

'Iawn. Ond pam tynnu Dad a fi fan hyn?'

Twtsh arall o densiwn. Ac oedi ennyd cyn i'r bos chwifo'i pharasol – 'Dilynwch fi!'

Ac mae'r tri'n ufuddhau. A chyrhaedda'r prosesiwn, fel twristiaid yn dilyn eu harweinydd, at y wal. Chwifir y parasol fel chwifio hudlath – 'A dyma Gwynfa ar ei newydd wedd! Gwynfa'r "nefoedd" – ontefe, Dominic?'

'Ie, sbo.'

Fedrai'r dyn ddim dweud fawr arall, meddylia Meirwen, a pharasol yn chwifio yn ei wyneb. Ond mae 'na gwestiynu – a drwgdybiaeth? – yn ei osgo.

Gwenu'n ddrygionus a wna Dai – 'Chi'n blêsd, Meirwen, wrth weld ôl eich gwaith? A tithe, Branwen, wrth weld ôl dy wario mawr?'

'Odw, Dai. Ond cofia 'y mod i, gyda help Meirwen, wedi dilyn pethe ar y we.'

'Fel gwedest ti, Branwen, flwyddyn 'nôl – so'r we'n datgelu'r cwbwl.'

Touché. Ac o'r diwedd, mae Dominic yn gwenu – ar ei dad.

'Dad, o'dd hangers-on fel ti a fi'n gweld popeth first hand. Wrth alw hibo a busnesu . . .' Cip ar ei watsh – 'Gwrandwch, ma' gwaith 'da fi.'

A chip rhwng Meirwen a'i bòs – 'Ond mae gin Miss Roberts gwestiwn i chi, Dominic – toes, Miss Roberts?'

'Oes . . . Shwt ma' Branwen fach?'

'Grêt, diolch. Babi pert – yr un spit ag Angie, diolch byth.'

'Ond yn grwn a llond 'i chroen – fel 'i tha'cu!'

'Yn byrpo fel ti, hefyd, Dad!'

Mae'r tad a'r mab yn chwerthin, a Meirwen yn dyfalbarhau – 'Ac mae gin Miss Roberts rwbath i'w roi i chi . . . On' does?'

Ac yn sydyn, mae'r bòs yn ymysgwyd, yn rhoi'r amlen yn llaw chwith Dominic cyn gafael yn ei law dde. Â'i dwy law. Yn dynn.

'I Branwen fach, â chariad mawr.'

Gŵyr Meirwen fod y dagrau'n agos . . .

'Beth yw hwn?'

'Anrheg, Dominic. Wy'n rhoi palas tylwyth teg yn anrheg iddi.'

' "Palas"?'

'Gwynfa.'

Does dim i'w glywed ond bref dafad, hymian car sy'n troelli rhwng y troeon pedol, croten fach yn galw ar ei mam . . .

'Yn y gobeth, Dominic, taw yn Gwynfa ar ei newydd wedd y ceith hi 'i magu, ac y ceith hi blentyndod hapus.'

Mae Dominic yn astudio'r amlen . . .

'Dogfen yw hi, Dominic. 'Mond arwyddo s'da ti. Ma'r cwbwl wedi'i drefnu 'da 'nghyfreithwr.'

Mae Meirwen yn ffidlan â'i ffôn, yn rhyw esgus jecio Facebook, bob yn ail â llygadu'r ddau sy'n pwyllgora wrth yr olwyn weindo fach. Penderfyna droi i wenu ar y cap pig yng nghefn y car – ymdrech i guddio'i hanesmwythyd hi ei hunan. Pam yr holl drafod? A Dominic yn cerdded 'nôl-a-mlaen, ei ffôn wrth ei glust. Ond cuddia'r pig coch a'r sbectol dywyll bob ystum ac ymateb.

O'r diwedd, daw Dai at y car – 'Siarad ag Angie ma' fe. Am y trydydd tro.'

'Oes 'na broblam?'

'Syndod – ffaelu credu. A ninne'n meddwl, ar ôl i ti, Branwen, brynu Gwynfa flwyddyn 'nôl . . .'

'O't ti wir yn meddwl taw fi fydde'n mynd i fyw 'na?'

'Wrth gwrs! Comon sens!'

'Ond fe wedes i wrthot ti – na ddelen i byth 'nôl. Dim i Gwynfa, dim i'r cwm. A ta beth . . .'

Mae hi'n tewi wrth weld Dominic yn dod at y car ac yn plygu at y ffenest gefn agored . . . Sylla Meirwen ar y tri – beth oedd llinell Williams Parry? 'Megis trindod faen . . .'?

Ond mae pethau'n symud yn sydyn: Dominic yn tynnu waled o siaced ei siwt a datgelu sgwaryn bach o lun – croten benfelen ryw flwydd oed, gwên lydan, clip siâp seren yn ei gwallt.

'Miss Branwen Roberts, dyma Branwen Meades. Ac mae hi'n dweud . . . "Diolch." '

Oeda, a chlirio'i lwnc – 'Diolch yn fawr iawn, am y siawns i fyw yn Gwynfa.' Ac yna, sibrwd – 'Yn y nefoedd.'

Ac yn sydyn, tynna'r llun o'i waled, a'i roi yn ei llaw – 'I chi mae hwn.' Mae hithau'n syllu ar yr wyneb hapus ac yn cyffwrdd – 'mond twtsh ysgafn – â'r clip seren, cyn rhoi'r llun yn ofalus yn ei phwrs a sibrwd, 'Diolch, Dominic. Ti wedi 'ngneud i'n fenyw hapus.' A throi'n sydyn am y Range Rover, a sibrwd eto – 'Dere, Meirwen. Ma' 'da ni long i'w dala.'

'Branwen . . .'

'Dim pregeth, Dai!'

'Na. Dim ond diolch. A gofyn cwestiwn, dim ond un. Beth wede fy mam, hen fam-gu Branwen ni – am hyn i gyd?'

Mae b. d. roberts yn syllu arno – 'Dim syniad, Dai. A 'sdim pwynt meddylu. A hithe wedi marw. Wedi mynd â'i meddylie 'da hi. Ma'n ddrwg 'da fi am hynny. Ma'n ddrwg 'da fi am bopeth. Nawrte, dere, Meirwen.'

Ac mae Meirwen yn tanio'r enjin. Daeth y cyfarfyddiad rhyfedd hwn ar ben Foel Ddu i ben.

DIOLCH AM YMWELD Â'R CWM
THANK YOU FOR VISITING CWM

Gwêl Meirwen, yn y drych, y tad a'r mab yn cerdded at eu car â'u breichiau am ysgwyddau'i gilydd. Mae'r cap pig a'r sbectol dywyll yn llonydd ar y sêt gefn, a dim yn cael ei ddweud dros sawl milltir o yrru i lawr o'r ucheldiroedd.

Ond rhaid mentro torri'r garw – 'Wel, Miss Roberts, dyna Brosiect Gwynfa yn y bag!'

Dim ymateb. Rhaid mentro eto – 'Pwy feddylia? 'Chydig dros flwyddyn 'nôl – y noson ar ôl c'nhebrwng Mam, dwi'n cofio'n iawn – y ces i'r alwad ffôn gynnoch chi o'r Heritage . . .'

Oes 'na dwtsh o ymateb?

' "Meirwen!" meddach chi, "Wy isie iti agor ffeil ar dy gyfrifiadur!" – sgiwsiwch yr acan Sowth! "A'i galw hi'n 'Prosiect Gwynfa'." 'Dach chi'n cofio?'

'Odw.'

Y sbarc lleia o gyffro?

'A finna'n methu dallt. Ond mi oedd y gorchymyn nesa'n odiach fyth – "Ffôna Dominic Meades! Peth cynta bore fory! A chynnig y pris gofyn!" A finna'n trio'ch ffrwyno chi – "Hold on, Miss Roberts!" medda fi, "Beth am jecio petha? Haglo? Beth am survey?" A dim yn tycio. A thrannoeth . . .'

'Chysges i ddim winc.'

'Mi gafodd Dominic sioc ar 'i din. Ond chi oedd berchan Gwynfa.'

'Ie.'

Ac mae'r cap pig yn suddo'n is . . . Wel, dyna ddiwedd ar y sgwrs fach yna, eto. Ac mae Meirwen yn gyrru yn ei blaen, gan drio meddwl mlaen, sut orau i symud mlaen – 'Dere, Meirwen!', 'Forwards, me darlin' Myra!'

Ond clyw siffrwd o'r sêt gefn – y bòs yn twrio yn ei bag, yn tynnu'r llun o Branwen Meades o'i phwrs, a'i astudio, a sibrwd – 'Y noson honno yn yr Heritage, o'n i newydd ddeall – o'dd Dai newydd weud – taw "Branwen" fydde enw babi Dominic. 'Na pryd ges i'r syniad. Y weledigeth fawr . . .'

Gŵyr Meirwen hyn i gyd. A gŵyr ddigon am y natur ddynol – ac am therapi – i gau'i cheg. A gwrando . . .

'A nawr, 'ma hi, yn gwenu arna i, yn 'y neud i'n fenyw hapus. Mor, mor hapus . . .'

Ac o'r diwedd – y dagrau.

''Dach chi isie imi stopio?'

Milltiroedd o dawelwch . . .

'Stop!'

Gorchymyn chwyrn sy'n peri i Meirwen dynnu i mewn i'r ochor yn sydyn – ''Dach chi'n iawn?'

Yr ymateb yw datod ei gwregys ac agor drws y cefn – a chyn pen dim mae hi'n eistedd gyda Meirwen yn y blaen, y Bwthyn Bach To Gwellt ar ei glin a'r llun o Branwen Meades ar silff y dashbord.

'Meirwen! Dy jobyn cynta di ar ôl mynd sha thre fydd chwyddo'r llun 'ma'n fowr ar wal y stydi! A threfnu ca'l rhagor o lunie ohoni, llanw albym, sawl albym . . .'

'Gan bwyll, Miss Roberts. Clymu'ch gwregys 'di'r peth cynta.'

'Ti'n berffeth iawn, fel arfer. A nawr, fe ddiffoddwn ni'n ffôns.'

'Pam?'

'Er mwyn ca'l llonydd. A sgwrs iawn.'

Mae hi'n diffodd ei ffôn, yn dal ei llaw i dderbyn ffôn Meirwen – sy'n penderfynu ufuddhau. Pam lai? Syniad da, cael llonydd rhag negeseuon y Llwynog Coch o Wyddel o'r gors neu'r dafarn.

'Un cwestiwn, Miss Roberts.'

'Ie? Clatsha bant.'

''Dach chi'n siŵr eich bod chi isio eistadd yn y blaen?'

'Odw, Meirwen. Pam ti'n gofyn?'

Am ei fod yn benderfyniad annisgwyl. Dyna adwaith digon teg y Feirwen selog, sy wedi gyrru carthen cashmere ar y sêt gefn am filoedd o filltiroedd. Ond ei hateb yw – ''Mond mai yn y cefn 'dach chi'n licio bod, fel arfer.'

'Dim "fel arfer" ma' pethe'n mynd i fod o heddi mla'n! Ma' bywyd yn rhy fyr i edrych ar y byd drw' ffenestri tywyll cefen car! Felly, dere! Gyrra mla'n!'

A dyna a wna Meirwen, i gyfeiliant ffrwd o fân siarad – am lwyddiant gwell-na'r-disgwyl Prosiect Gwynfa, am yr olwg syfrdan ar wynebau'r tad a'r mab, am golli'r cyfle i dynnu ffotos ar ben Foel Ddu. Ac am y bwriad i siopa am ffrogiau pinc a chlipiau gwallt siâp seren yn Nulyn fory –

'Un arian fydde'n neis – beth ti'n feddwl, Meirwen?'

'Set o glipia plastig fydda'n gneud y tro i fabi! Ond, be wn i? Na chitha, o ran hynny!'

A difaru. A dechrau ymddiheuro. Ond yn ddiangen – 'Fydd rhaid inni ddysgu, Meirwen! Ti a fi. Er mwyn neud y gore drosti. Neud y pethe iawn, prynu'r pethe iawn! A 'ma ti syniad – ailwampio un o'r stafelloedd sbâr yn stafell deulu! A gwahodd teulu Gwynfa draw i aros! Beth ti'n feddwl?' Ac oedi'n sydyn – 'Twt, beth sy arna i? Rhaid i'r Dywysoges Branwen ga'l stafell iddi hi 'i hunan! Lafant. Rhosod pinc. A thedi pinc – dim un brown a hyll. A lot o ddolis. A chwpwrdd mawr, 'i lond o ddillad pert. A desg i sgrifennu storis a neud llunie – a fe geith hi'r Bwthyn Bach To Gwellt i'w cadw nhw'n berffeth saff . . .'

Rhaeadr o eiriau sy'n peri i Meirwen ddechrau amau – amau beth? Fawr ddim, ar hyn o bryd. A hithau'n canolbwyntio ar y gyrru, a phob milltir yn ei dwyn yn nes at ben y daith. Y daith hir a throellog, ryfedd hon. O'r gors, via bwganod b. d. roberts a'r Hen Goleg a'r Llyfrgell Genedlaethol a'r Bwthyn Bach To Gwellt a'r palas tylwyth teg. A 'nôl i'r gors. Cylch o daith. Troi mewn cylchoedd. Hi a b. d. roberts. Dwy hen ferch mewn trobwll.

Damia, dere, Meirwen! Gyrra yn dy flaen! 'Think positive, me darlin' Myra!' A diolcha fod y ddynas boncyrs wrth dy ochor wedi symud o'r sêt gefn, i'th arbad rhag gweld dy debyg yn y blwmin drych 'na!

'Beth am drio ymlacio, Miss Roberts? Cau'ch llygaid, 'chydig o gerddoriaeth – Bryn Terfel, ella? Fingal's Cave? A gorwedd 'nôl yn braf?'

'Beth yn gwmws ti'n awgrymu, Meirwen?'

''Mond ella y bydda'n syniad cael fforti wincs.'

'Na! Wy'n berffeth iawn! Ac isie siarad! Trafod! Ma' cymint 'da fi i'w drafod! Ble ma' dechre, gwed?'

'Gwrandwch, fasach chi'n fodlon trafod rywbryd eto? I mi gael canolbwyntio ar y gyrru. Mae'n daith hir i Abergwaun . . .'

'Fel mynni di. Pwy odw i i ddadle? Ond rhaid neud un peth . . .'

Agor y tun sydd ar ei glin. Gafael yn y llun o'r dashbord. Ei osod yn ofalus yn y tun. A'i gau. A gwenu.

A'r bysedd yn mwytho'r llwyni lafant a liwpins a leilac yn yr ardd yn peri i Meirwen deimlo mwy na thwtsh o anesmwythyd.

Does dim yn cael ei ddweud tan y tro am Clydach: 'Un tro, amser maith yn ôl, o'dd 'na grwt o'r enw "Dwayne o Clytach". Crwt annwyl, o'dd mewn cariad dwys â Branwen Dyddgu Roberts . . .'

A dyma'r anesmwythyd yn dychwelyd . . .

'Stalwart. Un o'r "cwmni bychan". Fuodd e'n ymprydrio. Gyda Nel a fi a'r lleill.'

Fe enwyd Nel.

Sylla'r ddwy ar y ffordd o'u blaen.

Pont Abraham, a'r arwydd am Bontarddulais: 'Soniodd hi am y daith gerdded i Ga'rdydd? Stopo ym Mhontarddulais?'

'Do.'

''I chlunie'n gig amrwd, druan? A ffaelu cario mla'n?'

'Naddo.'

'Soniodd hi am yr ympryd?'

'Do.'

'Beth wedodd hi?'

''I fod o'n ysbrydoliaeth. Ond yn anodd. Mi oedd hi'n hoff o'i bwyd. Tan y misoedd ola, druan.'

'Ie, "druan" . . .'

Cross Hands: 'O'dd hi'n sôn am y myfyrwyr?'

'Oedd – am "Fwrdd y Cymry", am y sbort . . .'

'Pwy sbort?'

'Sbort myfyrwyr.'

'Pwy fyfyrwyr?'

'Dwi'm yn cofio, rŵan.'

'O'dd hi'n sôn am Terry? Am Lynette?'

'Oedd.'

'Beth wedodd hi am Terry?'

''I bod hi'n "gês".'

' "Cês" ne' "cas"!'

'Dwi'm yn dallt . . .'

'Wilma, druan, o Aberdêr. Ond dere 'nôl at Terry. Teresa Harris. Weiren o groten fain. Sod off, cer i grafu! Beth wedodd Nel amdani?'

'Dwi'm yn cofio.'

'Ddim isie cofio?'

'Miss Roberts, dyna ddigon o'r croesholi 'ma!'

Cyrion Caerfyrddin: 'Ma'n ddrwg 'da fi am y gwen'wn, Meirwen. Trio clirio 'mhen. Y bwganod. Y bwganod yn 'y mhen.'

'Dim problam. Oes, mae angan stopio am betrol. A beth am goffi, a snac?'

'Na. Dim amser. 'Mond tŷ bach. A bwrw mla'n.'

Wrth olchi'i dwylo yn nhoiledau'r Little Chef, sylwa Meirwen eto ar y tyrchu a'r chwilota yn y bag. Y pwrs a'r persawr, y cwdyn colur, y llyfr nodiadau, pecynnau tabledi, hen docynnau ac amlenni. Yn cael eu tynnu allan a'u gosod ar y cownter newid cewyn. A'u didoli. A'u taflu 'nôl yn wyllt i'r bag. A'r tyrchu'n dechrau eto . . .

'Am be 'dach chi'n chwilio, Miss Roberts?'

'Y lipstic! A'r mascara!'

'Ga' i chwilio?'

'Cei, ond dy'n nhw ddim 'na. Rhaid prynu stoc . . .'

'Na, dyma nhw.'

Y mascara long-lash a'r lipstic coch, di-glawr wedi'u stwffio gyda'r arian mân a'r cardiau banc yn y pwrs.

Y lipstic coch sy nawr yn cael ei daenu'n drwch.

Nes bod gwefusau Bette Davis yn gwenu arni drwy graciau'r drych.

'Dere, Meirwen!'

Y tro am Arberth – 'Yr hen Bwyll Pendefig Dyfed. Ti'n gwbod amdano fe, Meirwen?'

'Yndw, tad . . .'

'"A threiglwaith yr oedd yn Arberth, prif lys iddo." Lle dymunol, Arberth. Tr'eni am yr amlosgfa. Ca'l 'y nghladdu'n gyfan fydda i. Dim rhyw nonsens llosgi, twba, matshen. Cofia di 'y nghladdu i'n deidi. Ond ma'r amlosgfa'n ddigon pell o'r dre. Dim problem mwg. Mas ar y ffordd i Oakwood. Ddoi di 'da fi, Meirwen? I Oakwood? Ti a fi a Branwen fach? 'Na beth fydde sbort! Ond ma' rhai o'r reids yn beryg bywyd. Ceir yn troi ypseid-down. Na, sticwn ni at hwn. Yr hen Range Rover ffyddlon, saff. Ond beth am brynu model newydd? Mae'n hen bryd, a hwn yn tynnu mla'n, fel 'i berchennog, druan.'

'Blwydd oed, Miss Roberts!'

' "Hi hen, eleni ganed." Ti'n gyfarwydd â'r Hengerdd.'

Cwestiwn neu osodiad? 'Yndw!' yw ei hateb. Gan ychwanegu, yn ei phen – 'A hen Wyddeleg a hen Saesneg a Norseg. Y feri pyncia handi ar gyfer godda oria hir yng nghwmni dynas boncyrs, ar gyfer byw mewn cors, wrth geisio cadw trefn ar y Llwynog Coch. Wrth wneud mŵfs cariadus, a swsio a dadwisgo a chloi drws y llofft a chwara gema rhywiol ffyrnig – distaw fel y bedd, rhag cynhyrfu'r ddynas boncyrs yn ei gwely brenin yn y suite stafelloedd pinc a lafant i lawr y coridor. Wrth sibrwd, "Caru ti, Barry Kelly." A disgwyl ei ymateb – "I loves you too, me darlin' Myra." Disgwyl, disgwyl, a dim yn dŵad.'

Y bòs sy'n torri ar draws ei diflastod – 'Y Range

Rover diweddara, Meirwen. Gwna dy ymchwil. Awn ni amdano!'

'Wel, dwi 'di bod yn sbio . . .'

'Yr hen gnawes slei!'

'Yr "Autobiography Sport" 'di'r boi. Addas iawn i awdur. Yn enwedig un sy'n hoff o 'chydig bach o sbort.'

Daw'r sbort i ben yn sydyn.

'Na. Dim "Hunangofiant".'

'Pam?'

'Bocs. Yn bownso'n wag. Yn llawn twyll a chelwydd.'

'Dwi'm yn dallt . . .'

'Paid â holi! Paid â dadle! Paid â chodi hen fwganod!'

Gwêl Meirwen yr olwg ryfedd yn ei llygaid.

A'r tro bach rhyfedd yn y gwefusau coch.

Rhaid cael gair â Nina Keyes. Does dim byd sicrach.

Ffordd osgoi Hwlffordd: 'Ddoi di 'da fi, Meirwen?'

'I lle, rŵan?'

'I bobman. Cwm Berllan. Un filltir. Pido bod ofan. Trafaelu'r byd, ei led a'i hyd. Ddoi di 'da fi, Meirwen?'

Wdig, a'r fferi wrth angor yn y porthladd – 'Cwsg da, Miss Roberts?'

Swig o ddŵr pefriog yw ei hateb.

''Dach chi wedi cymryd eich tabledi?'

'Pam ti'n gofyn?'

'Wedi sylwi . . .'

'Ti'n sylwi gormod!'

'Pryd ddaru chi 'u cymryd nhw?'

'Yn yr awr ni thybioch. Pam?'

''Mond holi.'

'O'dd holi am dabledi'n rhan o'r swydd ddisgrifiad? A 'nhrin i fel plentyn? A reporto 'nôl a mla'n i Doctor Nina?'

'Tydw i ddim.'

'Paid â thrio 'nhwyllo i! Ti'n meddwl 'mod i'n dwp? Yn wallgo? Yn dwp a gwallgo? Bod y bwganod wedi dechre byta miwn i 'mhen?'

'Fasach chi'n licio imi'i ffônio hi?'

Croten fach ar goll sy'n ateb, 'Licwn, Meirwen.'

Mae'r Range Rover wedi'i barcio yn y gynffon hir o geir, a Meirwen ar y cei, yn siarad ar ei ffôn. Ac mae b. d. roberts wrthi'n dileu'r gyntaf o'r tair neges a dderbyniodd:

> **Message 1: Philip Meades:**
> **Bitsh.**

Oeda ychydig cyn dileu'r ail:

> **Message 2: David Meades:**
> **Branwen, does dim**
> **geiriau i fynegi**
> **mor ddiolchgar**
> **ydw i ar ran**
> **Dominic a'r teulu**
> **am dy rodd hael.**
> **Mae meddwl am**
> **Branwen yn byw yn**
> **Gwynfa (ar ei**
> **newydd wedd!) yn fy**
> **ngwneud i'n hapus**
> **iawn. Gobeithio y**
> **gallwn gadw mewn**
> **cysylltiad. Dai.**

Bydd yn trysori'r drydedd weddill ei hoes:

> **Message 3: Dominic Meades:**
> **Diolch yn fawr eto.**

Gobeithio eich bod
yn hoffi fy llun.
Branwen. X

Mae Meirwen yn pwyso'i phen i mewn drwy ffenest y car
– 'Nina'n cynnig fory, pump o'r gloch?'
    'Beth am Ddulyn?'
    'Wedi'i ganslo. Iawn?'
    'Yn berffaith, gyflawn iawn.'

Tro hamddenol, eistedd ar fainc ar y cei a llyncu'r
awyr iach, a llwydda Meirwen i ymlacio – ymdawelu –
rhywfaint. A chadarnhau'r oed â Doctor Nina. A'i rhoi ar
ben y ffordd ynglŷn â'r daith ryfedda eto. A dileu pob un o
negeseuon Barry.

A'r fferi'n cefnu ar drwyn Pen Ca'r a goleudy Strwmbwl,
mae 'na wybodaeth bwysig yn rubanu'n ddiddiwedd ar
waelod sgrin deledu lolfa'r dec uchaf.

ROYAL BABY NAMED:
GEORGE ALEXANDER LOUIS

'Nefi wen, Miss Roberts! Siawns y cawn ni lonydd
rŵan! Tan 'u syrcas nesa nhw!'
    Ond mae 'na fini-syrcas ar fin dechrau yma, nawr.
Popio cyrc a chlincian gwydrau – 'To the future Prince
George of Wales!'
    Ac am y tro cyntaf yn ei bywyd, does gan Meirwen
ddim calon i ddechrau ar ei phregeth – 'Our last prince
died in 1282!' – a fawr o awydd blasu sioe ddanteithion y
dec uchaf. Rhaid anwybyddu'r dathlu. Cau ei llygaid, trio
cysgu . . .
    Na, dim gobaith. Fe drodd y pendil rhyfedd ac anwadal
unwaith eto – 'Dere, Meirwen! Llwnc o hwn gadwith di ar
ddi-hun!'

Bybli'n byrlymu i ddau wydr.

'Dathliad! 'Na'r ateb i'n probleme ni'n dwy! Dim dadle, reit? Dere, cwyd dy wydr i lwyddiant Prosiect Gwynfa!'

'Iawn – un sip bach. Y gyrru'r ochor draw . . .'

'Twt! Gawn ni dacsi! Neu fe dala i am yrrwr arall!'

'Peidiwch â bod yn wirion!'

Ac mae Meirwen, wrth weld tro sydyn y gwefusau coch a'r olwg ryfedd yn y llygaid, yn difaru'n syth.

'Callio yw 'mwriad i, Meirwen. Gyda dy help di – a Doctor Nina. Iechyd da.'

'Iechyd da . . .'

Un sip hir a hyfryd, a syllu eto ar yr wyneb a anharddwyd â thrwch mascara a rhwyg coch o geg.

'Miss Roberts, ma'n ddrwg gin i am fod mor ddig'wilydd. Doedd bod yn ddig'wilydd wrth y bòs ddim yn rhan o'r swydd ddisgrifiad.'

'Soniwyd yn hwnnw am bwysigrwydd bod yn gwmni iddi? Pan fydd hi'n isel ac yn uchel bob yn ail?'

Y ferlen fynydd unig ar goll yn niwl y gors . . .

'Iawn. Mi yfa i'r gwydraid bach 'ma – mi fydd hynny'n ddigon.'

Yn hen ddigon i beri i Meirwen fentro yfed gwydraid arall, i gysylltu â Barry, a chael sgwrs fer, dymhestlog. Ac un arall, fwy cymodlon. Ac un arall eto, gariadus, hir sy'n peri iddi ildio, i addo pethau mawr.

Ac i fagu plwc – 'Miss Roberts, ynglŷn â Mam . . .'

Yno, ym moethusrwydd tawel y dec uchaf, y golau wedi'i ddiffodd, dathlu geni'r aer brenhinol wedi dod i ben a'r Arwisgo nesa wedi'i drefnu, a dim i'w glywed ond synau cwsg, fe glyw Meirwen sibrwd enw'i mam . . .

'Nel Rhosgadfan . . .'

'Deudwch wrtha i.'

'Fe wnawd cam â hi.'

'Pa gam? Gan bwy?'

'Paid â holi heno.'

'Pryd?'

'Pan fydda i'n barod. Pan wedith Nina 'mod i'n barod. I sôn am Nel. A'r cam a wnawd. A Jonathan. A'r cam a wnawd ag ynte. Am Lynette. Lynette yr achub cam.'

Mae 'na afael llaw, sibrwd eto . . .

'Ac mi sonia i am dylw'th mawr y Meades – Queen Mary, Mikey, Dai, Jaqueline a Janey. Dominic a Branwen fach. A'i gwên . . . Ody hynny'n ddigon iti, Meirwen?'

Heno, mae hynny'n ddigon.

Fory – pwy a ŵyr?

Mae b. d. roberts allan ar y dec.

Sylla ar y swigod sy'n dawnsio yn ei gwydr.

Ac ar Branwen Meades, clip seren yn ei gwallt.

Gwena b. d. roberts arni hithau.

A'i gosod 'nôl yn saff yn y Bwthyn Bach To Gwellt.

A chau'r caead.

A chodi'i gwydr at y sêr.

Rosslare / Ros Láir

Céad Míle Fáilte

Mae'r can mil croeso'r un mor gynnes ag erioed, a'r ffordd am Wexford / Loch Garman yn syth a llyfn a llydan.

'Mae'n braf bod 'nôl, Miss Roberts.'

Ochenaid yw'r ymateb. Y gwaelodion eto, meddylia Meirwen. O uchelfannau annaturiol neithiwr. Ond penderfyna, er gwell, er gwaeth, rannu'r foment fawr.

'Newyddion da, Miss Roberts! Dwi'n mynd i briodi'r Llwynog Coch! Mi ffoniodd o ar doriad gwawr! A mynd ar 'i ddeulin – medda fo! Rhamantus iawn, yntê! Priodas sydyn fydd hi – rhag iddo fo neu finna jibio!'

Does dim ymateb yn y llygaid pŵl.

'Mae o newydd ffonio eto. Diolch byth am ffôns, yntê!'

A diolch byth am y sesiwn gyda Doctor Nina y prynhawn 'ma.

'Ac ma'ch ffôn chitha newydd bingio.'

Message 1: Philip Meades:
                LLOFRUDD